위험한 신입사원

위험한 신입사원

dangerous associate
written by soojung park

3

가하)

위험한 신입사원

지은이 박수정
펴낸이 이형기
펴낸곳 도서출판 가하

초판인쇄 2015년 10월 1일
1판 2쇄 2016년 10월 18일
출판등록 2008년 10월 15일 제 318-2008-00100호

주소 서울 영등포구 양평로 67, 1209 (당산동5가, 한강포스빌)
전화 02-2631-2846 **팩스** 02-2631-1846

www.ixbook.co.kr

ISBN 979-11-295-2849-0 04810
       979-11-295-2846-9 04810(set)

값 12,000원

1. 내가 다가갈 테니까

　꿈이 아니다. 몇 번이나 눈을 깜빡여 다시 봐도, 눈앞에 있는 것은 틀림없는 그 남자였다.

　"오랜만이네요, 정 대리님."

　승현이 말했다.

　유림은 눈을 크게 뜨고 승현을 바라보았다. 눈으로 보고 있는데도 도저히 믿을 수가 없었다. 승현이 왜 여기에?

　"그동안 잘 지냈어요?"

　뭐라고 대답을 해야 하는데, 마치 입술이 딱 달라붙은 것처럼 움직이지 않았다.

　"……."

　얼어붙은 유림을, 승현은 가만히 바라보고 있었다. 차분한 시선이었다.

　눈빛을 읽을 수가 없어서 유림은 초조해졌다. 조용한 시선에 사로잡혀 숨이 막혀온다. 마치 눈빛이라는 거미줄에 온몸이 꽁꽁 묶여 있는 듯한 느낌이었다.

dangerous associate

"여긴…… 대체 어떻게……."

한참 만에야 유림은 더듬거리며 겨우 말했다.

"오늘부터 기획 3팀을 이끌게 됐어요. 앞으로 잘 부탁합니다."

차분한 목소리와 정중한 말투에 유림은 오히려 정신이 퍼뜩 들었다. 그러니까 지금 자신은, 승현이 팀장으로 있는 팀의 일원이 된 거였다!

물론 유림도 이게 우연이라고 생각할 정도로 바보는 아니었다.

"죄송하지만 먼저 설명부터 해주셔야겠습니다."

유림은 고개를 들어 똑바로 승현을 쳐다보았다.

"왜 제가 이 팀에 오게 된 겁니까?"

"본사로 돌아오면서, 내가 이끌 팀을 새로 하나 꾸려야 했어요."

승현은 천천히 설명하듯 입을 열었다.

"아무래도 이왕이면 예전에 같이 일해봤던 사람이 편하겠다 싶었어요. 예전에 정 대리님이 기획 일을 해보고 싶다고 말했던 것도 기억났고. 그래서 내 팀에 데려왔습니다."

편하겠다 싶었다는 말에 유림은 욱하고 말았다. 어떻게 내가 편한 사람일 수가 있을까. 아무리 잊었더라도, 어떻게 편하기까지 할까.

나는 당신이 편하지 않다, 그러니 함께 일할 수 없다고 유림이 딱 잘라 말하려던 그 순간.

"혹시 정 대리님은 내가 불편하신 겁니까?"

놀랍게도 승현이 선수를 쳤다.

위험한 신입사원]

8

'나는 벌써 다 털어버렸는데, 그쪽은 아닌 건가?'

마치 그렇게 묻는 듯한 눈빛에 문득 자존심이 상했다.

"아뇨. 불편할 것 없습니다."

저도 모르게 유림은 도전하듯 그렇게 대꾸하고 있었다.

"좋아요. 그럼 아무 문제 없겠군요."

승현이 빙긋 웃었다.

"앞으로 잘 부탁합니다."

그제야 유림은 퍼뜩 제정신으로 돌아왔다.

'내가 방금 무슨 짓을 한 거지?'

그때, 갑자기 등 뒤에서 반가운 듯한 목소리가 들려왔다.

"어머나, 지사장님!"

깜짝 놀라 돌아보자 민혜인 차장이 유림처럼 손에 개인 사물이 담긴 상자를 들고 사무실로 들어오는 참이었다.

"대체 이게 얼마 만이에요?"

반가워하는 혜인에게, 승현이 미소를 머금고 마주 인사를 건넸다.

"오랜만입니다, 민 차장님. 그동안 잘 지내셨어요?"

"그럼요. 아침에 출근하니까 갑자기 인사이동이라고 해서 어찌나 놀랐는지 몰라요."

"죄송하게 됐습니다. 미리 말했어야 하는데."

"아닙니다. 잊지 않고 이렇게 불러주시니 감사할 따름이죠."

사과하는 승현에게, 혜인은 산뜻하게 웃어 보였다.

dangerous associate

9

"그런데 기획 3팀이라니, 무슨 사업을 하게 되는 건가요?"

"설명드릴 테니 우선 자리에들 앉으시죠."

유림은 얼떨결에 혜인을 따라 자리에 앉았다.

"정식으로 인사드리죠. 오늘부터 기획 3팀을 이끌게 된 차승현입니다."

승현이 말했다.

"우리 팀은 앞으로 카페 사업을 맡아서 추진하게 됐습니다. 이미 포화 상태에 이르러 있는 시장이라 새로 진입하기도, 자리를 잡기도 쉽지 않겠죠. 그만큼 철저한 기획력이 요구되는 부분이라 아마 일하는 보람은 있으리라고 봅니다."

굉장히 생경한 느낌이었다. 언제부터 저렇게 차분하게 말하는 사람이었지?

예전의 승현이 말 그대로 신입사원 같았다면 지금 눈앞에 있는 승현은 영락없는 상사였다. 태도에도, 말투에도 억지로 꾸며낸 것이 아닌 자연스러운 무게가 느껴졌다. 이제 겨우 서른이라는 나이에 달고 있는 팀장 직함이 전혀 어색하지 않을 정도였다.

"아직은 카페 사업이라는 것 외에는 아무것도 정해진 게 없는 상황입니다. 우선 여기저기 카페들을 좀 둘러보고 나야 브레인스토밍이라도 해볼 수 있을 테니 당분간 외근이 좀 많겠네요."

간단히 설명을 끝낸 승현이 혜인과 유림을 번갈아 쳐다보더니 불쑥 물었다.

"오늘 저하고 같이 움직이실 분?"

먼저 대답한 것은 혜인이었다.

"카페를 돌리려면 커피 맛도 봐야 할 텐데, 제가 요즘 먹는 약이 있어서 카페인은 좀 무리네요. 정 대리하고 같이 움직이시는 게 좋을 것 같은데요, 팀장님."

나? 흠칫 놀라는 유림과는 달리, 승현은 아무렇지도 않다는 듯이 대답했다.

"그러면 정 대리님은 저하고 같이 외근을 하시고, 민 차장님은 내근을 맡아주시는 걸로 하면 되겠군요."

유림이 뭐라고 반론을 제기할 틈도 없었다.

"저는 잠시 사장실에 좀 올라갔다 올 테니 정 대리님은 제가 돌아오면 바로 외근 나갈 수 있게 준비하고 계시죠. 민 차장님은 카페 관련해서 최신 기사나 자료들 좀 준비해주시고요."

"예, 팀장님."

혜인이 대답했다.

승현이 사무실을 나가자마자 유림은 참았던 숨을 뱉어내듯 혜인에게 말을 걸었다.

"차장님! 대체 이게 무슨 일입니까?"

"일은 무슨 일이야, 대박 난 일이지."

상자에서 물품들을 꺼내 정리하기 시작하며 혜인이 대꾸했다.

"정 대리도 표정 좀 펴. 줄을 잘 타도 이만저만이지, 앞으로 회사 물려받으실 분 팀에 들어왔는데 이만한 행운이 어딨다고 그렇게 우거지상을 하고 있어?"

dangerous associate

11

"아니, 아무리 그래도……."

유림은 말끝을 흐렸다. 전에 사귀던 남자와 같은 팀에서 일하게 된 걸 어떻게 기뻐하란 말인가.

그런 유림의 생각을 알아챘는지, 갑자기 혜인은 엄한 표정을 했다.

"정 대리, 혹시 쓸데없는 생각 하고 있는 건 아니겠지? 팀장님이 불편하다든가."

"……솔직히 말씀드려서 그렇습니다."

유림은 혜인에게 매달리듯 부탁했다.

"공과 사는 구별해야 된다는 건 알지만 이건 좀 너무하잖습니까. 저 다른 팀으로 보내달라고 차장님이 좀 말씀해주시면 안 되겠습니까? 하다못해 외근이라도 차장님께서 대신 나가주시면……."

하지만 혜인은 싸늘하게 표정을 굳혔다.

"정 대리, 그렇게 안 봤는데 실망이네."

아차, 하고 유림은 속으로 후회했다.

"회사가 팀에 불편한 사람 있다고 자기 맘대로 옮기고 말고 할 수 있는 곳이야?"

"……."

"일할 때 사적인 감정 넣지 말라고 내가 그렇게 가르쳤는데!"

혜인은 나지막한 목소리로 호되게 유림을 질책했다.

"팀장님만 해도 봐. 정 대리가 어디 편해서 불렀겠어? 일 열심히

하는 거 알고, 기획 일 하고 싶어 했던 것도 아니까 불편해도 사적인 감정 제하고 불러주신 거지. 그런 게 프로 아냐?"

정신이 번쩍 들었다.

옳은 말이다. 일은 일이 아닌가. 승현이 자신을 프로로서 대하는데, 혼자 과거에 얽매여 아마추어처럼 굴고 만 자신이 부끄러웠다.

"제가 잘못 생각한 것 같습니다, 차장님."

유림은 솔직하게 사과하며 고개를 숙였다.

"열심히 해보겠습니다."

"잘 생각했어. 그래야 우리 정 대리지."

그제야 혜인의 표정이 누그러졌다.

"어서 외근 나갈 준비 해. 팀장님 돌아오시면 바로 나갈 수 있게."

승현은 오래지 않아 돌아왔다. 유림은 승현과 함께 회사를 나왔다. 제일 먼저 회사에서 가장 가까운 곳에 있는 카페부터 들러보기로 했다.

아침 출근 시간은 지났고, 점심시간은 아직 멀었다. 그래서인지 카페 안에는 손님이 거의 없었다.

"에스프레소 더블 샷 하나하고 아메리카노 하나 주십시오."

유림이 별생각 없이 그렇게 주문하는데, 곁에서 승현이 자연스럽게 정정했다.

dangerous associate

13

"둘 다 아메리카노로 부탁합니다."

뒤늦게 아차 싶었다. 승현에게 의사를 물어보지도 않고 멋대로 주문해버리지 않았는가.

"죄송합니다, 팀장님. 제가 그만 여쭙지도 않고……."

"괜찮습니다."

승현이 조금 미소를 지어 보였다.

"아무래도 카페인 섭취가 너무 과한 것 같아 요즘은 아메리카노로 바꿨습니다."

"아, 예……."

그새 커피 취향이 바뀌었구나. 유림은 왠지 모를 씁쓸함을 느꼈다.

주문한 커피는 금세 나왔다. 자리로 옮겨서 앉자 승현이 주위를 둘러보고는 말했다.

"생각보다 사람이 많지 않군요."

"시간이 어중간해서 그런 것 같습니다. 점심시간에는 테이크아웃하려고 줄까지 꽤 길게 늘어서곤 합니다."

유림의 말에 승현이 고개를 끄덕이고는 커피를 한 모금 마셨다.

"커피 맛은 나쁘지 않네요. 예가체프인 것 같은데…… 요즘 한국에서 이 정도면 가격이 어떤 수준인가요?"

"저렴한 편입니다. 가격에 비해 커피 맛이 좋아서 손님이 많은 것 같습니다."

유림이 대답했다. 승현의 날카로운 시선이 카페 안을 훑었다.

위험한 신입사원]

14

"커피에 비하면 내부 인테리어는 썩 좋지는 않네요. 별로 안락한 분위기도 아니고, 의자도 편하지 않고. 아마도 테이크아웃에 치중하는 가게인가 보군요."

생각해보니 그런 것 같았다. 이 카페에 올 때는 늘 테이크아웃을 위해서였지, 정작 앉아서 얘기할 게 있을 때는 온 적이 없다.

"예, 그런 것 같습니다."

"그럼 그것부터 결정하는 게 중요하겠군요. 테이크아웃이 중심인가, 아니면 안에서 마시고 가는 손님이 중심인가."

커피를 마시며 앉아 있지만 승현은 어디까지나 일하는 중이었다. 그가 프로라는 것이 뼈저리게 느껴졌다.

분명 승현인데, 마치 승현의 얼굴을 한 다른 사람과 마주 앉아 있는 것 같은 기분이 들었다. 2년 전과는 눈빛도, 말투도, 행동도, 완전히 달라져 있었다. 심지어 커피 취향까지도.

옷차림도 마찬가지였다. 예전에는 슈트를 입어도 늘 특이한 디자인이거나 색깔이 화려하거나 하는 식으로 어딘가 한 가지는 꼭 튀었는데, 지금은 전혀 그렇지 않았다. 차분하고 편안한 느낌의 브라운 계열 슈트에 단정한 넥타이가 오히려 전보다 훨씬 세련되어 보였다.

도저히 같은 사람이라고는 믿을 수가 없을 지경이다.

자꾸만 승현에게로 향하는 시선을 억지로 다른 곳으로 돌리면서, 유림은 일에 집중하려고 애를 썼다.

"메뉴 선정도 중요할 것 같습니다, 팀장님. 여기처럼 커피만 팔

dangerous associate

15

것인지, 아니면……."

카페를 순회하는 데는 생각보다 시간이 많이 걸렸다. 가는 곳마다 커피 맛도 봐야 하고, 인테리어나 메뉴 구성, 규모 등은 물론이고 해당 점포 주변의 상권과 유동 인구까지 하나하나 체크하자니 그럴 수밖에 없었다.

점심식사도 카페에서 샌드위치로 때우면서 쉼 없이 돌았는데도 퇴근 시간까지 총 일곱 군데밖에 돌아보지 못했다.

"이런, 벌써 시간이 이렇게 됐군요."

일곱 번째로 들른 카페에 대한 파악이 어느 정도 끝났을 때, 승현이 문득 시계를 보더니 말했다. 저녁 6시가 조금 넘은 시각이었다.

"사무실로 돌아갈 것 없이 여기서 바로 퇴근하죠. 정 대리님은 이만 들어가셔도 될 것 같습니다."

"예. 팀장님께서는……?"

"난 잠깐 더 앉아서 정리 좀 하고 들어가겠습니다."

승현이 미소를 지으며 유림을 향해 고개를 까딱했다.

"오늘 수고 많았어요. 내일 사무실에서 봅시다."

"예, 팀장님. 그럼 내일 뵙겠습니다."

유림은 정중하게 인사를 하고 일어서서 카페를 나왔다.

바깥으로 나오자 여태껏 참고 있던 한숨이 절로 흘러나왔다.

"……휴우."

함께 있는 동안에는 잘 몰랐는데, 어지간히 긴장하고 있었나 보

다. 길을 걷는데 다리가 다 후들거렸다.

하루 종일 함께 있는 동안 승현은 사적인 말은 한 마디도 꺼내지 않았다. 어디까지나 사무적인 말투와 태도에서, 확실히 그가 자신과의 일을 다 털어버렸다는 느낌을 받았다.

'하긴 헤어질 때도 그랬지.'

헤어지자고 마음에도 없는 말을 해놓고 후회스러워 어쩔 줄 몰랐던 자신과 달리 승현은 쿨했다. 헤어지기로 결심하자마자 바로 말했고, 말한 후로는 두 번 다시 마음이 바뀌지 않았다.

사실 유림은, 전화로 헤어지자는 말을 들은 후에도 한동안은 계속 기다렸었다. 시간이 지나면 승현이 연락해 올 거라고 믿었다. 화가 나서 그만 잘못 생각했다고, 보고 싶다고, 우리 헤어지지 말자고.

하지만 승현에게서는 한 달이 지나고, 두 달이 지나도 연락이 없었다. 그제야 유림도 인정할 수밖에 없었다. 그가 끝이라고 했던 그 순간, 그때 이미 끝난 거였다는 사실을.

1월 초, 겨울 해는 너무나 짧았다. 이제 겨우 6시 반도 안 됐는데 이미 주위는 어둡고, 거리는 네온사인으로 흘러넘치고 있었다.

'내가 데려다줄게요. 여자 혼자 밤길 다니는 거 아니에요.'

예전 같으면 그렇게 우겨서 강제로라도 집에 데려다주었을 남자는,

'오늘 수고 많았어요. 내일 사무실에서 봅시다.'

그렇게 말하고 아무렇지 않게 고개를 돌렸다.

dangerous associate

17

사랑이 끝났다는 것을 다시 한 번 강제로 확인당하는 기분은, 오늘 마신 커피를 다 합친 것보다도 훨씬 더 쓰디쓴 것이었다.

물론 거짓말이었다.
어떻게 편할 수가 있을까. 유림의 얼굴을 본 그 순간부터 이렇게 심장이 미친 듯이 뛰고 있는데.
"하아……."
유림이 자리를 뜨자 내내 경직되어 있던 승현의 어깨에서 그제야 힘이 빠져나갔다.
하루 종일 함께 있는 내내 얼마나 이를 악물고 견뎠는지 모른다. 긴장한 티를 내지 않기 위해서, 와락 껴안고 싶은 걸 참기 위해서.
'보고 싶어서 미치는 줄 알았어요.'
진심을 말해버리지 않기 위해서.
얼마 전에 버스 정류장에서 보았을 때도 느꼈지만, 2년 전에 비해 유림은 훨씬 더 매력적인 여자가 되어 있었다. 외모는 물론이고 그 외의 부분에서도.
예전에 비하면 한결 부드러운 느낌이었다. 정중한 말투만은 그대로 남아 있었지만, 프로페셔널해 보일 정도지 전처럼 군대를 갓 제대한 듯한 느낌은 아니었다. 어쩌면 그건 사랑을 해본 여자로서의 변화일지도 몰랐다. 유림이 지난 2년 동안 애인 없이 지냈다는 게 마치 기적처럼 느껴졌다.
승현은 혜인에게 마음 깊이 감사했다.

위험한 신입사원]

18

「지사장님, 정말 저한테 절하셔야 돼요. 유림 씨한테 붙는 남자들 막느라 제가 얼마나 힘들었는지 아세요?」

며칠 전에 통화했을 때, 혜인이 그렇게 푸념했던 것이 사무치게 이해가 되었다.

문제는 유림이 자신에 대한 마음을 모두 접어버렸다는 거였다.

「지사장님 얘기만 나와도 질색을 해요. 아마 쉽지만은 않을 것 같아요.」

혜인은 걱정스럽게 말했었다.

그렇지 않아도 승현은 천천히 다가가자고 다짐하고 있었다. 속마음을 숨긴 채 조심스럽게 다가가서, 다시 한 번 유림이 자신을 좋아하게 만들 생각이었다.

'내가 다가갈게요. 밀어내지만 마요.'

속으로 그렇게 뇌까리며, 승현은 오늘 몇 잔째인지 모를 커피를 입 안에 머금었다.

다음 날 간단히 아침 회의를 가진 결과, 당분간은 계속 어제처럼 해나가기로 했다. 승현과 유림이 외근을 맡고, 혜인은 사무실에서 서포트하는 식으로.

전날처럼 유림은 승현과 함께 카페를 돌았다. 종일 함께 있었지만 역시 승현은 일 외의 이야기는 전혀 꺼내지 않았다. 다행이라

고 생각하면서도 가슴 한구석에 찬바람이 불었다.

　그리고 오후 늦어서 사무실로 다시 돌아오자 현우가 기다렸다는 듯이 유림을 옥상으로 불러냈다.

　"뭐? 일부러 널 자기 팀에 넣은 거라고?"

　현우는 자초지종을 듣더니 펄쩍 뛰었다. 유림은 주스 캔을 따서 한 모금 꿀꺽 마시고는 대꾸했다.

　"예. 그렇답니다."

　"아니, 대체 왜? 헤어진 사이에 같이 일해서 좋을 게 뭐가 있다고…… 아!"

　어이없어하던 현우가 갑자기 손가락을 딱 튕겼다.

　"설마 차 팀장이 아직도 너 못 잊은 거 아니냐? 그렇지 않고서야……."

　"그런 거면 벌써 연락을 했겠죠. 제가 휴대전화 번호를 바꾼 것도 아니고, 잠수를 탄 것도 아니고."

　유림은 씁쓸하게 고개를 저었다.

　"그냥, 제가 편하답니다. 그래서 같이 일하면 좋겠다 싶었다고 하던데요."

　"편하다고……?"

　현우가 고개를 갸웃거렸다. 그러더니 의외의 말을 했다.

　"뭐, 이해가 갈 듯도 하네."

　"예?"

　유림은 놀라서 현우를 쳐다보았다.

"대체 어떻게 생각을 하면 그게 이해가 가는 겁니까?"

"당장 너랑 나도 비슷한 경우 아니냐."

현우가 어깨를 으쓱했다.

"너도 나 좋아했었고, 나도 너 좋아했었고. 근데 그거 서로 정리되고 나니까 오히려 이렇게 훨씬 편하잖냐, 예전보다도 더."

"아……!"

머릿속에 반짝, 하고 전구가 켜지는 듯한 느낌이었다.

보통 남녀 사이는 진정한 친구가 될 수 없다고 한다. 분명 둘 중 누군가는 마음을 숨기고 있는 거라고. 유림도 사실 동의하는 바였다. 실제로 자신도 그랬으니까.

하지만 서로 이미 연애 감정이 있었다가 정리된 경우는 달랐다. 남녀를 떠나서, 진심으로 서로를 이해하는 편한 친구가 될 수 있었다. 지금의 현우와 자신처럼.

'설마 그럼 팀장님도……?'

현우와 같은 심정으로 자신을 바라보고 있는 걸까.

그렇게 생각하는 유림에게, 현우가 아무렇지도 않게 말했다.

"그냥 이참에 아예 친구처럼 탁 터놓고 지내는 게 어떠냐? 나처럼."

"팀장님하고요?"

"그래. 까짓 거 못 할 건 또 뭐야. 어차피 너도 마음 정리 다 됐다면서."

둔한 현우는 유림이 한 거짓말을 곧이곧대로 믿고 있었다.

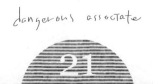

dangerous associate

21

"어차피 앞으로 계속 같이 일하려면 어쨌거나 편해져야 되잖아?"

유림은 가슴이 철렁했다. 현우의 말이 옳다. 도저히 이대로는 계속 같이 일할 수가 없을 것 같았다.

오늘도 유림은 하루 종일 승현과 단둘이서 카페를 돌았다. 하지만 어제에 비해 상황은 별로 나아진 게 없었다. 아무리 그러지 않으려고 노력해도 자꾸만 승현을 의식하고 긴장할 수밖에 없었다. 함께 있는 시간 내내 숨이 콱콱 막혔다. 물론 일에도 집중하기 힘들었다.

"뭐, 넌 아직도 안 좋은 감정이 남아 있는지 모르지만 차 팀장 그 사람도 사실 그렇게 나쁜 놈은 아니잖냐. 철이 좀 없었던 거지."

현우는 오히려 유림을 타이르듯이 말했다.

"그냥 눈 딱 감고 지난 일은 잊어버리고 친구처럼 지내. 그게 너도 편할 거다."

"친구처럼……."

유림은 현우의 말을 따라 하듯 입속으로 중얼거렸다.

그날 저녁, 승현은 팀이 새로 생긴 기념으로 회식을 갖자고 제의했다. 혜인은 좋아라 하며 냉큼 찬성했고, 유림은 마다할 처지가 아니었다. 결국 퇴근 후 셋이서 회사 근처 식당으로 향했다.

빛깔 좋은 꽃등심이 불판 위에서 지글지글 소리를 내며 맛있게 익어갔다.

"우리끼리니까 솔직히 터놓고 말씀드리자면, 사실 사장님은 내 귀국을 그다지 반가워하지는 않는 모양입니다. 기존에 있던 기획팀 팀장들도 마찬가지고요."

유림과 혜인의 잔에 차례로 술을 채워주며 승현이 말했다.

"그러니 결과로 보여주는 수밖에 없겠죠. 같이 열심히 한번 해봅시다."

"좋아요, 팀장님! 한번 제대로 보여주자고요!"

흔쾌히 대답하는 혜인과는 달리, 유림은 좀 더 복잡한 마음이었다.

2년 전, 승현이 처음 입사하던 날 그는 말했었다. 다음 해에는 부장, 또 그다음 해에는 상무로 승진할 예정이라고. 그런데 일본 지사에서 엄청난 실적까지 올리고 왔는데도 이사가 되지 못하고 부장 직급 그대로가 아닌가.

뭔가 이상하다 했더니, 역시나.

'혹시 나 때문인 걸까.'

그렇게 생각하자 유림은 가슴이 철렁했다.

헤어진 후로 가끔 건너 건너 승현에 대한 소식을 들었지만 그중에 세라와 관련된 것은 없었다. 아마도 파혼한 이후로 다시 만난 적은 없는 것 같았다.

그렇다면 세라의 아버지인 이 사장이 승현을 반가워할 리 만무했다. 결국 승현이 지금 환영받지 못하고 있는 건 자신 때문일 가능성이 높았다.

유림은 문득 일종의 책임감 같은 것을 느꼈다.

"저도 열심히 하겠습니다, 팀장님."

어찌 됐든 승현의 일이 잘되게 돕자고, 유림은 결심했다.

"고맙습니다. 앞으로 많이들 도와줘요."

그렇게 말하고 승현은 잔을 들었다.

"자, 건배하죠."

"건배!"

세 개의 잔이 허공에서 기세 좋게 부딪쳤다.

오늘따라 마시는 속도가 빠르다 했더니, 아니나 다를까. 혜인은 얼마 안 가서 얼굴이 빨개져서 비틀거렸다. 평소에 잘 안 먹는 소주에 취한 모양이었다.

결국 현우에게 전화를 해서 데리러 오라고 하고는, 혜인은 자리에서 먼저 일어났다.

"죄송합니다, 팀장님. 먼저 들어가보겠습니다."

"괜찮습니다. 푹 쉬시고 내일 뵙지요."

"먼저 일어나서 미안해, 정 대리. 내일 봐."

혜인이 비틀거리며 먼저 가게를 나가자 승현과 단둘이 남게 됐다. 괜히 민망해진 유림은 혜인 대신 변명하듯 말했다.

"차장님이 원래 소주가 약합니다. 보통은 와인이나 칵테일을 마시는데⋯⋯."

"둘이서 자주 마셨나 봐요?"

"예. 아무래도 같은 팀에 있다 보니까 많이 돌봐주기도 하셨고
요."

"그랬구나. 홍보팀 일은 어땠어요?"

다행히도 그리 어색하지 않게 대화가 이어졌다. 유림은 어느새
자연스럽게 승현을 상대로 이야기하고 있었다.

"작년에 제가 가르친 신입사원이 있는데, 그 친구는 주사가 장
난 아니었습니다. 붙들고 고치느라 아주 애먹었습니다."

그 말에 승현은 무슨 생각을 했는지 갑자기 빙긋 웃었다.

"정 대리님은 어째 늘 신입사원 교육 담당이네요."

"예?"

"나 같은 엘리트를 가르치다가 그런 친구를 만나서 고생 좀 했겠
습니다."

그제야 유림은 승현이 농담을 했다는 것을 깨달았다.

승현의 신입사원 시절. 그때가 떠올라서 유림도 저도 모르게 피
식 웃고 말았다.

"엘리트 두 번만 맡아 가르쳤다간 제 명에 못 죽겠습니다."

알코올 기운을 빌어 유림 역시 농담으로 받아쳤다.

"하하하."

승현이 눈을 가늘게 뜨며 웃었다. 다시 만난 후로 처음 보는, 활
짝 웃는 얼굴이었다.

'아, 승현 씨 맞구나.'

유림은 속으로 그렇게 생각했다. 웃는 얼굴을 보자 이제야 승현

이 자신이 알고 있던 승현처럼 느껴졌다. 순간적으로 긴장이 풀리며 와락 반가운 마음이 앞섰다.

마침 승현도 유림과 똑같은 생각을 한 모양이었다.

"정 대리님 웃는 거 보니까 참 좋네요."

승현이 웃음기를 물고 말했다.

"사실은 내내 불편해 보여서 좀 걱정하고 있었습니다. 앞으로도 우리, 이렇게 웃으면서 지냈으면 좋겠네요."

그럴 수만 있다면 얼마나 좋을까. 유림은 진심으로 고개를 끄덕였다.

"예, 저도 그랬으면 좋겠습니다. 그냥 친구처럼 편하게……."

"친구?"

갑자기 승현이 놀란 듯이 되묻는 바람에 유림은 퍼뜩 제정신으로 돌아왔다.

내가 지금 무슨 소릴 지껄인 거지?

"아, 아무것도 아닙니다."

유림은 황급히 얼버무리듯 소주잔을 들어 단숨에 비웠다. 그러나 승현은 그냥 넘어가주지 않았다. 유림이 술잔을 내려놓자마자 다그치듯 묻는 것이었다.

"지금, 나랑 친구 하자고 했습니까?"

두 살 연하고 옛 연인이고를 떠나서, 그는 현재 자신의 상사다. 상사에게 친구 먹자고 했으니 망발도 이런 망발이 없었다.

"제가 그만 술김에 실수를…… 정말 죄송합니다, 팀장님. 전 그

위험한 신입사원

26

냥, 계속 같이 일할 거니까 편하게 지내면 좋겠다 싶어서."

유림은 고개를 깊이 숙여 사과했다. 그러나 잠시 후 돌아온 것은, 생각지도 못했던 대답이었다.

"그렇게 하죠."

유림은 놀라서 고개를 번쩍 들었다.

"예?"

"하자고요. 합시다, 친구."

승현은 빙그레 웃으며 말했다.

"이왕 친구 하는 거, 베프는 어떨까요?"

유림의 이마에 식은땀이 배어나왔다.

승현은 '친구 먹은 기념'이라는 핑계로 유림에게 진탕 술을 먹었다. 고지식한 유림은 상사인 자신이 주는 술을 마다하지도 못하고, 주는 대로 다 받아 마셨다.

"죄송합니다, 팀장님. 제가 그만 과음을……."

승현에게서 부축을 받아 걷던 유림이 잘 돌아가지 않는 혀로 중얼거렸다.

"힘들겠지만 주차장까지만 좀 걸어봅시다. 대리 기사 불렀으니까 집에 데려다줄게요."

"아닙니다, 그냥 택시로 가도……."

유림이 말하다 말고 갑자기 넘어질 듯 크게 휘청거렸다. 승현은 놀라서 그런 유림을 얼른 품에 받아 안았다.

"괜찮아요?"

유림은 잠시 대답이 없었다.

이 가슴의 고동이 전해지면 안 된다. 이 마음을 들켜서는 안 된다. 그렇게 생각하면서도 도저히 놓을 수가 없었다. 유림을 가만히 끌어안고 있던 승현은 문득 눈시울이 뜨거워졌다. 얼마나 이렇게 안아보고 싶었는지, 이 여자는 짐작이나 할까.

한참 후에야 품 안에서 풀죽은 듯한 목소리가 들려왔다.

"죄송해요, 폐 끼쳐서……."

놔주기가 죽기보다 싫었지만, 승현은 필사의 의지력을 발휘해 유림을 안았던 팔을 풀었다. 그리고 그녀를 향해 가만히 미소를 지어 보였다.

"괜찮습니다. ……우린 친구니까."

아침에 눈을 뜬 유림은 시계를 보고 기절할 뻔했다. 앗, 지각이다!

"아, 엄마! 여태 안 깨우면 어떡……."

투정부리듯 말하다 말고 유림은 정신을 차렸다. 아 참, 집에 나밖에 없었지.

동생인 유민이 속도위반으로 결혼해서 작년에 쌍둥이를 낳는 바람에, 엄마는 아이들 돌보는 것을 돕느라 유민의 집에 가서 지

내고 있었다.

졸지에 혼자 살게 된 후로 이게 제일 큰 문제였다. 아침에 깨워 줄 사람이 없다는 것! 유림은 서둘러 씻고 화장을 마치고 옷을 갈아입은 후 핸드백을 들고 집에서 뛰쳐나왔다.

"택시, 택시!"

이미 버스는 틀렸다. 그러나 택시도 좀처럼 잡히지 않아서 유림은 발을 동동 굴렀다.

"미치겠네!"

대리씩이나 달고 여태 아침에 지각을 하는 자신을 승현이 어떻게 생각할까. 그렇지 않아도 어젯밤 회식 자리에서 술김에 친구처럼 지내자고 망발까지 부려놨는데!

'이왕 친구 하는 거, 베프는 어떨까요?'

승현이 웃으며 그렇게 농담처럼 넘겨주긴 했지만 술을 깨고 나서 생각하니 스스로도 기가 찰 노릇이었다. 세상 천지에 부장한테 친구 먹자는 대리가 어디 있단 말인가?

그뿐인가. 얼마나 과음을 했는지, 결국 승현이 대리 기사를 불러서 집까지 태워다줬다.

'왜 자꾸 이런 모습만 보이게 되는 거야!'

유림은 안타까운 마음에 입술을 깨물었다.

헤어진 후로 자신도 시간을 그냥 흘려보내지는 않았다. 여러모로 그전보다 훨씬 나은 사람이 되었다고 생각한다. 외적으로도, 물론 내적으로도.

그런데 왜 정작 승현에게는 형편없는 모습만 보이게 되는 걸까.

출근을 서두르느라 화장도 대충, 옷도 대강 입고 나왔다. 길가의 쇼윈도에 비친 자신의 모습이 오늘따라 조금도 예뻐 보이지 않아서, 유림은 한층 더 자신이 초라하게 느껴졌다.

시무룩하게 서 있는데 갑자기 자동차 한 대가 바로 눈앞에 멈춰 서는 바람에 유림은 퍼뜩 정신을 차렸다. 택시인가 했더니 웬 검은 자동차였다.

이윽고 차창이 내려가고, 안에 타고 있는 사람의 얼굴을 본 유림은 깜짝 놀랐다.

"팀장님?"

"타요. 데려다줄게요."

차창 안에서 나타난 승현의 얼굴을, 유림은 놀라서 바라보았다.

"팀장님이 여긴 어떻게……?"

"나도 출근하는 길입니다. 지나가다 보니까 택시 잡고 있는 것 같아서 세웠어요."

승현이 엄지손가락으로 옆 좌석을 가리켰다.

"얼른 타요."

"하지만……."

덥석 타지 못하고 머뭇거리는 유림을, 승현이 재촉했다.

"이러다 지각하겠습니다. 나까지 지각시키고 싶어요?"

뒤에서 차들까지 덩달아 재촉하듯 신경질적으로 클랙슨을 울려 댔다. 어쩔 수 없이 유림은 얼른 차에 올라탔다.

"고맙습니다, 팀장님."

급하게 안전벨트를 매는 유림을 보며 승현이 미소를 지었다.

"자, 그럼 출발합니다."

이윽고 차가 미끄러지듯 달리기 시작했다. 운전석의 승현은 어딘가 기분이 좋아 보였지만 유림은 그야말로 가시방석이 따로 없었다.

'어제 친구 먹자고 해서 죄송하다고 사과를 할까?'

유림이 속으로 그렇게 고민에 빠져 있는데, 문득 승현이 하는 말이 귀에 들려왔다.

"……하는 게 좋지 않을까요?"

아차, 하고 유림은 혀를 깨물었다. 딴생각을 하고 있느라 미처 승현의 말을 듣지 못한 것이었다. 그렇다고 '뭐라고 하셨습니까?' 하고 되묻자니 상사 앞에서 정신 놓고 있었던 게 들킬 판이다.

에라, 모르겠다. 유림은 눈 딱 감고 일단 맞장구를 치고 보았다.

"예, 물론입니다."

승현은 조금 놀란 듯이 곁눈질로 유림을 바라보았다.

"정말로 괜찮겠습니까?"

"예? 그야 뭐……."

"나중에 다른 소리는 않겠지요?"

굳이 다시 확인하듯 묻는 걸 보니 뭔가 좀 곤란한 거였나, 싶다. 하지만 이제 와서 사실 뭔지 모른다고 실토할 수도 없는 노릇이었다.

"예."

유림은 진땀을 흘리며 그렇게 대답하고 말았다.

"그럼 그렇게 하도록 하죠."

승현은 다행히도 그 이상 말하지는 않아서, 유림은 가슴을 쓸어내렸다.

이윽고 회사 근처에 다다랐다. 승현은 회사가 아닌 조금 떨어진 곳에 차를 세웠다.

"같이 출근하는 거 봤다간 사람들이 오해할 테니 정 대리님은 여기서 내리는 게 좋겠네요."

그런 배려가 오히려 고마웠다.

"고맙습니다, 팀장님. 그럼 조금 이따 사무실에서 뵙겠습니다."

유림이 감사 인사를 하고 내리려던 그 순간이었다.

"이따 퇴근할 때도 여기서 만나죠."

"예?"

유림은 깜짝 놀라서 승현의 얼굴을 쳐다보았다.

"아까 카풀 하기로 한 거 말입니다. 이왕 하는 거, 갈 때도 같이 가지요."

유림을 마주 보며, 승현이 빙긋 웃었다.

"아, 고맙다는 인사는 괜찮습니다. ……친구끼리니까."

'내가 하필 그때 왜 딴생각을 하고 있었을까!'

유림은 뒤늦게 땅을 쳤다. 물론 아침저녁으로 승현과 함께 출퇴

근할 수는 없었다. 업무 시간에 함께 있는 것만도 숨이 막혀 죽을 지경인데!

'대체 무슨 핑계를 대서 이걸 거절하지?'

골똘히 생각에 잠겨 복도를 걷고 있던 유림은, 모퉁이를 돌다가 그만 반대쪽에서 오던 사람과 어깨를 세게 부딪쳤다.

"앗!"

놀라서 보니 상대는 기획 1팀의 박 팀장이었다.

"죄송합니다!"

유림은 얼른 허리를 숙였다.

"이봐, 정 대리! 대체 눈을 어디다 두고 다니는 거야?"

박 팀장이 갑자기 호통을 치며 눈을 부라리는 바람에 유림은 크게 당황했다. 물론 부딪친 게 기분 좋은 일은 아니겠지만, 이렇게 소리까지 지를 건 뭐란 말인가. 하지만 어쨌든 상대는 자신의 윗사람이다. 유림은 그저 사과만 되풀이할 수밖에 없었다.

"죄송합니다, 하지만 일부러 그런 게 아니라……."

"지금 말대답하는 거야?"

갑자기 박 팀장이 말꼬리를 잡았다.

"회장님 손자 밑에서 일하니까 눈에 보이는 게 없나? 응?"

"오해십니다, 팀장님."

유림은 당황한 나머지 목소리가 떨렸다. 그저 지나가다 부딪쳤을 뿐인데, 갑자기 상대가 왜 이렇게 펄펄 뛰는지 알 수가 없었다.

"어제는 우리 팀 김 과장한테 예전 자료 찾아서 가져오라고 시켰

다면서? 건방지게 대리 주제에 사람을 오라 가라 하고 말이야!"

유림은 가슴이 철렁했다.

어제 기획 1팀 과장에게 예전 자료를 찾아달라고 부탁했던 건 사실이다. 승현이 예전에 한번 카페 사업 기획안이 만들어진 적이 있다고 했기 때문에, 보고 참고하려던 거였다. 물론 자료야 그 당시 담당자가 갖고 있을 테니 그쪽에 부탁할 수밖에 없지 않은가.

"그런 게 아닙니다. 옛날 자료라 찾는 데 시간이 걸린다고 하셔서 일단 돌아가서 기다렸던 겁니다. 그랬더니 과장님께서 내려오는 길에 직접 가져다주셔서…….."

"시끄러워. 아쉬운 쪽이 직접 와서 가져갔어야지!"

열심히 변명했지만 말은 중간에서 처참하게 잘려나갔다.

"그리고, 우리도 바빠 죽겠는데 쳐들어와가지고 무슨 자료를 내놓으라 마라야? 우리 팀이 뭐 그쪽 서포트 하라고 있는 줄 알아?"

박 팀장이 고함을 지른 바로 그 순간이었다.

"……거기까지."

갑자기 누군가가 유림과 박 팀장 사이에 끼어들며 앞을 막아섰다.

"저하고 말씀하시죠."

승현이었다.

"팀장님?"

유림이 놀라서 불렀지만 승현은 유림을 쳐다보지도 않았다.

"무슨 일로 제 팀원한테 그렇게 화가 나신 겁니까, 박 팀장님?"

말투는 정중했으나 눈빛은 더없이 싸늘했다.

"아이고, 차 팀장!"

박 팀장은 승현을 보더니 언제 그랬냐는 듯이 안면을 싹 바꿨다. 오히려 반가운 듯한 표정까지 하는 것이었다.

"아무 일도 아닙니다. 에이, 화라니, 그럴 리가 있나. 그치? 정 대리."

"그럼 방금 소리 지르고 계시던 건 뭡니까?"

"아랫사람이 잘못하면 야단도 좀 칠 수 있고, 뭐 그런 거 아닙니까."

"아뇨, 제 부하 직원입니다. 야단을 쳐도 제가 칩니다."

그제야 박 팀장도 얼굴을 굳혔다.

"차 팀장, 이거 말이 너무 심한 거 아닌……."

"두 번 다시 제 사람 건드리지 마십시오."

하지만 승현은 박 팀장이 끝까지 지껄이게 놔두지 않았다.

"애꿎은 부하 직원 괴롭힐 시간에, 그쪽은 그쪽 기획에 집중하시면 될 것 같습니다."

"뭐요?"

"어디까지나 회사의 이익이 걸린 사업입니다. 제가 회장님 손자라고 해서 허술한 기획안을 내도 통과되는 일은 없을 테니까, 그렇게 고슴도치처럼 한껏 신경 곤두세우고 있지 않아도 된다는 말씀입니다."

박 팀장의 얼굴이 시뻘게졌다.

그제야 유림은 박 팀장이 갑자기 시비를 걸어온 진짜 이유를 눈치 챘다. 그쪽 입장에서는 갑자기 신설된 기획 3팀이 눈엣가시였던 것이다.

"앞으로 하실 말씀이 있으시면 제게 직접 부탁합니다."

승현은 싸늘하게 내뱉은 후 용건은 끝났다는 듯이 등을 돌렸다.

"갑시다, 정 대리님."

"예? 아, 예!"

유림은 화들짝 놀라 승현의 뒤를 따랐다.

내려가는 엘리베이터에 올라탈 때까지 승현은 아무 말도 없었다.

"미안해요."

승현이 갑자기 사과하는 바람에 오히려 유림이 깜짝 놀랐다. 감싸준 것은 승현인데 왜 사과를 한단 말인가.

"예?"

"다 나 때문입니다. 내가 못마땅한데, 차마 회장님 손자인 나한테는 말을 못 하고 애꿎은 정 대리님한테 화풀이를 한 거예요. 비겁하긴."

승현의 잘생긴 얼굴이 화난 듯이 굳어 있었다. 그러나 곧 유림을 보고는 안타까운 듯한 표정으로 변했다.

"많이 속상했죠? 앞으로 절대 이런 일 없게 하겠습니다."

그는 유림의 눈동자를 들여다보며 힘주어 말했다.

"사람들이 뭐라고 하든 내가 다 감싸줄 테니까, 나만 믿고 따라

와요."

똑바로 바라보아오는 눈동자에, 문득 되살아나는 목소리가 있었다.

「힘들고 어려운 건 내가 다 막아줄 테니까, 그냥 나만 믿고 있으면 돼요.」

예전에도 그는 그렇게 말한 적이 있었다.

알고 있다. 지금의 믿고 따라오라는 말은 그때와는 다른 뜻이라는 걸. 어디까지나 팀장으로서 팀원에게 하는 말일 뿐이라는 걸. 하지만 그때와 똑같이 가슴이 뛰기 시작하는 것은 자신도 어쩔 수가 없었다.

'역시 안 되겠어.'

유림은 뼈저리게 인정할 수밖에 없었다. 승현은 이미 다 잊었는지 모르겠지만, 자신은 아니다. 도저히 이 마음을 억누를 수가 없다. 아무리 그냥 팀장으로 생각하려고 노력해도 무리였다. 처음부터 말도 안 되는 거였다. 가슴이 설레서, 눈물이 날 것 같아서 얼굴을 똑바로 쳐다볼 수조차 없는데.

"정 대리님?"

유림이 시선을 피하자 승현은 화가 났다고 오해한 모양이었다.

"설마 나랑 친구 하자던 거, 취소할 생각은 아니죠?"

남자답게 잘생긴 눈썹. 그 아래의 갈색 눈동자가 초조하게 이쪽을 바라보고 있었다.

아무리 지금은 다 정리됐다 해도 한때나마 결혼 약속까지 했던

사이다. 친구라니, 사실 말도 안 되는 소리다. 그런데도 왜 자꾸 승현이 친구가 되자고 하는 건지 유림은 알 것 같았다. 그렇게 해서라도 편해져야 같이 일할 수 있을 거라고 생각하는 거겠지.

물론 아직도 승현을 좋아하는 유림으로서는 도저히 무리였다.

'죄송합니다, 팀장님.'

하지만 거절하려고 마음먹은 순간, 슬그머니 딴생각이 고개를 들었다.

'친구라는 핑계로라도 가까이 지낼 수 있다면……?'

승현이 좋다. 마음을 속이고라도 좀 더 가까이 곁에 있고 싶다. 비겁한 게 아닐까, 하는 생각도 들었지만 결국은 충동이 이겼다.

"예, 팀장님."

유림이 고개를 끄덕이자, 그제야 승현의 얼굴이 안심한 듯이 풀어졌다.

"좋아요. 그럼 이따가 퇴근하고, 아침에 내렸던 거기서 다시 봅시다."

유림은 분명 오겠다고 했다. 하지만 먼저 퇴근한 후 약속 장소에서 유림을 기다리는 승현의 마음은 초조하기 그지없었다.

'와주지 않으면 어떡하지.'

친구처럼, 이라는 말이 유림의 입에서 나온 건 아마도 술김에 한 말실수였을 게 틀림없었다. 워낙 상사를 하늘처럼 생각하는 여자니까. 하지만 승현에게 있어서는 하늘에서 내려온 동아줄 같은 한

마디였다. 냉큼 붙잡고 매달리지 않을 수 없었다.

「이왕 친구 하는 거, 베프는 어떨까요?」

핑계가 필요했다. 자연스럽게 유림의 곁에 있을 수 있는 핑계가.

다행히도 유림은 그 핑계를 받아들여줬다. 이제 겨우 한 발을 내디딘 셈이었다. 다시 한 번 자신을 좋아하게 만들기 위한.

'어떻게든 돌려놓고 말겠어.'

예전에도 자신을 좋아하게 만들겠다고 생각한 적이 있었다. 그때는 자신감에 가득 차 있었는데, 지금은 왠지 자꾸만 자신이 없어졌다. 어떻게 해야 다시 한 번 이쪽을 봐줄지, 막막하기만 했다.

그렇다고 사실은 한 번도 잊은 적이 없다, 지금도 변함없이 사랑한다고 진심을 고백하자니 자칫 도망가버릴까 봐 두려웠다. 가뜩이나 자신에게서 상처를 받은 여자가 아닌가.

결국 지금 당장 할 수 있는 방법이라고는 이것뿐이었다. 친구라는 핑계.

하지만 정작 유림은 좀처럼 나타나지 않았다.

'혹시 마음이 바뀌어서 친구 못 하겠다고 하면 어쩌지?'

승현이 초조해서 거의 숨이 넘어가기 직전이 되었을 때에야 유림은 겨우 나타났다.

"죄송합니다, 팀장님. 일어나려는데 홍보팀에서 급하게 뭘 좀 물어보는 바람에 늦었습니다. 갑자기 부서를 옮기게 돼서 인수인계가 제대로 되질 않아서요."

유림은 정말로 미안한 듯한 표정이었다.

"아닙니다. 괜찮아요."

승현은 활짝 웃었다. 늦으면 어떤가. 왔으면 됐다. 그저 와준 것만으로도 됐다.

"정 대리님, 혹시 오늘 다른 약속 있습니까?"

"아뇨. 그런데 그건 왜……."

"그럼 우리, 저녁 같이할까요?"

"예?"

당황한 얼굴을 하는 유림에게, 승현은 간절한 마음을 숨기고 최대한 자연스럽게 웃어 보였다.

"친군데 밥 정도는 같이 먹을 수 있잖아요."

그날부터 승현은 아침저녁으로 유림을 데리러 왔다. 어차피 가는 길이니까, 라고 말하면서.

퇴근 후에 저녁을 같이 먹기도 하고, 휴일에는 가끔씩 휴대전화 메신저로 몇 마디씩 얘기도 나눴다. 비록 늘 '친구니까'라는 전제가 붙긴 했지만 그래도 유림은 즐거웠다.

마음을 숨기는 것 정도야 아무 일도 아니었다. 현우 앞에서는 자그마치 10년이나 숨겨왔는데, 이쯤이야.

친구라도 좋으니까, 조금이라도 길게 승현의 곁에 있고 싶다.

어느새 유림은 그렇게 바라고 있었다.

dangerous associate

2. 이제, 친구 못 해

모처럼의 휴일, 유림이 집에 있는데 승현에게서 전화가 왔다.

"예, 팀장님!"

유림은 반갑게 전화를 받았다.

- 집에서 뭐 하고 있습니까?

"TV 보고 있습니다."

솔직하게 말하자 재미있다는 듯한 웃음소리가 들려왔다.

- 그러지 말고 나와요. 나하고 영화나 보고 저녁 먹읍시다.

"영화요……?"

유림은 조금 놀라 되물었다. 휴일에 만나서 영화 보고 저녁 먹는 건 완전히 데이트 아닌가?

그러나 승현은 아무렇지도 않게 덧붙였다.

- 친구끼리 영화 한 편 볼 수도 있잖아요?

아, 그렇지. 유림은 조금 씁쓸해졌다. 하기야 현우와도 영화는 본 적 있으니까.

- 한 시간 후에 집 앞으로 가겠습니다. 준비하고 나와요.

"예, 팀장님."

전화를 끊고 나서 유림은 작게 한숨을 내쉬었다. ……친구라고 말끝마다 꼭 그렇게 강조 안 해도 되는데.

그러면서도 얼른 옷장을 열어 무슨 옷을 입고 나갈까, 고민을 시작하는 유림이었다.

승현이 예매해둔 것은 요즘 한창 흥행 중인 로맨틱 코미디 영화였다. 가벼운 내용이라 처음에는 웃으면서 즐겁게 볼 수 있었는데, 문제는 영화가 거의 끝나갈 때쯤 벌어졌다. 영화 속에서 무거운 물건을 드는 여자 주인공에게, 남자 주인공이 이렇게 말했던 것이다.

『이리 줘, 내가 들어줄 테니까.』

그 순간, 문득 겹쳐지는 목소리가 있었다.

「앞으로 그런 일은 내가 할게요.」

당연하다는 듯이 유림을 부려먹던 부장을 향해 한 소리 해줬던 날. 승현은 안타까운 얼굴로 그렇게 말했었다.

「그러니까 선배는 가만히 있어요.」

그때, 그 말이 얼마나 울고 싶을 정도로 기뻤는지…….

유림이 갑자기 눈시울이 울컥 뜨거워지는 것을 깨닫고 제정신으로 돌아왔을 때는, 이미 눈앞이 흐려지고 있었다.

"하하하하!"

마침 스크린 속에서 우스꽝스러운 장면이 나오는 바람에 주위

에서 웃음이 터졌다. 그 와중에도 눈물은 걷잡을 수 없이 흘러내렸다. 당황해서 얼른 소매로 문질러 닦았지만 소용이 없었다.

"왜 그래요?"

승현도 이상한 낌새를 챘는지, 속삭이듯 물었다.

"아, 아무것도 아닙니다."

아무렇지도 않은 척 대답하려고 했는데, 그만 목소리가 심하게 떨리고 말았다.

"정 대리님."

승현의 목소리가 갑자기 심각해졌다.

"혹시…… 울어요?"

더 이상은 앉아 있을 수가 없었다. 유림은 "잠시만요." 하고 조그맣게 중얼거리자마자 자리에서 일어나 도망치듯 상영관을 나왔다. 다행히 바깥에는 아무도 없어 조용했다. 얼른 눈물 자국을 지우고 상영관으로 돌아갈 생각에 유림은 화장실로 향했다. 그러나 몇 걸음 가지도 못해서 뒤쫓아 나온 승현에게 손목을 붙들렸다.

"잠깐만."

이미 눈물로 범벅이 되어 있는 유림의 얼굴을 보고, 그는 깜짝 놀란 표정을 했다.

"왜 우는 겁니까?"

유림은 당황해서 손목을 빼려고 애를 썼다.

"아무것도 아닙니다. 그냥 세수만 좀 하고 나오면…….."

하지만 승현은 놓아주지 않았다.

"아무것도 아니긴 뭐가 아니에요, 이렇게 울고 있으면서!"

뭐라고 대답할 말이 없었다. 예전의 다정했던 당신이 생각나서 슬퍼졌다고, 그래서 눈물이 멈추지 않는다고 어떻게 말할 수 있을까.

승현에게 손목을 붙들린 채 유림은 고개를 푹 숙이고 말았다. 바닥에 눈물방울이 뚝뚝 떨어졌다.

"울지 마요."

승현이 안타까운 눈으로 바라보는 것이 느껴졌다.

"안아줄 수도 없는데, 이렇게 울면 내가 너무 속상하잖아요."

울고 있는 와중에도 유림의 심장이 두근, 하고 소리를 냈다. 이건 설마 안아주고 싶다는 뜻일까.

"그렇게 계속 울면 나, 정 대리님이랑 친구 못 해요."

아까보다 좀 더 가까운 곳에서 승현의 중얼거리는 목소리가 들려왔다.

"분명히 말했어요. 친구 못 한다고."

승현의 정갈한 구두 앞코가 유림의 시야에 들어왔다. 아, 하고 생각했을 때는 이미 승현의 품 안이었다.

"……이제, 친구 못 해."

유림을 옴짝달싹도 못 하게 끌어안은 채, 승현이 속삭였다.

유림은 놀라서 숨조차 쉴 수가 없었다. 마치 머릿속이 멈춰버린 것만 같았다. 대체 승현이 왜?

'혹시 내가 지금 꿈을 꾸고 있는 건가?'

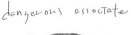

문득 그런 생각도 들었지만, 자신을 껴안고 있는 승현의 팔은 너무도 단단했다. 도저히 꿈속이라고는 생각할 수 없을 정도로.

"팀장님……?"

유림은 떨리는 목소리로 승현을 불렀다.

"내가 이러는 거, 싫어요?"

질문이 아니었다. 뭐라고 대답하기도 전에 다음 말이 폭풍처럼 몰아쳐 왔으니까.

"싫어도 어쩔 수 없어요. 내 앞에서 눈물을 보인 정 대리님 잘못이니까."

특유의 약간 낮은 목소리가 귓가에 뜨겁게 파고들었다.

'꿈이라도 좋아.'

유림은 진심으로 생각했다. 이유가 뭐든지 상관없다. 그냥 지금은 승현이 자신을 끌어안고 있다는 사실 자체로 충분했다.

시간이 멈춰버린 것만 같았다. 마치 마법처럼.

하지만 그때, 갑자기 상영관 문이 활짝 열리고 안에서 사람들이 우르르 쏟아져 나왔다.

"뭐야, 저건."

"아예 방을 잡지 왜 밖에서 저런대?"

키득거리는 소리가 들려오는 순간, 짧은 마법은 산산이 부서졌다. 유림은 그만 얼굴이 화끈 달아올라 승현의 가슴팍을 힘껏 밀쳐내고 말았다.

"……정 대리님."

승현 역시 흠칫 놀란 얼굴로 유림을 바라보았다.

"미안합니다. 난, 그러려던 게 아닌데…….."

당황한 듯이 더듬거리는 목소리. 유림은 그의 얼굴에서 방금 한 일에 대한 후회를 읽었다. 가슴속을 꽉 채우고 있던 달콤한 설렘은 순식간에 사라지고, 절망이 그 자리를 채웠다. 차마 승현의 얼굴을 똑바로 쳐다볼 수가 없어서 유림은 고개를 숙이고 빠르게 작별 인사를 건넸다.

"영화 잘 봤습니다. 그럼 내일 아침에 회사에서 뵙겠습니다."

"잠깐만요, 정 대리님?"

승현이 황급히 불렀지만 유림은 그대로 등을 돌려 도망치듯 뛰었다. 마침 운 좋게 다른 상영관에서 물밀 듯이 나오는 사람들 사이에 섞여들 수 있었다.

"정 대리님! 어디 있어요? 정 대리님!"

저만치서 승현이 외쳐 부르는 소리가 들렸다. 그러나 유림은 무작정 소리가 들리는 쪽의 정반대를 향해 뛰다시피 걸었다.

……아주 잠시나마 설렜던 자신이 너무나 창피해서, 차라리 죽고 싶었다.

승현에게서 도망치듯 헤어진 후 유림이 향한 곳은 자신이 수영수업을 하는 체육센터였다. 다행히 주말의 자유 개방 시간도 이미

dangerous associate

끝나고, 수영장 안에는 아무도 없었다.

　유림은 수영복으로 갈아입고 나오자마자 물에 뛰어들었다.

　풍덩!

　물이란 참 신기한 것이었다. 선수 시절에는 늘 앞을 가로막는 벽처럼 느껴졌었는데, 이렇게 힘들 때는 또 위로하듯 온몸을 감싸 안아주는 느낌이 든다. 포근한 물의 품에 안겨 유림은 정신없이 헤엄쳤다. 영법이나 자세 따위도 신경 쓰지 않고, 그저 무조건 수영하는 데만 열중했다.

　「미안합니다. 난, 그러려던 게 아닌데…….」

　하지만 승현의 후회 어린 목소리는 물속에까지 끈질기게 유림을 따라붙었다. 아무리 필사적으로 떨쳐버리려 해도 소용이 없었다.

　결국 헤엄을 치다 지쳐버린 유림은 가쁜 숨을 몰아쉬며 물 위로 올라왔다.

　"정 선생?"

　문득 자신을 부르는 목소리에 흠칫 놀라 고개를 들자 김 할아버지가 서 있었다.

　"할아버님! 여긴 웬일로 오셨습니까?"

　유림은 놀라서 물었다. 오늘은 수업도 없는 날인데.

　"주말에 집에만 있자니 답답해서 아까 오후에 수영하러 왔었는데, 글쎄, 휴대전화를 깜빡하고 탈의실에 놓고 갔지 뭔가? 그래서 도로 가지러 왔던 길이네."

김 할아버지가 주머니에서 휴대전화를 꺼내 보였다.

"그런데 정 선생, 혹시 뭐 속상한 일이라도 있나? 아까 보니까 헤엄치는 게 보통 때와는 전혀 다르던데."

정곡을 찔렸지만 유림은 억지로 웃어 보였다.

"아닙니다, 속상한 일은요."

"그러지 말고 나한테 털어놓고 말해보게. 또 아나? 내가 해결해 줄 수 있을지."

남이 해결해줄 수 있는 문제가 아니다. 유림은 쓸쓸하게 고개를 저었다.

"괜찮습니다. 별일도 아닌걸요."

"표정을 보니까 별일이 아닌 게 아닌데."

조심스럽고도 날카로운 눈빛이 유림의 안색을 살폈다.

"혹시 전에 말했던 그 녀석이, 또 정 선생을 속상하게 했나?"

이번에야말로 유림은 정말 놀라서 김 할아버지의 얼굴을 똑바로 쳐다보았다.

"쯧쯧, 역시 그랬구먼."

김 할아버지가 혀를 차며 고개를 끄덕였다.

"괜찮으니까 그 녀석이 이번엔 또 무슨 짓을 한 건지 나한테 말해보게."

그렇게 말하는 김 할아버지의 눈빛은 더없이 자애로웠다. 마치 오냐오냐, 내 손주, 누가 그랬니? 하고 말하듯이.

그래서일까. 유림은 저도 모르게 왈칵 눈물을 쏟고 말았다.

dangerous associate

49

"할아버님……!"

아까 영화관에서부터 계속 참고 참았던 눈물이 한꺼번에 터져 나왔다.

전부터 느꼈지만 김 할아버지는 다른 수강생 노인들과는 달랐다. 늘 유림에게 존댓말을 쓰며 깍듯이 선생님으로 대접하는 다른 노인들과는 달리, 마치 유림을 진짜 손녀딸처럼 대하는 느낌이었다.

어느새 유림은 김 할아버지를 상대로 울면서 제 마음속을 털어 놓고 있었다.

"……그래서 그냥 도망쳐서 여기로 온 겁니다."

가만히 유림의 얘기를 듣고 난 김 할아버지가 불쑥 물었다.

"정 선생은 그 녀석이 그렇게 좋은가?"

직선적인 질문이 차라리 대답하기 쉬웠다. 조금도 망설이지 않고 대답이 나왔다.

"예."

유림은 펑펑 울면서 고개를 끄덕였다.

"바보 같다는 거 아는데도 도저히 포기가 안 됩니다. 그 사람은 저한테 친구라고 하는데, 저는 전혀 아닙니다. 그냥 친구라는 핑계로라도 곁에 있고 싶어서……!"

눈물을 흘리는 유림을, 김 할아버지가 안쓰러운 눈으로 바라보았다.

"정 선생 같은 아가씨를 울리다니, 그 녀석 정말로 혼 좀 나 봐야

위험한 신입사원]

50

겠구먼."

역성을 들어주는 말에 한층 더 눈물이 났다. 하지만 언제까지나 울고 있을 수도 없어서, 유림은 이윽고 훌쩍이며 억지로 눈물을 닦았다.

"죄송합니다, 할아버님. 이런 모습이나 보여드리고…….."

"괜찮네. 뭐, 정 미안하면 나중에 자네도 내 연애 상담이나 해주게나."

유림이 민망해 할까 봐 그러는지, 김 할아버지는 짐짓 농담까지 곁들였다. 유림은 울던 와중에도 그만 피식 하고 웃음이 나왔다.

"아니, 왜 웃고 그러나? 거 왜 노래도 있지 않나. 야, 야, 야, 내 나이가 어때서."

김 할아버지의 노래에, 유림도 눈물을 훔치고 뒷부분을 이어 불렀다.

"사랑하기 딱 좋은 나인데."

"허허허."

잠시 유림과 김 할아버지는 서로를 보며 웃었다.

"……내가 젊은이들 연애에 감 놔라 배 놔라 할 입장은 아니네만."

이윽고 김 할아버지가 웃음기를 거두고 말했다.

"한번 용기를 내서 먼저 솔직해져보는 것도 좋지 않을까, 싶네."

"용기요……?"

"그래. 생각보다 결과가 나쁘지 않을 수도 있지 않은가?"

dangerous associate

51

아까의 승현을 떠올리자 도저히 용기가 나지 않았지만, 그래도 유림은 입속으로 김 할아버지의 말을 따라 하듯 중얼거려보았다.

"솔직하게……."

그것만으로도 조금은 마음이 가벼워진 것 같은 기분이 들었다.

휴일 저녁의 도로는 답답한 마음만큼이나 꽉꽉 막혔다.

"젠장!"

승현은 홧김에 핸들을 주먹으로 쾅 내리쳤다.

아까 그렇게 도망치듯 인파 사이로 사라진 후, 유림의 전화기는 계속 꺼져 있었다. 근처를 한참 헤매며 찾아봤지만 그림자조차 보이지 않았다.

초조해서 미칠 것만 같았다. 천천히 다가가자고, 절대 서두르지 말자고 그렇게 다짐했는데. 유림의 눈물을 보는 순간 결심 따위는 그만 와르르 무너져버리고 말았다. 유림에게 확 밀쳐내졌을 때에야 승현은 겨우 제정신으로 돌아왔다. 동시에 얼굴에서 핏기가 싹 가셨다.

'내가 지금 무슨 짓을 한 거지?'

친구라는 핑계로 이제 억지로나마 좀 가까워지려던 참인데, 다 허사가 돼버리지 않았는가.

'바보 같긴!'

자신은 지금 그녀의 상사일 뿐이다. 아무리 후하게 봐줘봤자 불편한 친구 정도일까. 그런데 갑자기 멋대로 남자로 돌변해서 끌어안아버렸으니 유림이 놀라서 도망간 것도 무리가 아니었다.

'집으로 찾아갈까?'

그렇게 생각했지만 역효과가 날까 봐 차마 그럴 수도 없었다. 괜히 여기서 더 부담스럽게 만들었다가 완전히 그녀를 놓치기라도 한다면, 아마 미쳐버릴지도 모른다.

"빌어먹을!"

승현이 또다시 애꿎은 핸들을 주먹으로 내리치려 했을 때 문득 휴대전화가 울렸다. 웬만하면 지금은 유림 외의 어떤 전화도 받고 싶지 않았지만, 하필이면 할아버지가 계신 본가에서 온 전화였다.

2년 전에 할아버지가 뇌출혈로 쓰러지셔서 수술까지 받은 이후, 승현은 할아버지의 비서나 본가의 전화번호로 전화가 올 때면 늘 가슴부터 철렁하곤 했다. 즉 안 받을 수가 없는 전화다.

"여보세요."

- 할애비다.

다행히 전화를 걸어온 것은 차 회장 본인이었다. 그런데 웬일인지 목소리가 심상치 않았다. 뭐랄까, 어렴풋이 노기가 느껴진다고 할까.

"할아버지, 무슨 일 있으세요?"

걱정이 된 승현이 묻자 차 회장은 대답 대신에 이렇게 말했다.

- 두말 말고 지금 당장 본가로 오너라.

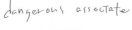

dangerous associate

"예?"

하지만 승현은 지금 그럴 기분이 아니었다.

"할아버지, 죄송하지만 오늘은……."

핑계를 대려고 했지만 차 회장은 아랑곳하지 않았다.

- 안 왔다간 내 용서하지 않겠다. 그런 줄 알고 지금 당장 들어오너라.

뭐라고 말하기도 전에 전화가 뚝 끊겼다.

"대체 할아버진 또 무슨 일로 이렇게 화가 나셨지……."

말 그대로 설상가상이었다. 승현은 잠시 휴대전화를 들여다보며 한숨을 쉬다가 어쩔 수 없이 본가를 향해 차를 돌렸다.

평소 같으면 현관까지 몸소 나와 손자를 맞이했을 차 회장은, 소파에 그대로 앉은 채 거실로 들어서는 승현을 심드렁하게 쳐다보았다.

"왔느냐?"

무슨 일인지 표정은 별로 좋지 않았지만, 혈색은 오히려 얼마 전에 만났을 때보다도 훨씬 좋아 보였다. 늘 할아버지의 건강이 걱정인 승현은 내심 기뻐하며 소파에 앉았다.

"할아버지, 요즘 뭐 운동이라도 하세요? 무척 건강해 보이십니다."

"너는 알 것 없다. 그런 게 있느니라."

차 회장은 승현이 무안해질 만큼 단칼에 말을 잘라버렸다. 아무

래도 뭔가 단단히 역정이 나신 게 틀림없다고 생각한 승현은 조금 억울해졌다. 내가 뭘 어쨌다고!

"제가 뭔가 서운하게 해드린 것 같은데 그러지 마시고 마음 푸세요, 할아버지."

승현은 하소연하듯 말했다.

"할아버지까지 그러시지 않아도 저 지금도 충분히 힘듭니다. 회사 일은 회사 일대로 힘들고, 또……."

승현은 말하다 말고 입을 다물었다. 연애는 연애대로 안 돼서 죽을 맛이라는 말을, 차마 할아버지에게까지 할 수는 없으니까.

"그러니까 할아버지라도 제 편 좀 들어주세요. 네?"

대신에 승현은 호소하듯 할아버지를 바라보았다. 연기가 아닌, 어디까지나 진심에서 우러나온 표정이었다.

결국 차 회장도 어느 정도 마음이 누그러진 모양이었다. 잠시 승현을 바라보며 혀를 차더니, 그제야 안부를 묻는 것이었다.

"그래, 사업은 잘돼가고?"

할아버지가 회사 일에 대해 묻는 거라고 생각한 승현은 곧이곧대로 대답했다.

"카페 사업을 기획하는 중입니다. 쉽지 않은 일이지만 그만큼 보람도 있으리라 생각합니다."

하지만 차 회장은 고개를 저었다.

"누가 그 사업을 물었느냐? 청춘 사업 말이다, 청춘 사업."

승현이 당황해서 쳐다보자 차 회장은 다시 말했다.

dangerous associate

55

"네 녀석이 일한다는 핑계로 사무실에 데려다놓고 매일 얼굴 보고 있는 그 아가씨랑 어떻게 돼가느냐고 물었다."

가슴이 철렁했다. 할아버지가 다 알고 계셨다니! 이쯤 되면 이미 뒷조사도 다 끝났다고 봐야 한다. 놀란 기색을 애써 감추며 승현은 태연하게 대꾸했다.

"2년 전에도 말씀드렸던 그 아가씹니다. 저하고 결혼할."

"헤어진 줄 알았다마는?"

"너무 힘들어하기에 그런 척한 것뿐입니다. 이제 돌아왔으니까 절대 놓치지 않을 겁니다."

승현은 조금 망설이다 덧붙였다. 초장부터 확고한 의지를 보여 줘야겠다는 생각이었다.

"할아버지께서 반대하시더라도 저는 합니다."

하지만 차 회장은 화를 내지도, 반대하지도 않았다. 대신에 승현을 지그시 바라보며 묻는 것이었다.

"그 아가씨한테서는 동의를 얻고 나서 하는 소리냐?"

날카로운 질문에 승현은 조금 움찔했다.

"그게 아직은……."

"아직은, 이라니? 그럼 지금은 뭐란 말이냐?"

승현은 씁쓸하게 대답했다.

"친구처럼 지내고 있습니다."

그나마도 이제 더는 못 할 위기라는 말은 굳이 하지 않았다.

"이 녀석아, 네가 지금 여자랑 친구나 할 나이냐? 응?"

차 회장은 한심하다는 듯이 손자를 위아래로 훑어보았다.

"사내 녀석이 박력이 있어야지, 좋아하는 여자 하나를 확 못 휘어잡고!"

승현은 울화통이 터질 지경이었다. 누군들 지금 당장이라도 말하고 싶지 않을까. 지금도 변함없이 사랑한다고. 나는 한 번도 헤어진 적이 없었다고. 하지만 진심을 고백하자니 자칫 역효과가 날까 봐 두려웠다. 오늘 껴안은 것만 해도 저렇게 놀라서 도망가버리지 않았는가.

"전들 그러고 싶지 않아서 안 하는 게 아닙니다."

승현이 이를 악물고 말하자 차 회장이 혀를 쯧쯧 찼다.

"어디 가서 내 손자라고 말도 꺼내지 마라. 창피스럽다, 이놈아."

"할아버지!"

대체 이 어른이 왜 이러실까. 황당한 눈으로 바라보는 승현에게, 이윽고 차 회장이 목소리를 낮추고 살살 꼬드기듯 말했다.

"어디, 내가 깨알 정보 하나 주랴?"

"예?"

"대신에 다음번에 왔을 때도 또 친구가 어쩌고 하고 있으면 아주 혼쭐이 날 줄 알아라."

승현은 마치 귀신에 홀린 듯한 기분이었다. 그러니까 지금, 설마 도와주겠다고 하시는 건가? 반대하는 게 아니라?

얼떨떨한 승현에게, 차 회장이 손짓을 했다. 그리고 승현이 가

dangerous associate

57

까이 가자 귓가에 대고 비밀스럽게 속삭였다.

"그 아가씨는 너하고 친구 하기 싫다더라."

"예?"

대체 무슨 말씀이신가. 하지만 차 회장의 말은 거기서 끝이 아니었다.

"이왕 말 나온 김에 내 하나 더 일러주마."

차 회장은 한층 더 목소리를 낮춰 소곤거렸다.

"……그 아가씨, 혼자 사는 여자란다!"

승현의 눈이 커졌다.

수영장에서 돌아온 유림은 일찌감치 잠자리에 들었다. 저녁을 굶었지만 별로 밥 생각도 없었다.

「한번 용기를 내서 먼저 솔직해져보는 것도 좋지 않을까, 싶네.」

김 할아버지의 말이 계속 머릿속에서 맴돌았다.

'내일 생각하고 오늘은 일단 푹 자자.'

복잡한 생각을 애써 떨쳐버리려 노력하며 억지로 눈을 감고 잠을 청했을 때였다. 문득 거실에서 초인종 소리가 들려와서 유림은 깜짝 놀라 눈을 떴다. 벌써 밤 9시가 넘었는데 이 시간에 대체 누가 찾아왔단 말인가.

의아해 하며 거실로 나간 유림은 인터폰 화면에 비친 사람의 얼굴을 본 순간 깜짝 놀라 숨을 삼켰다.

- 늦은 시간에 미안합니다. 할 말이 있으니 잠깐만 좀 나와줘요.

위험한 신입사원]

58

승현이었다.

팀장님? 당황해서 잠시 말을 잃었던 유림은, 곧 정신을 차리고 인터폰에 대고 말했다.

"잠시만 기다려주세요. 곧 나가겠습니다."

그렇게 말하고 나서 유림은 급히 방으로 돌아가 잠옷을 벗었다. 옷을 갈아입는 손길이 긴장감에 파르르 떨렸다. 대체 이 시간에 무슨 할 말이 있어서 찾아온 걸까.

'낮에 있었던 일 때문에 사과하러 온 거겠지.'

대충 그렇게 짐작하면서도 가슴이 마구 뛰는 것은 어쩔 수가 없었다.

옷을 갈아입고 밖으로 나가자 승현이 대문 앞에 서 있었다.

"……팀장님."

가로등 불빛에 비친 얼굴을 똑바로 보지 못하고, 유림은 조금 고개를 숙였다.

"밤늦게 정말 미안해요. 하지만 월요일까지 기다렸다간 정말 미쳐버릴 것 같아서……. 그래서 왔습니다."

승현은 잠시 말을 멈췄다. 망설이는 기색이 역력했다.

"내가 낮에 했던 말은, 그러니까……."

역시 사과하러 온 거구나, 하고 유림은 생각했다.

하지만 사실 딱히 승현이 잘못한 일도 아니었다. 그저 울고 있는 자신을 보고, 달래주려다가 그만 그렇게 된 것뿐이다. 원래 남자들이란 여자의 눈물에 약한 법이 아닌가. 본인도 아차 하는 기색

dangerous associate

59

이 역력했으니, 그냥 실수라고 생각하고 넘기면 된다. 왜 그랬느냐고 따질 것도 없고, 화를 낼 일은 더더욱 아니다.

오히려 미안해 해야 할 것은 이쪽이었다. 마음을 숨긴 채 친구인 척하고 있는 자신.

'그래, 솔직해지자.'

유림은 고개를 들어 승현을 보았다. 안타까운 듯한 눈동자와 시선이 마주쳤다.

"팀장님."

그 눈동자를 지그시 올려다보며 유림은 말했다.

"저도 팀장님하고는 친구가 될 수 없을 것 같습니다."

"정 대리님……?"

승현의 잘생긴 얼굴이 당혹감에 젖어드는 것을 보며 유림은 조용히 말했다.

"왜냐하면 제가, 팀장님을 좋아하니까요."

말하고 나자 왠지 맥이 풀렸다. 들키지 않기 위해서 그토록 필사적으로 감추고 있었던 감정인데. 입 밖으로 내는 건 이렇게도 쉬운 일이었다. 허무해서 피식 웃음이 나올 정도로.

그래서 유림은 다시 한 번 되풀이했다.

"좋아합니다, 팀장님."

"정 대리님……."

승현은 얼떨떨한 표정을 하고 있었다. 무리도 아니라고 유림은 생각했다.

"알고 있습니다. 벌써 2년 전에 헤어진 여자가 여태 이러고 있으니 당황스러우시겠죠. 하지만 저도 제 감정이 마음대로 되지 않았습니다. 죄송합니다."

"……."

"저는 도저히 팀장님과 편하게 지낼 수가 없습니다. 지금도 그렇고, 아마 앞으로도 그럴 것 같습니다. 그러니까 원하신다면 저를 다른 부서로 옮겨주셔도 괜찮습니다."

승현은 아무 말도 없었다. 그저 놀란 듯한 눈으로 유림을 물끄러미 바라보고 있을 뿐이었다.

'대꾸라도 한 마디 해주면 안 되는 걸까.'

그래도 할 말은 다 했으니 이걸로 됐다고 생각하며 유림은 씁쓸하게 웃었다.

"그럼, 월요일에 뵙겠습니다. 조심해서 가십쇼, 팀장님."

승현을 향해 고개를 조금 숙여 보이고, 유림은 돌아섰다. 그리고 안으로 들어가 이윽고 대문을 닫으려는 그 순간이었다.

"……잠깐만."

별안간 팔을 붙들려 유림은 도로 대문 밖으로 끌려나왔다.

"나한테도 말할 기회는 줘야 할 것 아닙니까?"

유림을 강제로 제 쪽으로 돌려세운 승현은, 왠지 매우 분한 표정을 하고 있었다.

"혼자만 하고 싶은 말 실컷 다 해놓고. 나는, 내 마음은 하나도 궁금하지 않아요?"

유림은 그만 울컥하고 말았다.

"제가 궁금해 할 만한 마음이 팀장님한테 있기라도 하다는 말씀이십니까?"

저도 모르게 유림은 대들다시피 말했다.

"만약에 그랬다면 낮에 절 끌어안고 나서 그렇게 후회하진 않으셨을 테죠."

"그래요, 솔직히 말해서 후회했습니다. 그것도 곧바로."

승현은 고개를 끄덕이고는 다시 물었다.

"그런데 정 대리님은 내가 왜 후회했다고 생각하는 거죠?"

이 남자는 대체 어디까지 잔인해지려는 걸까. 결국 유림은 분한 마음에 눈앞이 흐려지고 말았다.

"그야, 저한테 아무 감정도 없으실 테니까요!"

기어이 뺨에 뜨거운 액체가 흘러내리는 것이 느껴졌다.

'최악이야.'

유림은 피가 나도록 입술을 깨물었다. 어떻게든 승현의 앞에서만은 울고 싶지 않았는데! 눈물 때문에 승현의 표정이 제대로 보이지 않았다.

"……후우."

대신에 깊은 한숨 소리가 들려왔다. 그리고 곧이어 목소리도.

"대체 어디서부터, 어떻게 얘기해야 내 마음을 제대로 알아줄지 모르겠네요."

눈물 속에 비친 승현의 모습이 왠지 한층 크게 보였다.

"그러니까, 제일 알기 쉬운 방법을 쓰겠습니다."

다음 순간, 거센 힘으로 끌어 안겼다. 동시에 입술에 한없이 부드러운 것이 와 닿았다.

"……!"

유림이 놀라서 눈을 크게 떴을 때는, 이미 눈앞의 온 세상이 승현으로 가득해져 있었다.

승현은 눈을 지그시 감은 채 품에 안은 유림에게 깊이깊이 입을 맞췄다. 얼음 조각처럼 굳어져 있는 유림을 제 입술로 녹이려는 것처럼, 열정적인 키스였다. 어느덧 숨이 가빠온 유림이 바르작거렸으나 승현은 놓아주지 않았다. 오히려 더 세게 끌어안으면서 더 깊숙이 그녀의 입술을 찾았다.

'알겠어요? 내 마음.'

마치 승현이 그렇게 묻고 있는 것 같은 느낌이 들었다.

"…….."

한참 만에야 승현은 겨우 유림에게서 입술을 떼었다. 하지만 팔은 절대 놓치지 않겠다는 듯이 유림을 꼭 끌어안은 채였다.

"나도 선배 마음이랑 똑같아요."

승현이 속삭였다.

"한 번도, 아니, 단 1초도 잊어본 적이 없어요. 일본에 있으면서도 마음은 늘 선배 곁으로 달려가고 싶어서 죽을 지경이었는데."

얼마나 꿈꿔왔던 순간일까. 하지만 유림은 도저히 기뻐할 수가 없었다.

dangerous associate

"거짓말."

유림은 억지로 승현을 조금 떼어내고 떨리는 목소리로 반박했다.

"정말로 계속 좋아했다면 왜 그때 헤어지자고……."

"헤어지자는 말은 선배가 먼저 했죠."

승현이 말을 가로챘다.

"물론 진심이 아니었다는 건 알고 있어요. 하지만 그대로 계속 붙들고 있다가는 결국 진심이 되고 말 거라는 것도 알았어요. 그때야말로 돌이킬 수 없을 거라는 것도."

"그래서…… 일부러 헤어지자고 했다는 겁니까?"

"선배가 더 이상 힘들어하는 걸 볼 수가 없었어요. 그래서 떨어져 있는 동안 마음이나마 편하게 해주고 싶었던 거예요."

"편하게, 라고요?"

말라가던 눈물이 그만 다시 왈칵 솟아났다.

"지난 2년 동안, 제가 얼마나……!"

목이 콱 메어서 유림은 말을 그만두었다. 마음이 변해서 헤어진 게 아니라는 승현의 말에 오히려 화가 치밀었다. 그러면 대체 그동안 자신은 왜 그토록 힘들어해야 했던 걸까.

승현이 너무나 미워서, 얼굴도 보고 싶지 않아졌다.

"……됐습니다. 저 이만 들어가보겠습니다."

도로 등을 돌려 집으로 들어가려는 유림을, 승현이 뒤에서 꼭 껴안았다.

"내가 잘못했어요."

"듣기 싫습니다."

힘껏 뿌리치려고 했지만 승현은 꿈쩍도 하지 않았다. 오히려 옴짝달싹도 못하게 더 힘주어 껴안으면서 귓가에 속삭이듯 고백하는 것이었다.

"놓을 생각은 절대 없었어요. 내 마음은 한 번도 헤어진 적이 없었으니까요."

"……."

"하루라도 더 빨리 선배 곁에 돌아오고 싶어서 죽도록 노력했어요. 그래서 결국 이렇게 돌아왔잖아요. 그러니까 한 번만 나 좀 봐줘요, 제발."

승현이 안타깝게 말한 그 순간, 문득 유림의 눈에 들어온 것이 있었다. 바로 자신을 뒤에서 끌어안고 있느라 바깥으로 드러난 그의 와이셔츠 손목 부분이었다.

J. C.

소매 끝에 필기체로 수놓여 있는 이니셜이 눈에 익었다. 어디서 봤지, 하고 생각하다 유림은 퍼뜩 깨달았다.

'그 코트!'

그랬다. 작년 연말 어느 눈 내리던 날, 버스 정류장에서 술에 취해 잠든 자신에게 누군가가 덮어주고 갔던 코트. 상표도 없는 그 코트의 안주머니 부분에 자수로 새겨져 있던 이니셜이 바로 이것과 똑같았다.

dangerous associate

05

'그때도 승현 씨는 날 지켜보고 있었던 거구나.'

그제야 유림은 깨달았다. 정말로 승현이 자신과 한 번도 헤어진 적이 없었음을.

가까이에서 바라보면서도 차마 깨워서 말 한 마디 하지 못하고, 조용히 옷만 벗어주고 가면서 승현의 마음이 과연 어땠을까. 분명히 많이 괴롭고 힘들었을 텐데도, 승현은 묵묵히 참고 견뎌준 것이다. 자신을 위해서.

"차승현, 이 바보."

유림이 울먹이며 중얼거렸다. 그러고는 승현의 팔을 잡아서 가만히 풀어내고, 뒤로 돌아서서 승현을 올려다보았다. 승현의 눈에도 어느덧 눈물이 가득했다.

"……유림 선배."

유림은 눈물을 흘리며 활짝 웃었다.

"잘 돌아왔어……!"

그제야 유림은 팔을 벌려 승현을 꼭 끌어안았다. 승현 역시 유림을 꼭 부둥켜안았다.

따스한 가로등 불빛이 두 사람을 포근하게 감쌌다.

2월, 한밤의 골목은 얼어붙을 듯이 추웠다. 그러나 이제 겨우 다시 서로의 마음을 확인한 두 연인은 추운 줄도 모르고 손을 꼭 잡은 채 대문 앞에 나란히 걸터앉아서 얘기를 나눴다.

"나한테 다른 남자라도 생기면 어쩌려고 그랬어?"

"당연히 일이고 뭐고 다 집어치우고 당장 귀국하려고 했죠."

제 겉옷으로 폭 감싼 유림의 어깨를 한쪽 팔로 끌어안고, 다른 한 손으로는 유림의 손을 꼭 잡은 채 승현이 대답했다.

"만약에 선배가 다른 남자를 만나는 낌새가 보이면, 곧바로 민 차장님이 나한테 연락해주기로 얘기가 돼 있었어요. 다행히 그런 일은 없었지만."

"어쩐지!"

그제야 유림은 깨달았다. 혜인이 그토록 집요하게 자신의 연애를 방해했던 이유를.

"아마 민 차장님이 아니었으면 헤어지자고는 못 했을 거예요. 불안해서."

승현이 빙그레 웃었다.

"그런데 헤어져 있는 동안 이렇게 막 예뻐지고. 민 차장님이 선배한테 접근하는 남자들 차단하느라 아주 죽을 뻔했다고 하던데요."

"……그 정도는 아닌데."

"아니긴 뭐가 아니에요. 오늘만 해도 영화관에서 자기 여자친구가 옆에 있는데도 선배한테서 시선을 못 떼는 녀석들이 얼마나 많았는데."

"응?"

유림은 놀랐다. 전혀 그런 느낌은 받지 못했기 때문이다. 오히려 거꾸로, 여자들이 승현을 홀린 듯이 쳐다보는 건 느꼈지만.

"난 전혀 몰랐는데……."

"하여튼 둔한 건 여전하다니까."

승현이 혀를 찼다.

"안 되겠어요. 앞으론 나 없인 어디 나다니지도 마요."

"뭐?"

"회사에서도 같이, 회사 밖에서도 같이. 내 옆에만 꼭 붙어 있으라고요. 알았어요?"

그러더니 승현은 짐짓 엄하게 말했다.

"상사로서 명령하는 겁니다. 잠자코 내 말 들어요."

"하여튼!"

유림은 그만 웃음을 터뜨리고 말았다. 그런데 한참 웃고 나니 마음에 걸리는 게 있었다.

"있잖아, 아니, 있잖아…… 요."

갑자기 어색해진 말투에 승현이 의아한 표정을 했다.

"왜 그래요?"

"저기, 어쨌거나 지금은 부장이고 또 팀장님이신데…… 요. 아무래도 전처럼 반말을 하기는 좀……."

"회사 안에서만 존댓말하면 되잖아요. 난 상관없으니까 신경 쓰지 말고 전처럼 편하게 말해요. 그래야 나도 예전처럼 편하게 선배라고 부르죠."

승현이 빙긋 웃었다.

"앞으로도 선배라고 부르게?"

"기억 안 나요? 한번 선배는 영원한 선배라고 자기 입으로 그래 놓고선."

"그건 그랬지만, 지금은 그래도 내가 부하 직원인데……."

"그럼 둘이 있을 때도 정 대리님이라고 부르라고요?"

듣고 보니 그건 또 아닌 것 같다. 정 대리님, 하고 부르면 네, 팀장님, 하고 대답해야 할 것 같고.

"글쎄……."

어떻게 부르는 게 좋을까. 유림이 속으로 생각해보고 있는데, 갑자기 귓가에 승현이 기습적으로 속삭였다.

"……유림 씨?"

순간적으로 온몸에 짜릿한 전류가 흘렀다. 유림은 저도 모르게 잡고 있던 승현의 손을 뿌리치고 몸을 한껏 움츠리며 작게 비명을 질렀다.

"꺅!"

"여전히 귓가가 약하네요."

승현이 쿡쿡 웃었다.

"솔직히 말해봐요. 방금, 기분 이상했죠?"

유림은 새빨개진 얼굴로 승현을 흘겨보았다. 이 남자가, 일부러 노리고 했어!

"진짜 이럴 거야?"

"뭐가 문제예요. 유림 씨를 유림 씨라고 불렀는데."

승현이 어깨를 으쓱하고 빙긋 웃었다.

"앞으로는 유림 씨라고 부를까요?"

"아, 아냐. 됐어, 그냥 선배라고 불러!"

유림은 황급히 대답했다. 평소에도 방금처럼 저 목소리로 유림 씨, 하고 불렀다간 도저히 심장이 배겨나지 못할 것 같았다.

"나도 예전처럼 선배라고 부르는 게 좋아요."

승현이 눈을 가늘게 뜨고 다정한 눈으로 유림을 바라보았다.

"그렇게 부를 때면 우리 둘, 헤어져 있었던 시간 따윈 아무것도 아닌 것처럼 느껴져서요."

승현의 마음을 유림은 이해했다. 아무 일도 없었던 것처럼, 예전과 다름없이 서로 사랑하고 싶은 마음은 그녀 역시 마찬가지였으니까.

'우리, 다시는 헤어지지 말자.'

아직도 말로 표현하는 게 서툰 유림은, 입 밖에 내서 그렇게 말하는 대신에 승현의 손을 끌어다 힘주어 꼭 잡았다. 그러자 승현이 흠칫 놀란 얼굴을 했다.

"그새 손이 차가워졌네요. 아무래도 계속 밖에 있다가는 감기 걸리겠어요."

그렇지 않아도 꽤나 추운 날씨긴 했다. 승현이 제 옷으로 감싼 채 꼭 안아주고 있어서 잘 느끼지 못했을 뿐이지.

"그래. 시간도 늦었으니까 그럼 승현 씨도 이제 집에 가. 나 들어갈게."

하지만 승현은 좀처럼 유림의 손을 놓으려 하지 않았다.

"근데 어쩌죠? 들여보내기 싫은데."

"어차피 내일 아침이면 회사에서 또 보잖아."

"그건 그거고, 지금 헤어지기 싫다니까요."

승현은 고집을 부렸다.

"우리 오늘, 같이 있을래요?"

유림의 심장이 쿵, 하는 소리를 냈다.

"오, 오늘……?"

"그래요. 이제 우리 같이 있지 못할 이유가 하나도 없잖아요."

유림의 이마에 제 이마를 살짝 갖다대고, 승현이 유혹하듯 말했다.

"이렇게 서로 좋아하는데."

물론 좋아한다. 하지만 문제는 전혀 마음의 준비가 돼 있지 않다는 거였다.

'오늘 밤, 승현 씨하고……!'

결코 싫은 건 아니었다. 하지만 생각만 해도 긴장돼서 몸이 덜덜 떨릴 지경이었다. 도저히 안 되겠다고 생각한 유림은 급히 핑계를 댔다.

"저어, 오늘은 아무래도 좀 곤란할 것 같아."

"왜요?"

"내가 갑자기 나갔다가 안 들어오면 엄마랑 동생도 걱정할 거고……."

물론 거짓말이었다. 어차피 집에 유림 혼자뿐이라는 걸 승현이

dangerous associate

알 리가 없으니까.

순간 승현이 픽 웃었다.

"알았어요. 뭐, 그럼 어쩔 수 없죠."

너무 순순히 물러나는 바람에 오히려 유림이 놀랄 정도였다.

물론, 승현은 헤어지기 전에 다시 한참 동안 유림을 껴안고 키스하는 것은 잊지 않았다.

"그럼 난 이만 갈게요. 선배 들어가봐요."

아쉬운 듯이 겨우 유림을 놓아주고 난 승현이 말했다.

"내일 회사에서 봐요."

"응, 조심해서 가."

"아 참, 그리고."

돌아서기 직전에, 승현은 문득 생각났다는 듯이 빙긋 웃으며 속삭이듯 말했다.

"딱 오늘만 속아주는 거예요."

3. 사내 연애는 은밀하게

마음이 급할수록 엘리베이터는 꼭 느리게 온다.

"미치겠네!"

출근하는 유림이 엘리베이터 앞에서 초조하게 발을 동동 구르고 있는 것은 꼭 늦었기 때문만은 아니었다. 이제 곧 사무실에서 승현의 얼굴을 볼 생각을 하니까 괜히 긴장이 되어서 견딜 수가 없었다.

어젯밤, 승현을 보내고 나서 유림은 좀처럼 잠을 이루지 못했다.

「놓을 생각은 절대 없었어요. 내 마음은 한 번도 헤어진 적이 없었으니까요.」

가슴이 설레서, 눈물이 나도록 기뻐서.

승현이 너무 보고 싶었다. 바로 얼마 전에 헤어졌을 뿐인데, 아침이 오는 게 견딜 수 없이 더디게 느껴졌다.

'차라리 얼른 자자. 눈 뜨면 내일 아침이겠지.'

그렇게 생각하며 억지로 잠들었지만 밤새 몇 번이나 깼다. 한참

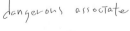

자고 눈을 뜬 것 같은데도 시계를 보면 아직도 새벽 1시, 새벽 3시. 그렇게 밤새 잠을 설치다 겨우 제대로 잠이 든 것은 새벽 4시가 넘어서였다. 그리고, 아침에 눈을 떴을 때는 이미 지각의 위기였다.

엘리베이터를 기다리다 안 되겠다고 생각한 유림은 계단을 택했다. 하나씩 계단을 내려갈 때마다 심장이 점점 더 세차게 뛰었다.

사무실에, 승현이 있다.

출근 시간 1분을 남겨두고 유림은 겨우 사무실 문 앞에 다다랐다. 심호흡을 하고, 표정을 가다듬고, 비로소 문을 연다.

"좋은 아침, 정 대리."

제일 먼저 유림을 맞이한 것은 혜인이었다.

"네, 차장님. 안녕하십니까."

건성으로 대꾸하는 유림의 시선은 벌써부터 다른 사람을 찾고 있었다.

정갈한 느낌의 차콜 그레이 슈트 차림의 승현이 낡은 캐비닛에 비스듬히 기대서서 한 손으로 서류를 들고 들여다보고 있었다. 이윽고 그의 시선이 서류에서 떨어져 천천히 유림에게로 향했다.

"웬일로 출근이 늦으셨네요, 정 대리님."

승현이 빙긋 웃으며 인사를 건넸다.

"아침에 차가 많이 막혔나 봅니다."

상냥하지만 어디까지나 사무적인 태도. 어젯밤에 그토록 격정에 가득 차서 사랑한다고 고백하던 모습은 그림자조차 없었다. 차

승현 팀장이다.

승현을 만날 생각에 심장이 터질 것같이 두근거렸던 유림은 조금 기운이 빠지고 말았다.

"아, 예…… 늦어서 죄송합니다, 팀장님."

"와서 앉으세요. 커피 한잔하면서 회의 시작하지요."

그렇게 말하고 승현은 먼저 등을 돌려 회의할 때 쓰는 테이블로 향했다.

"……예, 팀장님."

유림은 얼떨떨한 기분으로 그 뒤를 따랐다.

"자, 마시고 한숨 돌려. 내가 정 대리 것까지 모닝커피 준비해놨어."

혜인이 옆에 와서 앉으며 커피를 내밀었지만 유림의 귀에는 들리지도 않았다.

어젯밤에 그토록 몇 번이나 끌어안고 키스하고, 좋아한다고 속삭여줬었는데. 그로부터 몇 시간 지나지도 않았는데 아무 일도 없었다는 듯이 구는 승현의 태도가 너무나 낯설었다.

잠시 후, 월요일 아침 회의가 시작되었다.

"사장실에서 지시가 내려왔습니다."

승현이 말했다.

"다음 주 초까지 기획서 초안을 제출하라고 합니다. 우리 기획은 사장님께서 직접 검토하시고 난 후에 임원회의에 올리겠다고 하십니다. 물론 프레젠테이션은 내가 직접 할 거고요."

dangerous associate

75

"사장님께서 직접 검토하신다고요?"

혜인이 의외라는 듯이 되물었다. 유림도 놀랐다. 기획팀에서 올린 기획은 임원급이 검토하는 게 보통이다. 그런데 사장이 직접 한다니.

"그렇습니다."

승현이 고개를 끄덕였다.

"아마 쉽게 통과시키지는 않을 것 같습니다. 그러니 몇 번은 리젝트를 당할 각오를 하고, 일단은 하는 데까지 최선을 다해봅시다."

"예. 팀장님!"

"그래서 말인데, 우선은 기획서 초안을……."

유림은 어떻게든 회의 내용에 집중하려고 애를 썼다. 하지만 좀처럼 잘되지 않았다. 전혀 아무렇지도 않게 일 얘기를 이어나가고 있는 승현이 신기하다 못해 얄미울 지경이었다.

'혹시 어젯밤에 내가 꿈을 꾼 걸까?'

심지어 그런 생각까지도 들었다.

"……그럼, 그렇게 진행하는 걸로. 이번 주도 잘 부탁합니다."

이윽고 그렇게 말하고 회의를 정리한 승현이, 갑자기 혜인을 향해 말했다.

"아, 그리고 민 차장님. 죄송하지만 일본 제과업계에 대한 자료 좀 찾아다주시겠습니까?"

"네, 팀장님."

혜인은 흔쾌히 대답하며 일어섰지만 유림이 놀라서 만류했다.

"아닙니다, 차장님. 제가 다녀오겠습니다."

자료를 찾는 따위의 허드렛일을 차장인 혜인이 하게 놔둘 수는 없었다. 하지만 혜인은 쿨하게 고개를 저었다.

"아냐, 그렇지 않아도 반납할 게 있어서 가봐야 됐어. 게다가 내 근하면서 서포트하는 건 내 업무인데, 그쯤은 내가 해야지. 두 사람은 매일 외근하느라 고생하는데."

"하지만 차장님……!"

"글쎄, 내가 갔다오겠다니까."

어쩔 줄 몰라 하는 유림을 끝내 뿌리치고, 혜인은 자리에서 일어났다.

"정 대리님은 그동안 저하고 이것 좀 검토하시죠."

승현이 자신의 모니터를 가리켰다.

"와서 이것 좀 보세요."

유림은 영문을 모르고 일어나서 승현의 자리로 향했다.

"그럼 전 자료 찾으러 다녀오겠습니다!"

혜인이 씩씩하게 말하고 사무실을 나갔다.

"팀장님, 뭘 보라는 말씀…….."

아무것도 떠 있지 않은 승현의 모니터를 보고 유림이 물었을 때였다. 갑자기 승현이 자리를 박차고 일어나며 유림의 팔을 잡아 확 끌어당겼다.

"……!"

dangerous associate

77

갑자기 입술을 빼앗긴 유림의 눈동자가 경악에 커다래졌다.

근무 중인데!

여기는 사무실인데!

차장님이 언제 돌아올지 모르는데!

그러나 승현은 그런 것 따위는 전혀 아랑곳없다는 듯이 유림을 꼼짝도 못 하게 단단히 끌어안고 입을 맞췄다.

"하여튼 눈치도 없긴."

한참 후에야 승현이 귓가에서 가쁜 숨을 몰아쉬며 말했다.

"일부러 내보냈는데 거기서 끼어들면 어떡해요?"

"팀장님……?"

유림은 얼떨떨한 눈으로 승현을 바라보았다.

"둘만 있을 때는 승현 씨라고 불러줘요."

유림의 젖은 입술에 다시 한 번 소리 내어 입을 맞추고, 승현이 속삭였다.

"내 이름 부르는 거, 듣고 싶어요."

차승현 특유의, 달콤하게 조르는 듯한 말투. 그제야 유림은 어젯밤 일이 꿈이 아니라는 것을 확 깨달았다.

"승현 씨……!"

그를 마주 껴안으며 품에 파고들자 승현이 길게 한숨을 내쉬었다.

"계속 티 안 내고 참느라 정말 죽을 뻔했네."

"……."

"아침에 그렇게 전화했는데 왜 안 받았어요? 차 세워놓고 한참 기다려도 안 와서 그냥 와버렸잖아요."

질책하는 목소리마저도 한없이 다정하게 들렸다.

"미안해, 그만 늦잠을 자서……."

"내일부턴 내가 모닝콜부터 한 후에 데리러 갈 테니까 그렇게 알아요."

사랑하는 사람이 나와 같은 마음이라는 건 얼마나 기쁘고 행복한 일인가. 유림은 눈물이 날 것만 같아서 얌전히 승현의 가슴에 안겨 대답했다.

"응."

"오늘 우리 저녁 함께 먹어요. 내가 맛있는 거 사줄게요."

승현의 목소리가 들떠 있었다. 유림의 마음만큼이나.

"그러고 나서 영화도 보러 갈까요? 어제 제대로 못 봤으니까."

역시 응, 이라고 대답하려던 유림은 잠시 멈칫했다.

"미안. 나 오늘 수영 수업 있는 날이라서."

"아직도 그거 하는 거예요?"

승현이 부루퉁한 목소리를 냈다.

"회사 일만 해도 피곤할 텐데, 하여튼 착해 빠졌다니까."

"착해서 하는 거 아냐. 내가 좋아서 하는 거지."

"참, 선배가 악녀였다는 걸 깜빡했네요."

승현이 웃으며 유림을 안고 있던 팔을 풀었다.

"자, 그럼 이만 팀장님과 정 대리로 돌아가도록 하죠."

dangerous associate

그러고는 허리를 조금 굽혀 유림의 눈동자를 들여다보며 가만히 속삭였다.

"그전에, 마지막으로."

스르르 눈을 감는 유림의 입술 위로, 승현의 따뜻한 입술이 내려앉았다. 그리고 유림이 자리에 돌아가 앉은 지 정확히 3초 후, 문이 열렸다.

"자아, 여기 자료 대령했습니다, 팀장님!"

"고맙습니다, 민 차장님."

시치미를 뚝 떼는 승현의 목소리에, 유림은 웃음을 참느라 고개를 푹 숙여야 했다.

"자, 오늘도 수고 많으셨습니다! 신 나게 마무리 체조 한판 하고 끝낼까요?"

수영복 차림의 유림이 수강생들을 둘러보며 활기차게 손뼉을 쳤다.

"하나, 둘, 셋, 넷!"

"둘, 둘, 셋, 넷!"

체조를 지도하는 유림을 바라보는 차 회장의 주름진 눈가에 미소가 어렸다.

'어쩌면 저렇게 예쁠꼬.'

어제는 시든 꽃처럼 축 늘어져 있더니만, 오늘은 마치 비를 맞아 생생하게 피어나는 꽃만 같았다. 얼마나 생글생글 웃고 있는지 보고 있으면 눈이 부실 지경이었다. 묻지 않아도 어제 승현과 잘되었다는 것을 알 수 있었다.

'녀석, 그래도 이번엔 일을 똑바로 했나 보군.'

손자가 저 아가씨를 얼마나 좋아하는지는 익히 아는 터다. 지금쯤 승현 역시 싱글벙글하고 있을 것을 생각하자 차 회장은 웃음이 절로 났다.

"그럼 어머님들, 아버님들, 다음 시간에 다시 뵙겠습니다!"

수업이 끝나고 차 회장은 샤워를 마친 후 밖으로 나왔다. 사람들의 눈에 띄지 않도록 체육센터에서 조금 떨어진 곳에 기사가 차를 대기시켜두고 있었다. 차 회장이 그쪽을 향해 걸어가고 있는데, 승현에게서 전화가 왔다.

"웬일이냐? 네가 할애비한테 먼저 전화를 다 하고."

시치미를 뚝 떼고 전화를 받자 승현이 다짜고짜 말했다.

- 도저히 궁금해서 못 참겠어서요.

"뭘 말이냐?"

- 유림 선배, 저랑 결혼할 여자 말입니다. 혼자 산다는 거야 조사하면 나올 테니 아셨겠죠. 그런데 대체 유림 선배 마음이 어떤지, 그건 할아버지가 어떻게 아셨어요?

"네 녀석이 안절부절못하고 있는 게 하도 한심해서 그냥 한번 찍어본 게다."

dangerous associate

81

- 정말이십니까?

"그럼 이 녀석아, 내가 그 아가씨 마음을 어떻게 알겠느냐? 만나 본 것도 아닌데."

장난기가 발동한 차 회장은 끝내 오리발을 내밀었다.

- 어쨌든 반대는 안 하시는 거죠?

"글쎄, 그건 만나봐야 알겠지. 언제 한번 인사를 시키거라."

- 할아버지!

그 말만으로도 승현의 목소리가 확 밝아졌다.

- 꼭 마음에 드실 겁니다. 유림 선배, 정말 좋은 사람이에요. 좋은 여자고요.

"알았다, 이 녀석아. 손 시리다. 이만 끊자."

짐짓 퉁명스럽게 말하고 전화를 끊은 차 회장이 이윽고 씨익 웃었다.

"누가 그걸 모를까 봐, 녀석."

유림에게서 수업을 받기 시작한 지 어언 두 달이 넘어가고 있었다. 정유림이 어떤 아가씨인가는 이미 한참 전에 파악이 끝난 뒤다. 예의 바르고, 마음씨 곱고, 씩씩하고, 예쁘고, 무엇보다 사랑스러운 아가씨. 눈에 넣어도 아프지 않은 손자를 위해 이 이상 어울리는 짝은 세상 어디에도 없었다. 이젠 어느 재벌가의 딸을 준다고 해도 사절이었다. 이미 차 회장은 유림을 자신의 손자며느리, 아니, 진짜 손녀딸처럼 생각하고 있었다.

다행히 이제 둘이 화해도 한 모양이니 남은 고민은 딱 한 가지였

[위험한 신입사원]

82

다.

'요 녀석들을 무슨 핑계를 대서 빨리 결혼을 시키누?'

골똘히 생각하며 걷는 차 회장의 입에서 노래가 절로 흘러나왔다. 또래 노인들 사이에서 제일 즐겨 불리는 노래였다.

"야, 야, 야. 내 나이가 어때서, 사랑하기 딱 좋은 나인데."

입속으로 흥얼거리며 길을 걷는 차 회장을 누군가가 뒤에서 불러 세웠다.

"김 선생님, 이제 들어가셔요?"

뒤를 돌아보자 눈매가 고운 60대 중반의 여인이 서 있었다.

"아, 손 여사!"

차 회장의 얼굴이 반가움에 활짝 펴졌다.

손 여사는 같이 수업을 받는 할머니 중 하나였다. 늘 단정한 옷차림과 밝은 표정에 꽤 부잣집 마나님일 거라고 생각했는데, 다른 노인들의 얘기로는 시장에서 호떡을 팔며 어렵게 생계를 유지하고 있다고 해서 내심 깜짝 놀란 적이 있었다.

"버스 정류장까지 가시는 거예요?"

손 여사가 쾌활하게 웃으며 말했다. 아니라고 말하려다 차 회장은 말을 꿀꺽 삼켰다. 기사가 대기하고 있다고 말할 수는 없으니까.

"예, 뭐. 그렇습니다. 손 여사께서는?"

"저도 그쪽으로 가는 길이에요. 마침 적적한데 같이 가시지요."

손 여사가 곁에 서자 은은한 향기가 풍겨왔다. 차 회장은 괜히 얼굴이 붉어져서 헛기침을 했다.

dangerous associate

83

사별한 지 어언 20년. 그 후로 사업에만 미쳐 살다시피 했지, 여자를 만나본 적이 없는 차 회장이었다. 그리고 그 후로 처음으로 눈에 들어온 여자가 바로 이 손 여사였다. 자꾸만 눈길이 가고, 괜히 신경이 쓰였다. 하지만 따로 말을 걸어본 적조차 한 번도 없는 터였다. 이 나이에 주책이라는 생각이 들었기 때문이다. 이제 손자손녀들도 장가를 보낼 나이인데.

그런 차에 뜻하지 않게 손 여사와 길에서 마주쳐서 함께 걷게 되자 차 회장은 은근히 기뻤다.

"김 선생님께선 무슨 일을 하시지요?"

"저는, 그게 저어…….."

"아, 은퇴하고 쉬고 계시는 모양이지요. 저는 시장에서 호떡을 파는데 아주 맛있답니다."

"그래요? 한번 꼭 먹어보고 싶군요."

"언제 한번 시장에 나오셔요. 제가 하나 맛있게 부쳐드릴 테니."

손 여사와 도란도란 얘기하며 걷다 보니 눈 깜짝할 새에 버스 정류장에 도착했다.

"아유, 마침 버스가 왔네요. 어서 타세요, 김 선생님."

손 여사가 버스를 가리키는 바람에, 차 회장은 당황했다.

"왜 안 타세요? 이 정류장엔 버스라곤 저거 하난데."

"그게…….."

차 회장이 우물쭈물거리자 손 여사가 이윽고 알겠다는 듯이 고개를 끄덕였다. 그러더니 주머니에서 뭔가를 꺼내 내밀었다.

"이거 받으셔요."

꽃무늬의 작은 동전 지갑이었다.

"혹시 수영장 다니다 지갑을 잃어버릴까 봐 비상용으로 가지고 다니는 건데, 많지는 않지만 급한 대로 쓰실 수 있을 거예요."

차 회장은 당황했다. 그러니까 지금, 차비가 없는 걸로 오해를 받은 모양이었다.

"아니, 손 여사. 이러실 필요는……."

"어려울 때 서로 돕는 거지요. 갚으시라 안 할 테니까 이걸로 차비 하시고, 따뜻한 국밥이라도 한 그릇 자셔요."

손 여사는 해맑게 웃으며 차 회장의 손에 끝내 동전 지갑을 쥐여주고는 도망가다시피 돌아섰다.

"그럼 조심해서 들어가셔요, 김 선생님!"

지갑 안에 든 것은 네모로 소중하게 꼬깃꼬깃 접은 만 원짜리 석 장이었다.

이 돈을 벌려면 저 여자는 이 추운 날, 거리에 선 채로 몇 장의 호떡을 팔아야 할까…….

저만치 멀어져가는 손 여사의 뒷모습을 멍하니 바라보며, 차 회장은 가만히 가슴께에 손을 가져다댔다.

"……."

심장이 세차게 뛰고 있었다. 30년쯤은 젊어진 것처럼.

수업을 마친 후, 체육센터에서 나오는 유림에게 누군가가 말을

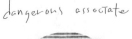

dangerous associate

85

걸었다.

"이제 끝났어요?"

놀라서 올려다본 유림의 얼굴이 반가움에 활짝 펴졌다.

"승현 씨!"

"가요. 집에 데려다줄게요."

승현이 미소 지으며 손을 내밀었다.

이윽고 차에 타자 승현이 유림의 안전벨트를 매주었다.

"수업하느라 지쳤을 텐데 편하게 쉬어요. 자도 되고요."

빙긋 웃어 보이고는 차를 출발시키는 승현의 옆모습을, 유림은 넋을 잃고 바라보았다.

물론 옛날에도 이 남자는 비주얼로는 완벽했다. 하지만 지금의 그에게는 단순한 미모 그 이상의 분위기가 있었다. 전에는 느낄 수 없었던 부드러움과 차분함, 그리고…….

"우리 정 대리님, 감기 걸리겠다."

유림의 머리카락이 아직 젖어 있는 것을 본 승현이, 혼잣말처럼 중얼거리며 히터를 켰다.

……이런 조용한 다정함.

'어쩌면 좋아.'

얼굴이 달아오른다. 짝사랑을 시작한 소녀처럼 가슴이 마구 두근거린다. 원래도 좋아했는데 점점 더 좋아진다. 숨도 쉬기 힘들어질 정도로.

'우리 오늘, 같이 있을래요?'

문득 어젯밤에 승현이 했던 말이 떠올랐다.

19금에 유난히 면역이 없는 유림이었다. 딱 승현과 함께 침대에 눕는 상상만 했는데도 벌써부터 긴장이 돼서 입안이 바싹바싹 말랐다. 곁에 있기만 해도 이렇게 떨리고 긴장되는데, 심지어 옷까지 벗고 밤새…….

'도저히 안 되겠어!'

유림의 얼굴이 새빨갛게 달아오르다 못해 폭발할 지경이 된 그때.

"유림 선배."

승현이 아무렇지도 않게 불쑥 물었다.

"집에 도착하면 나, 들어가서 커피 한잔 줄래요?"

유림의 심장이 쾅, 하고 폭발했다.

"우, 우리 집?"

"네. 그냥 커피만 마시고 갈게요."

시간은 이미 밤 9시가 넘었다. 승현과 단둘이 집에……!

"미안, 지금 시간이면 집에 가족들이 있을 거야."

유림은 식은땀을 흘리며 변명했다. 똑같은 거짓말을 또 하자니 목소리가 절로 떨려 나왔지만 다행히 승현은 알아채지 못한 모양이었다.

"그래요? 그럼 어쩔 수 없네요."

의외로 쿨하게 물러나줘서 유림은 가슴을 쓸어내렸다. 휴, 다행이다.

dangerous associate

87

이윽고 차는 유림의 집으로 들어가는 골목 앞에 멈춰 섰다.

"집 앞까지 데려다줄게요."

괜찮다고 사양해도 절대 들어주지 않을 거라는 걸 알기에 유림도 순순히 승현의 말을 따랐다.

"데려다줘서 고마워, 승현 씨. 조심해서 들어가."

이윽고 유림이 집 앞에 다다라서 작별 인사를 건넸을 때였다.

"집 안에 불이 꺼져 있는 것 같은데요?"

승현이 불쑥 말하는 바람에 유림은 가슴이 철렁했다.

"응? 아, 벌써들 자나?"

그러나 유림의 말이 끝나기도 전에 승현은 벌써 초인종을 누르고 있었다.

딩동, 딩동.

물론 안에서 대답이 들려올 리 만무했다.

"아무도 없나 보네요. 그럼 나 커피 한잔하고 가도 되는 거죠?"

승현이 눈초리를 부드럽게 휘며 웃었다.

"미안해, 믹스 커피밖에 없어서."

소파에 앉은 승현에게 커피 잔을 내밀며 유림이 말했다.

"괜찮아요. 잘 마실게요."

승현이 커피 잔을 받아들며 빙긋 웃었다.

유림은 제 몫의 커피 잔을 테이블에 올려놓고 승현과 조금 떨어져서 앉았다. 마치 제 집에 온 것마냥 편안한 자세로 앉아 있는 승

현과는 반대로, 유림은 긴장돼서 어쩔 줄을 몰랐다.

바짝바짝 목이 탄다. 자꾸만 침을 삼키고 싶어진다. 집 안은 또 왜 이렇게 조용한 건지, 미친 듯이 두근대고 있는 제 심장 소리가 들킬까 봐 겁이 난다. 빨리 마시고 일어나줬으면 좋겠는데, 승현은 좀처럼 그럴 기미가 없었다.

결국 유림은 승현의 기분이 상하지 않도록 조심스럽게 말을 꺼냈다.

"저어, 승현 씨. 식구들이 언제 돌아올지 모르는데."

"그럼 얼른 마시고 가야겠네요."

하지만 말만 그렇게 하고, 행동은 전혀 달랐다. 무슨 믹스 커피를, 비싼 와인이라도 마시듯 조금씩 아껴 마시는 게 아닌가.

"음, 믹스 커피도 오랜만에 마시니까 맛있네요."

그 와중에 천천히 음미까지 하고 있!

유림은 애가 탔다. 이러다 혼자 산다는 사실을 들키기라도 하면 어쩌나. 안 되겠다고 생각한 유림은 특단의 조치를 강행했다.

"어? 엄마한테서 전화 왔다!"

진동이 오지도 않은 휴대전화를 주머니에서 꺼내서 받는 척한 것이었다.

"응, 엄마! 에이, 당연히 나 혼자 있지, 그럼. 어디야? 아, 30분이면 도착한다고? 유민이도? 알았어. 조심해서 와!"

유림은 한바탕 혼신의 연기를 불태우고 전화를 끊는 체한 뒤 슬쩍 승현의 눈치를 보았다. 그러나 승현은 별로 당황한 기색이 없

dangerous associate

89

었다. 오히려 입가에 희미하게 미소까지 띠고 있는 것이 아닌가.

'서, 설마 들켰나?'

심장이 쿵 떨어지려는 순간, 승현이 마지막 남은 커피 한 모금을 마시더니 소파에서 일어났다.

"이, 이제 가려고?"

"그래야죠. 가족분들도 슬슬 돌아오신다면서요."

하지만 승현이 일어나서 향한 곳은 현관이 아니라 엉뚱한 방향이었다.

"가기 전에 선배 방 좀 구경해도 되죠?"

유림은 당황해서 승현의 뒤를 따라 방으로 들어갔다.

"승현 씨!"

다음 순간, 몸이 둥실 허공에 떴다. 승현이 유림의 몸을 번쩍 안아 든 것이었다.

"꺅!"

이어서 침대 위에 살짝 던지듯 눕혀졌다. 이윽고 몸 위에 승현이 올라타는 느낌과 동시에 얼굴 가까이에 따스한 숨결이 닿았다. 유림은 저도 모르게 몸을 한껏 웅크리며 눈을 꽉 감았다.

"……!"

그러나 그 뒤에 이어진 것은 예상했던 뜨거운 키스가 아니라 차분하고도 다정한 목소리였다.

"눈 뜨고 나 좀 볼래요?"

응……?

유림은 그제야 겨우 실눈을 뜨고 승현을 올려다보았다. 웃음기를 품은, 한없이 따뜻한 눈동자가 그녀를 내려다보고 있었다.

"이 집에 지금 선배 혼자 사는 거, 알고 있어요. 그러니까 그만 애써도 돼요."

유림은 깜짝 놀라 눈을 크게 떴다.

"알고 있었어?"

"어쩌다 알게 됐어요."

"아……!"

그제야 유림은 깨달았다. 어젯밤에 승현이 '오늘만 속아준다'고 했던 말의 의미를.

"선배는 혹시 나랑 둘이 있는 게 무서워요?"

"그게, 저어……."

"싫다는데, 내가 억지로 어떻게 할까 봐?"

승현은 조금 속상한 얼굴을 했다.

"그럴 리가 없잖아요. 내가 왜 선배한테서 미움받을 짓을 해요."

"그런 게 아니라……."

"싫으면 싫다고 솔직하게 말해줬으면 좋았잖아요. 이렇게 거짓말까지 안 해도 되는데."

승현이 작게 한숨을 쉬고는 몸을 일으켰다.

"자, 그럼 난 커피도 마셨으니까 이만 가볼게요."

"승현 씨……."

"미안해요. 나도 괜히 섭섭해서 짓궂게 굴었어요."

dangerous associate

91

승현이 빙긋 웃어 보였다.

"다음부터는 이렇게 막무가내로 밀고 들어오고 그러지 않을게요. 그러니까 선배도 너무 그렇게 사자한테 잡혀 온 토끼처럼 경계하고 그러지 마요. 나도 좀 상처받으니까."

미소 짓는 얼굴이 왠지 쓸쓸해 보여서 유림은 애가 탔다. 아닌데, 정말 그런 게 아닌데. 하지만 이미 승현은 작별 인사를 건네고 있었다.

"나오지 마요. 푹 쉬고 내일 아침에 봐요, 데리러 올 테니."

안 돼, 이대로 보낼 순 없어!

돌아서서 방을 나가려는 승현을, 유림은 급한 나머지 뒤에서 꼭 끌어안았다.

"유림 선배……?"

뒤에서 허리를 끌어안긴 승현이 놀란 듯한 목소리를 냈다.

"아니야."

그의 넓은 등에 뺨을 꼭 대고, 유림은 떨리는 목소리로 말했다.

"승현 씨랑 같이 있는 게 싫어서 그런 거, 정말 아니야. 오히려 그 반대란 말이야."

"선배……."

"나, 승현 씨가 정말 너무 좋아."

왜일까. 말하는 순간 코끝이 찡했다.

"원래도 좋아했지만 지금은 더 좋아. 갈수록 더, 감당이 안 될 만큼 좋아져."

"……."

"그래서 같이 있으면 자꾸 떨리고, 긴장하게 돼. 그러니까 그랬던 거지…… 무섭거나 싫어서가 아니야."

속상하게 만들어놓고 너무 해명이 부족한 건지도 모른다. 하지만 말이 서툰 유림으로서는 이 정도가 최선이었다.

알아줬을까, 내 마음. 불안한 마음으로 유림은 승현의 등에 이마를 기댔다.

"유림 선배."

잠시 후, 승현이 가만히 허리에 감긴 유림의 팔을 풀어냈다. 그리고 유림을 향해 뒤돌아섰다.

"왜 내가 선배랑 밤새 같이 있고 싶은 건지, 혹시 생각해본 적 있어요?"

유림은 얼굴이 확 붉어졌다.

"그, 그거야……."

"기분 좋아지고 싶어서? 선배 벗은 몸이 보고 싶어서?"

새빨개져서 어쩔 줄 몰라 하는 유림을 보고, 승현이 조금 웃었다.

"물론 그런 부분도 있죠. 부정하진 않아요."

"……."

"하지만 제일 큰 이유는 따로 있어요."

승현이 가만히 팔을 벌려 유림을 감싸 안았다.

"좋아한다는 말로는 다 표현이 안 되니까, 다른 방법으로라도

dangerous associate

93

표현하고 싶은 거예요."

목소리는 따뜻했다.

"내가 얼마나 좋아하는지, 얼마나 소중하게 생각하는지. 전하고 싶어요, 선배한테."

"승현 씨……."

"그러니까 그렇게 긴장할 것 없어요. 그냥, 마음을 표현하는 또 다른 방법이라고 생각하면 되니까요."

마음을 표현하는 또 다른 방법.

그 말이 유림의 가슴에 꽃잎처럼 사뿐히 내려앉았다. 가슴속을 꽉 채우고 있던 긴장감이 조금씩 사라지고, 그 자리가 서서히 아련한 분홍빛으로 물들기 시작했다. 말로는 다 표현할 수 없을 정도로 좋아하는 마음. 내게도 똑같이 있는 그 마음. 이 마음을 전할 수 있다면…….

"그리고."

승현의 목소리가 갑자기 장난기를 띠었다.

"사실 이건 무서운 게 아니라, 기분 좋은 거예요."

"……!"

"그러니까 날 믿고 맡기면 돼요."

속삭이는 승현의 품 안에서, 유림이 잘 익은 사과처럼 새빨갛게 물들었다.

승현의 품에 안겨 함께 침대에 누웠다.

유림이 너무 떨고 있었던 탓일까. 승현은 유림을 품에 안고 한참 동안이나 부드럽게 키스했을 뿐 그 이상은 전혀 하지 않았다.

"아무 걱정 마요. 싫다고 하면 바로 그만둘게요."

다정한 목소리와 되풀이되는 키스에 유림의 떨림도 조금씩 가라앉았다.

"그거 알아요?"

승현이 유림의 귓가에 살며시 속삭였다.

"늘 여기에 키스해보고 싶었어요."

어딜까, 하고 유림이 생각했을 때였다. 귀 뒷부분에 승현의 입술이 닿는 순간, 유림의 온몸에 짜릿한 전류가 퍼졌다.

"아!"

제 입에서 나왔다고는 도저히 믿어지지 않는, 열띤 신음 소리. 깜짝 놀라 황급히 입을 가리는 유림을 보고, 승현이 빙긋 웃었다.

"지금, 기분 어땠어요? 싫었어요?"

뭐라고 표현할 수 없는 느낌이었다. 결코 싫지는 않은, 그렇다고 좋다고 하기에는 어딘가 무섭게 느껴지는 감각. 평생 처음 느껴보는 생소한 감각에 유림은 당황했다.

"모, 모르겠어. 싫지는 않지만……."

"그럼 좋은 거예요."

딱 잘라 말하고, 승현은 유림을 뒤에서 꼭 껴안았다. 그러고는 유림의 귓가와 귀 뒤쪽, 목덜미에 조심스럽게, 하지만 집요하게 입 맞추기 시작했다. 짜릿한 느낌이 배로, 또 그 배로 무섭게 치달

아 올랐다.

"승현 씨, 아, 잠깐만……!"

잠깐만 멈춰달라고 부탁하고 싶은데. 정작 제 입술 사이에서 흘러나오는 목소리는 마치 좀 더 귀여워해달라고 유혹하는 것처럼 들렸다.

"싫으면 싫다고 말해요. 그러면 그만둘 테니까."

품에서 벗어나려고 애쓰는 유림을 단단히 껴안고, 승현이 그녀의 귓가에 속삭였다.

"하지만 싫은 게 아니잖아요?"

얄미울 정도로 정확히 꿰뚫어보고 있었다. 유림은 그의 품에서 빠져나가기를 포기하고 대신에 떨리는 목소리로 부탁했다.

"불…… 꺼줄래?"

지금 자신이 어떤 표정을 하고 있을지 몰라 무서웠다. 다행히도 승현은 두말없이 그녀의 말에 따라주었다.

따스한 어둠 속에서, 승현이 유림을 고쳐 안았다. 아까보다 조금 더 열기를 띤 입맞춤. 조금 더 대담해진 어루만짐. 점점 거칠어져가는 숨결에, 유림은 알았다. 승현도 조금씩 여유를 잃어가고 있다는 것을. 그럼에도 불구하고 그는 절대 서두르지 않았다. 유림이 익숙해지도록 최대한 시간을 들여, 조심스럽게 사랑했다.

소중하게 여겨지고 있구나. 사랑받고 있구나. 사랑한다고 굳이 입으로 말하지 않아도 알 수 있었다. 자잘한 입맞춤 하나하나에서, 조심스러운 손길에서, 그의 마음이 다 느껴졌다.

'마음을 표현하는 또 다른 방법.'

승현이 그렇게 말했던 의미를, 이제야 마음 깊이 이해하는 유림이었다.

어슴푸레한 어둠 속에서 승현은 조심스럽게 유림을 사랑했다. 제 욕심 따위는 꾹 참고, 조금이라도 유림이 편해지도록 기다리고 배려하면서.

"사랑해, 승현 씨……!"

"나도 사랑해요. 정말, 너무 사랑해."

마지막 순간, 단단하고 넓은 어깨에 매달려 유림은 조금 울었다. 기쁨의 눈물이었다.

"이제 아무 데도 가지 마요. 내가 보내지 않아."

살짝 눈물이 고인 유림의 눈가에 입을 맞추며, 승현은 가쁜 숨결 사이로 속삭였다.

"……이젠, 정말로 내 거니까."

dangerous associate

4. 너와 함께라면

기나긴 꿈을 꾼 것 같았다. 아주 달콤하고, 행복한 꿈을.

승현이 눈을 뜨자 곁에 유림이 살짝 입술을 벌린 채 곤히 잠들어 있었다.

'많이 피곤했던 모양이지.'

어젯밤 일을 떠올린 승현의 입가에 잔잔한 미소가 번졌다. 처음이라 역시 쉽지만은 않았겠지만, 그래도 최대한 유림을 무리시키지 않았다는 점에서는 자신이 있었다. 스스로 생각해도 놀라울 정도의 참을성과 배려심이었다.

이 여자와 함께 있으면 늘 새로운 자신을 깨닫게 된다. 그리고 그런 자신이, 승현은 싫지 않았다.

"다음번에는 이렇게까지 안 참아줄 거예요."

세상모르고 잠들어 있는 유림의 귓가에 장난스럽게 속삭이고, 승현은 그녀의 살짝 벌어져 있는 입술에 입을 맞췄다.

시계를 보니 아직 출근까지는 시간이 충분히 있었다. 더 자게 해주고 싶어서, 승현은 유림이 깨지 않게 가만히 침대에서 내려와

거실로 나왔다.

"가만있자…… 뭐가 있으려나?"

혼자 살고 있어서인지 냉장고 안에는 별게 없었다. 평소에 아침은 빵으로 먹는 모양인지, 식빵과 달걀, 우유가 보여서 승현은 간단하게 프렌치토스트를 만들기로 했다. 뭔가 먹여서 출근시키고 싶은 마음이었다.

앞치마를 두르고 볼에 계란을 넣어 섞는 승현의 입에서 절로 콧노래가 흘러나왔다.

"라라라……."

그토록 오랫동안 그리웠던 여자가 이제 드디어 정말로 제 것이 되었다. 생각만 해도 기쁘고 자꾸만 웃음이 나서 죽을 지경이었다.

딱 한 가지 아쉬운 게 있다면, 유림이 불을 꺼달라고 부탁하는 바람에 그 아름다운 몸을 제대로 보지 못했다는 것.

'다음번에는 뭐라고 해도 절대 꺼주지 말아야지.'

승현은 굳게 다짐했다. 신사 노릇도 이 정도 했으면 충분하지, 암.

곧 주방에 커피 향기와 함께 고소한 버터 냄새가 퍼졌다.

"자, 이것만 구워놓고 슬슬 깨우러 가볼까?"

프라이팬 위에서 노릇하게 익어가는 토스트를 내려다보며 싱글벙글하고 있는데, 문득 거실 쪽에서 인기척이 들렸다.

"아, 일어났어요?"

승현은 반갑게 말하며 얼른 거실로 나갔다.

"그렇지 않아도 깨우려고 했……."

그리고 시선이 마주친 순간, 승현은 말을 끝맺지 못하고 그 자리에 얼어붙었다. 상대가 유림이 아니었던 것이다.

얼어붙은 것은 상대도 마찬가지였다.

"누, 누, 누구시죠?"

떨리는 목소리로 승현에게 묻는 초로의 여인은, 유림을 많이 닮아 있었다.

승현은 그대로 정지 화면 상태로 굳어버렸다.

"……."

아, 선배 어머니시구나. 그럼 인사를 해야지. 아니, 자기소개가 먼전가? 그럼 뭐라고 소개를 해야 하지? 따님 남자친구라고? 아니면 결혼할 사이라고? 몇 초도 안 되는 짧은 순간 동안 머릿속에 수십 가지 생각이 떠올랐다가 사라졌다.

유림의 어머니가 경계심 가득한 표정으로 다시 물었다.

"누, 누구신데 남의 집에 막 들어와 있는 거냐고 묻잖아요!"

그러면서 급히 주머니에서 휴대전화를 꺼내 드는 것이, 여차하면 112를 누를 기세였다. 승현은 당황해서 손을 내저었다.

"잠깐, 잠깐만 진정하세요. 전 수상한 사람이 아니라……."

승현이 거기까지 말했을 때였다. 갑자기 방문이 열리고, 아직도 잠이 덜 깬 얼굴의 유림이 조그맣게 하품을 하며 안에서 나왔다.

"승현 씨, 먼저 일어났으면 깨우지 그랬……."

이쪽을 본 유림의 눈이 순식간에 왕방울만 해졌다.

"어, 엄마?"

죄인처럼 고개를 푹 숙이고 나란히 앉아 있는 승현과 유림 앞에서, 엄마는 숨도 안 쉬고 냉수 한 컵을 한 번에 들이켰다.

"……."

유림은 조마조마한 심정으로 엄마의 눈치를 보았다. 대체 왜 엄마가 말도 없이 아침부터 들이닥친 건지, 날벼락도 이런 날벼락이 없었다.

"너한테 정말 실망했다, 정유림."

한참 만에야 엄마는 쏘아붙이듯이 말했다. 승현에게는 눈길조차 주지 않은 채였다.

"엄마도 다 큰 자식 사생활에 간섭하고 싶은 생각 없어. 그런데 아무리 가족들이 집에 없다고 해도 그렇지, 집까지 남자를 끌어들여?"

유림은 창피해서 얼굴이 새빨개졌다.

엄마가 이렇게까지 실망하는 이유를 유림도 알고 있었다. 전부터 동생인 유민이 자유분방한 연애를 하는 것을 늘 못마땅하게 여기던 엄마였다. 결국 유민이 아직 대학도 졸업 못 한 연하남을 사귀다 혼전 임신을 하는 바람에, 남들처럼 제대로 격식을 갖추지 못하고 사고 수습이라도 하듯 부랴부랴 결혼시키게 된 것을 엄마는 두고두고 가슴 아파했다.

dangerous associate

101

'유림이 너는 꼭 좋은 사람 만나면 먼저 엄마한테 인사부터 시켜. 엄마가 너만은 꼭 갖출 거 제대로 다 갖춰서 시집보낼 테니까.'

툭하면 유림을 붙들고 그렇게 말하곤 하던 엄마였다. 그런데 인사도 시키기 전에 밤새 같이 있었던 걸 들켰으니 엄마가 화가 나지 않을 리 없었다.

"엄마, 실망시켜서 미안해. 그렇지만……."

"시끄러워."

하지만 엄마는 유림의 말을 들으려고도 하지 않았다.

"요즘 젊은 여자들이 아무리 헤프니 어쩌니 해도 유림이 너만은 안 그럴 거라고 철석같이 믿었는데……!"

"제 잘못입니다, 어머님."

그때까지 듣고 있던 승현이 이윽고 입을 열었다.

"따님은 아무 잘못도 없습니다. 제가 너무 좋아해서, 같이 있고 싶다고 졸라서 그랬던 겁니다. 그러니까 저를 탓해주십시오."

유림을 감싸려는 말에도 엄마는 조금도 누그러지지 않았다.

"그쪽도 잘했다고 한 적 없네요."

이번에는 승현을 향해 사나운 눈초리를 보내는 것이었다.

"이봐요, 젊은이. 젊은이도 그 댁에서야 귀한 아드님일 테니 내 말이 서운할지도 모르겠지만, 딸 가진 부모라 어쩔 수 없이 할 말은 해야겠네요."

"예, 듣겠습니다."

승현이 공손히 고개를 숙였다.

위험한 신입사원 |

102

"우리 유림이, 어려서 아버지 잃고 여태껏 내가 여자 혼자 몸으로 곱게 곱게 키워온 딸이에요. 그런데 내가 지금 화가 안 나겠어요?"

"이해합니다."

"우리가 이 동네에서 20년을 살았어요. 거짓말 좀 보태서 옆집 숟가락이 몇 갠지까지 서로 다 알고 지낸다고요. 지금 유림이 혼자 집에 있는 거 온 동네 사람들이 뻔히 다 아는데, 웬 남자가 집에 들락날락거리는 걸 누가 보기라도 하면 뭐라고 하겠어요? 아무리 요즘 세상에 여자도 결혼 전 일이 흉이 안 된다고는 하지만……!"

엄마가 말하다 말고 머리가 지끈거리는지 이마를 누르며 오만 상을 찌푸렸다.

"흉 될 거 정말 없으니 걱정하지 않으셔도 됩니다, 어머님."

승현이 조심스럽게 말했다.

"따님은 저하고 결혼할 거니까요."

"뭐라고요?"

유림 어머니의 눈이 커졌다. 놀란 것은 유림 역시 마찬가지였다.

"미리 찾아뵙고 인사드리지 못한 제 불찰입니다."

승현은 차분하게 말했다.

"벌써 2년 전에 제가 청혼했고, 따님도 제 마음을 받아주었습니다. 그동안 제가 해외 발령을 받아서 나가 있느라 잠시 떨어져 있었지만, 이제 돌아왔으니 최대한 빠른 시일 내에 결혼을 진행하고

dangerous associate

싶습니다. 물론 어머님께서 허락해주신다면요."

아까와는 다른 의미로, 유림은 또다시 얼굴이 붉어졌다. 그가 거기까지 생각하고 있는 줄은 미처 몰랐기 때문이다.

"잠깐만. 그럼 혹시……."

갑자기 엄마의 안색이 확 변했다.

"댁이 바로 몇 년 전에 우리 유림이랑 사귀다 헤어졌다는 그 회사 후배?"

유림의 가슴이 철렁하는 것과 동시에, 승현이 영문을 모른 채 고개를 끄덕였다.

"예, 그때는 사정상……."

승현의 말이 끝나기도 전에, 엄마가 손가락으로 현관을 가리켰다.

"나가요."

"엄마!"

유림이 당황해서 불렀지만 엄마는 이미 흥분 상태였다.

"우리 유림이가 그간 그쪽 때문에 얼마나 마음고생을 했는데, 세상에나 이제 와서 결혼이 어쩌고 어쨌다고? 나가요, 당장. 더 들을 것도 없으니까."

"어머님!"

승현이 앉아 있던 소파에서 일어나 엄마 앞에 무릎을 꿇었다.

"변명하지 않겠습니다. 따님 마음 아프게 한 거, 다 제 잘못입니다. 평생을 두고 갚을 테니 한 번만 용서해주십시오."

"시끄럽고, 빨리 일어나 나가요."

간절한 목소리였지만 엄마는 들은 체도 않았다.

"우리 애가 워낙 순진해 빠져서 그 마음고생을 하고 나서도 사탕발림에 또 넘어간 모양인데, 나는 어림도 없어요. 결혼하고 나서도 속이 썩어 문드러질 일이 수두룩 빽빽인데, 결혼 전부터 속 썩이는 남자야 더 볼 것도 없지."

무슨 생각을 했는지, 엄마의 목소리가 갑자기 크게 떨렸다.

"저것이 행여나 제 엄마 속상할까 봐 밤마다 이불을 뒤집어쓰고 엉엉 우는데, 그걸 지켜보면서도 아는 척도 못 하는 부모 심정이 어떤지나 알아요? 말 그대로 억장이 무너진다구. 내 새끼 눈에 눈물 나는 꼴, 나 더는 못 봐요."

"잘못했습니다, 어머님. 앞으로는 제가 정말 잘하겠습니다. 따님께도, 물론 어머님께도요."

"됐네요. 나, 그렇잖아도 우리 작은딸 때문에 연하 사위라면 아주 골이 아파 죽겠는 사람예요. 우리 유림이는 세상없어도 저보다 몇 살 더 많고, 수더분한 사람으로 골라서 곱게 시집보낼 거니까, 그렇게 알고 썩 나가요!"

이렇게까지 화가 난 엄마의 모습은 유림도 처음이었다. 하지만 승현도 쉽게 물러나지는 않았다. 어떻게든 설득하려 애쓰는 모습이었다.

"한 번만 기회를 주십시오, 어머님. 이렇게 부탁드립니다."

"기어이 경찰 부르는 꼴을 보고 싶어요?"

dangerous associate

"어머님, 저는⋯⋯."

"글쎄, 듣기 싫다니까 그러네!"

순간 엄마가 폭발하듯 고함을 치며, 테이블 위에 놓여 있던 커피 잔을 들어 승현에게 확 끼얹어버렸다.

"엄마!"

놀란 유림이 소리를 쳤으나 이미 승현은 머리부터 온통 커피를 뒤집어쓴 후였다. 다행히 커피는 어젯밤에 마시다 남긴 것이어서 전혀 뜨겁지는 않았지만, 유림은 당황해서 어쩔 줄을 몰랐다.

"괜찮아, 승현 씨?"

유림이 얼른 달려가서 갖다준 수건으로, 승현은 대충 얼굴만 닦아내고 다시 무릎을 꿇고 자세를 바르게 했다.

"오늘은 이만 물러가겠습니다, 어머님."

방금 커피를 뒤집어쓴 사람 같지 않게 차분한 말투였다.

"정식으로 인사도 드리기 전에 실망부터 시켜드려 정말 죄송합니다. 다음번에는 꼭 정식으로 예의를 갖춰서 인사드리겠습니다."

"다음이고 뭐고, 다시는 내 눈앞에 얼씬도 마요."

일어나는 승현을, 엄마는 끝내 쳐다보지도 않았다.

"이따 회사에서 봐, 승현 씨."

현관에서 승현을 보내고, 유림은 한숨을 쉬며 엄마에게로 돌아갔다.

"실망시켜서 미안해, 엄마. 하지만 커피까지 끼얹는 건 좀 너무하잖아."

"듣기 싫어, 이 속없는 것아."

엄마가 유림의 말을 중간에서 잘랐다.

"너, 오늘부터 퇴근하면 곧바로 집으로 와. 수영 수업하는 날 외에는 한 시간이라도 늦었다간 아주 다리몽둥이가 분질러질 줄 알아."

"엄마!"

유림은 기가 막혔다. 나이 서른두 살에 통금, 그것도 초저녁 통금이라니!

"안사돈 어른께서 애들 봐주신다고 나더러 좀 쉬고 오라고 해서 올라왔는데, 마침 잘됐다. 유림이 너 정신 차리고 그놈이랑 헤어질 때까지 엄마 유민이네 다시 안 내려가."

"엄마, 승현 씨 그렇게 나쁜 사람 아니야. 나랑 서로 이렇게 좋아하는데, 그냥 좀 예쁘게 봐주면 안 돼?"

"그놈 때문에 내 새끼 얼굴이 반쪽이 되는 걸 내 눈으로 봤는데, 뭘 예쁘게 보라고?"

엄마가 쏘아붙였다.

"내 눈에 흙이 들어가기 전엔 절대로 안 되니까 그렇게 알아."

더 듣기 싫다는 듯이 엄마는 소파에서 일어섰다.

"엄만 아침 준비할 테니까, 넌 얼른 한술 뜨고 회사 갈 준비나 해."

유림은 지각 직전에 겨우 사무실에 도착했다. 그리고 승현이 출

dangerous associate

107

근한 것은, 그로부터 또 20분 정도가 지난 후였다.

"좋은 아침. 늦어서 미안합니다."

인사와 함께 사무실로 들어서는 승현은 언제 커피 따위를 뒤집어썼느냐는 듯이 깔끔한 옷차림을 하고 있었다. 머리 모양도 완벽하게 정돈되어 있었지만, 살짝 물기가 남아 있는 걸 봐서는 집에 돌아가 샤워하고 옷을 갈아입고 출근하느라 늦은 모양이었다.

"외근 나갈 준비 하시죠, 정 대리님. 오늘 돌아볼 곳이 많습니다."

가방도 채 내려놓지 않은 채로 승현은 유림을 재촉했다. 이유를 짐작했기 때문에 유림은 잠자코 가방을 챙겨 승현을 따라나섰다. 그리고 생각대로 승현은 사무실을 나가자마자 엘리베이터가 아닌 비상구 쪽으로 유림을 이끌었다.

문이 닫히고 단둘이 남겨지는 순간, 유림은 속으로 조금 긴장했다. 아침에 있었던 일에 대한 사과부터 해야 할까? 아니면 위로부터?

그런데 승현의 첫 마디는 전혀 상상도 하지 못했던 것이었다.

"몸은 좀 어때요?"

"응?"

"내 딴에는 무리시키지 않으려고 노력은 했는데……. 어디 아픈 데는 없어요?"

승현은 조금 걱정스러운 듯한 눈을 하고 있었다. 그제야 유림은 그가 함께 보낸 지난밤의 일을 얘기하고 있다는 것을 깨달았다.

"아…… 괜찮아."

유림은 조금 붉어진 얼굴로 대답했다. 그러자 승현이 가만히 손을 뻗어 유림을 끌어안았다.

"고마워요, 나한테 와줘서."

유림의 머리칼에 입술을 묻은 채 승현이 속삭이듯 중얼거렸다.

"나, 그렇게 행복한 기분은 태어나서 처음이었어요. 꼭 꿈꾸는 것만 같았어."

아직도 행복에 흠뻑 취해 있는 듯한 목소리였다. 아침에 그토록 모진 말들을 듣고 커피 세례까지 받았는데도, 그런 건 어젯밤의 일에 비하면 마치 아무것도 아니라는 듯이.

"험한 꼴 당하게 해서 미안해, 승현 씨."

유림은 조심스럽게 승현을 마주 안았다.

"그동안 내가 힘들어하는 거 보면서, 엄마도 많이 속상해 하셨거든. 하지만 이렇게까지 화내실 줄은 나도 몰랐어."

"다 내 탓이에요."

승현이 부드럽게 대답했다.

"내가 선배 마음 아프게 했던 건 사실이잖아요. 어머님께서 화내시는 것도 당연하죠. 게다가 오늘 마주친 타이밍도 너무 안 좋았고."

"승현 씨……."

"앞으로 내가 잘해서 어머님 마음 꼭 돌려놓을 테니까, 선배는 아무 걱정 마요."

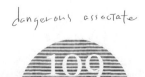

dangerous associate

109

오히려 위로까지 받아 유림은 눈시울이 뜨거워졌다.

"정말 미안해, 승현 씨."

"괜찮다니까요."

승현이 빙긋 웃고는 말했다.

"난 오히려 선배가 좀 부러운데요?"

"뭐가……?"

"내 새끼 눈에 눈물 나는 꼴, 더는 못 본다고 어머님이 나한테 딱 잘라 말씀하셨잖아요. 그 순간 괜히 가슴이 뭉클하더라고요."

승현의 목소리에 조금 씁쓸함이 섞였다.

"내 새끼……. 난 우리 어머니한테서 그런 말을 못 들어봐서요."

냉랭하기 그지없는 그의 어머니를 떠올리자 유림은 마음이 아팠다. 엄마가 그를 사위로 받아들여서 자신과 똑같이 아들처럼 사랑해주면 얼마나 좋을까, 하는 생각이 들었다.

"엄마가 오해 풀도록 나도 노력할게, 승현 씨."

유림은 승현을 올려다보며 진심으로 말했다.

"우리 엄마, 정말 따뜻한 분이야. 일단 마음만 여시면 진심으로 승현 씨를 사랑해주실 거야."

"그랬으면 나도 참 좋겠네요."

승현이 미소를 지었다.

"있잖아. 승현 씨 집에서는…… 여전히 나 반대하시겠지?"

유림은 조금 망설이다 물었다. 목소리에 묻어나는 걱정을 알아챈 것일까. 승현은 유림을 안고 다정하게 머리를 어루만지며 대답

110

해주었다.

"아뇨. 그렇지 않을 거예요."

목소리는 확신에 차 있었다.

"처음에 일본 지사로 갈 때부터 어머니하고 약속하고 간 거였어요. 선배는 아무 걱정 하지 않아도 돼요."

무슨 말인지 완전히 이해되지는 않았지만, 유림은 승현을 믿었다.

"게다가 할아버지는 언제 한번 선배 데려와서 인사시키라고까지 하셨어요."

"정말? 나를?"

전혀 생각지도 못했던 말에 유림은 놀라서 승현의 품에서 빠져나와 그의 얼굴을 쳐다보았다.

"혹시 불러서 헤어지라고 화내시거나, 야단치시려는 건 아니고?"

"그런 거 아니에요."

승현이 웃었다.

"반대하실 거면 처음부터 데려오라고 말씀도 안 하실 분이에요. 아마 허락하시려고 마음먹고 계신 것 같아요."

"정말……?"

유림은 도저히 믿어지지 않았다. 나같이 평범한 여자를, 회장님께서?

"어쨌든 조만간 우리 같이 할아버지한테 인사드리러 가요. 할아

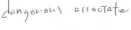

버지가 좋다고 하시면 어머니도 더 말씀 못 하실 거예요.”

승현은 웃으며 말했지만 유림은 말만 들어도 벌써부터 온몸이 뻣뻣하게 굳어졌다. 상대는 예비 시할아버지이기 이전에 그룹 회장님이 아닌가.

“나, 회장님…… 아니, 할아버님 마음에 들게 잘할 수 있을까?”

“그럼요. 우리 할아버지, 사람 보는 눈 대단하세요. 아마 만나면 선배가 얼마나 좋은 사람인지 한눈에 알아보실 거예요.”

승현이 힘주어 말하고는 다시 팔을 벌렸다.

“이리 와요.”

유림이 한 걸음 다가서자 승현이 다시금 품 안에 그녀를 가뒀다.

“앞으로도 우리, 이래저래 쉽지 않을지 몰라요.”

“응.”

“하지만 난 다 이겨낼 자신 있어요. 선배만 내 곁에 있어주면 말이에요.”

승현이 속삭이듯 말했다.

유림 역시 같은 마음이었다. 말은 저렇게 하지만 승현의 집안에서 자신을 그리 쉽게 받아주리라는 생각은 들지 않았다. 게다가 엄마도 완강하게 반대하고 있는 걸 생각하면 사실 눈앞이 캄캄했다.

하지만 그 어떤 것도 승현과 헤어져 있었던 동안의 아픔에 비하면 아무것도 아니었다. 이젠 그가 곁에 있으니, 그 어떤 어려움도 얼마든지 극복할 수 있을 것 같았다.

이 남자만 있으면 된다. 그 외에는 그 무엇도 필요치 않다.

"곁에 있을게."

흘러넘치는 마음을, 유림은 한마디 말에 담아 속삭였다.

그런 유림을 승현이 지그시 내려다보았다. 눈빛과 눈빛이 마주치는 순간, 누가 먼저랄 것도 없이 키스하고 있었다.

"할아버님, 이거 드십쇼."

유림이 김 할아버지에게 두 손으로 홍삼 음료를 건넸다.

"이런 건 또 어디서 났나?"

"낮에 약국 갔다가 할아버님 생각 나서 하나 샀습니다, 헤헤."

커다란 타월로 몸을 감싼 유림이 김 할아버지의 곁에 앉았다.

가끔씩 유림은 수업이 끝나면 이렇게 김 할아버지와 둘이서 얘기를 나누곤 했다. 왠지 친할아버지처럼 친근한 느낌이 드는 김 할아버지는 좋은 이야기 상대였다. 고민을 말할 때는 마치 멘토처럼 느껴지기도 했다. 그래서 오늘도 김 할아버지가 수업 후에 잠깐 얘기 좀 하자고 했을 때 유림은 기쁘게 승낙했다.

"그런데 할아버님, 저한테 무슨 하실 말씀이라도 있으십니까?"

유림의 물음에 김 할아버지는 이상하게도 갑자기 헛기침을 했다.

"아니, 뭐, 딱히 할 말이 있는 건 아니네만. 으흠, 흠."

괜히 먼 산을 쳐다보며 손에 든 음료를 마시는 체하는 것이, 보아하니 할 말이 없는 게 아니다. 유림은 웃으며 말했다.

"에이, 뭔데 그러십니까? 괜찮으니까 말씀해보십쇼."

"그게 저어, 그러니깐두루…… 어흠."

"빨리 말씀 안 하시면 저 못 듣습니다? 저 사실은 지금 집에 당장 가봐야 된단 말입니다."

유림은 재촉할 셈으로 짐짓 엄포를 놓았다.

"아니, 아직 초저녁인데 왜 벌써? 집에 무슨 일이라도 있나?"

"그게 사실은…… 통금이 생겨버렸습니다."

유림은 시무룩하게 말했다.

"아니, 그건 또 무슨 소린가?"

김 할아버지가 놀라서 물었다.

요즘 유림은 마치 고등학생 때로 돌아간 기분이었다. 다른 점이 있다면 그때는 집, 학교, 집, 학교, 집, 학교였다면 지금은 집, 회사, 집, 회사, 집, 회사라는 것. 물론 승현과 데이트할 시간도 없었다. 주말에도 엄마는 감시의 눈초리를 절대 게을리 하지 않았으니까. 만나기는커녕 눈치가 보여서 통화조차 제대로 할 수 없었다.

「엄마, 내가 어린애도 아니고, 진짜 이렇게까지 해야 돼?」

유림이 분통을 터뜨렸지만 엄마는 아랑곳하지 않았다.

「내 새끼 팔자 망가지는 거 안 보려면 엄만 더한 것도 할 수 있어.」

결국 진짜로 승현을 만날 수 있는 것은 오로지 회사에서뿐이었다.

위험한 신입사원]

114

"……그나마 수영 수업은 하게 해주셔서 다행입니다. 그 외에는 조금이라도 늦었다간 얼마나 펄쩍 뛰시는지."

자초지종을 김 할아버지에게 털어놓고 난 유림이 한숨을 푹 쉬었다.

"그럼, 어머님께선 정 선생이 그 녀석이랑 헤어지기를 바라신다, 이 말씀인가?"

김 할아버지는 얼굴도 못 본 승현을 전부터 '그 녀석'이라고 부르고 있었다.

"예."

유림은 시무룩하게 고개를 끄덕였다.

"이래저래 걱정입니다. 사실 엄마는 아직 그 사람 집안에 대해서도 모르시는데, 그것까지 말했다간 역효과 날 것 같아서 아직 말도 못 꺼내봤습니다."

"집안이 어떤데 그러나?"

유림은 조금 망설이다가 애매하게 대답했다.

"엄청나게 잘사는 집안입니다. 저희 집이랑 아예 비교도 안 될 정도로요. 아마 엄마가 아시면 너무 차이 난다면서 더 반대하실 것 같습니다. 늘 드라마 보면서 그러셨거든요, 송충이는 솔잎을 먹어야 한다고요."

"그것도 그렇겠구먼."

덩달아 걱정이 되는 걸까. 김 할아버지는 씁쓸하게 입맛을 다셨다.

dangerous associate

115

"자네는 어떤가? 그렇게 차이 나는 집안에 시집갈 생각을 하면 부담이 되진 않나?"

"그렇긴 합니다."

유림은 솔직하게 고개를 끄덕였다.

"그 댁 어르신들도 저를 그리 탐탁하게 생각하실 것 같지는 않습니다. 게다가 아무래도 저희 집이랑은 분위기가 많이 다를 것 같아서 걱정이고요."

"아무래도 그렇겠지."

말하다 보니 너무 안 좋은 얘기만 하는 것 같다. 고개를 끄덕이는 김 할아버지에게, 유림은 일부러 활기차게 말했다.

"괜찮으니까 너무 걱정 마십쇼. 제가 어르신들 대하는 건 또 전문 아니겠습니까? 게다가 구박 좀 받는다고 해도 부잣집 며느리 되는 건데 그 정도는 참죠, 뭐."

"정 선생도 부자 좋아하나?"

김 할아버지가 의외라는 듯이 묻는 바람에 유림은 웃었다.

"에이, 당연한 거 아닙니까. 돈 싫어하는 사람이 어딨습니까?"

"그래? ……정 선생은 돈이 많으면 뭘 하고 싶은데 그러나?"

막상 그런 질문을 받으니 대답이 쉬이 나오지 않았다.

"음……."

잠시 생각하다 유림은 말했다.

"예전에 말입니다, 그 사람이랑 같이 미래백화점 본점에 간 적이 있었습니다."

"아, 소공동에 있는 거기."

김 할아버지는 알겠다는 듯이 고개를 끄덕였다.

"저보고 갖고 싶은 거 다 고르라고 하는데, 참 고를 게 하나도 없지 뭡니까. 몇천만 원짜리 시계에, 몇 년 동안 기다려야 겨우 살 수 있는 가방……. 그런 거 가져봤자 흠집 날까 봐 무서워서 갖고 다닐 수도 없을 텐데 말입니다."

"그래서?"

"대신에 수영복을 왕창 사달래서 아버님 어머님들 수영복 새 걸로 싹 바꿔드렸습니다."

그때를 떠올리는 유림의 얼굴에 저절로 웃음이 떠올랐다.

"얼마나 좋아들 하시던지. 참 돈이 좋긴 좋구나, 하는 생각이 들면서 갑자기 돈 욕심이 확 나지 뭡니까? 우리 아버님 어머님들 중엔 어려우신 분들도 많은데, 돈만 있으면 도와도 드리고 단체 관광도 보내드릴 수 있을 텐데…… 하고요."

"그랬구면."

김 할아버지가 따스하게 미소를 지었다.

"그렇게 하고 싶은 거 다 하려면 정 선생은 꼭 부잣집에 시집을 가야겠구만 그래."

"에이, 뭐 부잣집에 시집간다고 그 돈이 제 돈입니까?"

유림은 웃으며 손사래를 치고는 또다시 짧게 한숨을 쉬었다.

"하긴 지금은 결혼 자체를 할 수 있을지도 모르겠습니다. 엄마가 저러시니……."

"아무 걱정 말게."

김 할아버지가 위로하듯 말했다.

"어머님께서도 다 자식 위하는 마음에 그러시는 거 아닌가. 그 녀석이 정 선생한테 진심으로 잘하고, 또 둘이 좋아하는 걸 계속 보시다 보면 마음도 곧 풀리실 걸세."

"정말 그럴까요?"

"그럼. 자식 이기는 부모 없다는 말이 괜히 나온 줄 아나?"

김 할아버지가 힘주어 고개를 끄덕였다.

"그리고 사람 보는 눈은 다들 비슷한 법이야. 우리가 정 선생을 예쁘게 보듯이, 그쪽 어르신들도 자네를 보면 마음에 쏙 들어 하실 테니 걱정할 것 없네."

왜일까. 그저 단순한 위로에 불과한 말인데도 김 할아버지에게서 들으니 꼭 정말로 그럴 것만 같이 느껴졌다.

"고맙습니다, 할아버님!"

마음이 놓인 유림은 그제야 활짝 웃었다.

"참, 그런데 할아버님, 진짜로 저한테 하실 말씀이 뭡니까?"

"그게……."

또다시 우물쭈물하기 시작하는 김 할아버지에게, 유림은 짐짓 섭섭한 듯이 말했다.

"저한테도 그렇게 말씀하시기 힘든 겁니까? 저는 할아버님께 연애 상담도 하고, 고민거리 다 말씀드리는데요."

그제야 김 할아버지는 겨우 입을 열었다.

위험한 신입사원 |

118

"그, 저어…… 같이 수업 받는 손 여사 있잖은가. 지난주부터 안 보이는데 혹시 왜 안 나오는지 아나?"

"아, 그 어머님이요!"

유림은 금세 알아들었다.

"감기몸살 기운이 있어서 며칠 쉰다고 하셨습니다. 그런데 그건 왜 물으십니까?"

"왜는 무슨, 안 보이니까 걱정이 돼서 그러지 뭘. 으흠, 흠."

또다시 헛기침을 하는 김 할아버지를 보고, 유림은 웃음이 비어져 나오려는 것을 꾹 참았다. 그렇구나, 좋아하시는구나. 왠지 마구 놀려드리고 싶어졌지만 그러지는 않기로 했다. 그렇지 않아도 민망해 하시는데, 지금 놀렸다가는 두 번 다시 연애 상담 안 하실 것 같아서.

"수영은 쉬셔도 일은 하실 겁니다. 저 아래 버스정류장 근처 시장에서 호떡을 파시는데, 걱정이 되시면 한번 가보시는 것도 괜찮을 것 같습니다."

"그래도 괜찮겠나? 불편해 하지나 않을까?"

어색해 하는 김 할아버지에게, 유림은 힘주어 말하고는 활짝 웃었다.

"그럼요. 아주 반가워하실 겁니다!"

"왜 이렇게 안 나오는 거야."

주차장에 차를 세워놓고 유림을 기다리던 승현이 초조하게 중

dangerous associate

119

얼거렸다.

가뜩이나 예비 장모님께 밉보인 승현이었다. 더 이상 눈 밖에 날 짓은 하고 싶지 않다. 그래서 퇴근 후에도, 수업 끝난 후에도 유림을 말 그대로 집 앞까지 총알배송하고 있는데 오늘따라 유림이 좀처럼 나오지 않는 것이었다.

'이러다가 괜히 딴짓 하고 왔다고 어머님께 의심받는 거 아냐?'

애가 탔다. 차라리 딴짓을 하기나 했으면 억울하지나 않을 텐데!

승현이 안절부절못하고 기다린 지 30분 가까이나 돼서야 유림은 겨우 나타났다.

"아, 봄이구나."

생글거리며 차에 타는 유림을, 승현은 살짝 노려보았다. 남은 기다리다 애타서 죽을 뻔했는데 갑자기 웬 봄 타령? 게다가 벌써 3월 초인데도 꽃샘추위 때문에 추워 죽겠는데!

"이리 와요."

승현은 다짜고짜 유림의 팔을 확 끌어당겼다.

"승현 씨?"

의도를 눈치 챈 유림이 몸을 뺐다.

"미쳤어. 누가 보면 어쩌려고!"

"보라고 하죠."

그러거나 말거나 승현은 유림을 끌어안고 입술을 덮쳤다. 하루 종일 그리웠던 입술이었다.

위험한 신입사원]

"……."

참 사람의 욕심이란 끝이 없다. 아까는 빨리 유림이 와서 키스라도 하면 살 것 같았는데, 정작 이렇게 입 맞추고 있으니 자꾸만 좀 더, 좀 더, 하고 욕심을 내게 된다. 이 여자는 입술만 달콤한 것이 아니라는 것을 이미 알아버렸기 때문일까.

물론 세상 일이 다 마음대로 되지는 않는 법이었다. 한참 끌어안고 아쉬운 대로 목마름을 채우고 난 후, 승현은 유림에게서 입술을 뗐다.

"아, 정말 미치겠다."

열기를 담아 귓가에 속삭이자 유림이 살짝 몸을 떨었다.

"다 기다리고 참을 수 있는데, 이것만은 정말 참기가 힘들어요."

"승현 씨……."

"모르죠? 아무렇지도 않은 척 사무실에 앉아 있어도, 머릿속은 늘 선배한테 입 맞추고, 안고 싶은 생각밖에 없는데."

진심이었다. 나는 시방 위험한 짐승이다, 라는 김춘수의 시가 딱 어울리는 상황이었다.

"빨리 결혼해서 내 곁에 두고 싶어요."

간절하게 말하자 유림도 가만히 고개를 끄덕였다.

"응, 나도 그러고 싶어."

발그레하게 달아오른 얼굴도 어찌나 귀여운지. 아, 또 키스하고 싶다. 하지만 결혼을 하려면 무엇보다 유림의 어머니 마음부터 돌리는 게 시급했다. 그러려면 일단 빨리 곱게 모셔다놔야지.

dangerous associate

"좀 밟을 거예요."

승현은 한숨을 쉬고 나서 차를 출발시켰다.

"그런데 오늘 왜 이렇게 늦게 나온 거예요?"

운전하면서 묻자 유림이 무슨 생각을 했는지 쿡쿡 웃었다.

"그런 게 있어."

몇 번 더 물었지만 유림은 끝내 대답해주지 않고 그저 웃기만 했다.

다음 날 아침, 출근한 승현은 사장실로 불려갔다. 일주일 전에 제출한 첫 기획안의 검토가 끝났다는 것이었다.

"차 팀장, 이리 와서 앉게."

이 사장은 역시 반가운 얼굴로 승현을 맞이했다. 물론 진심으로 반가워하는 게 아니라는 걸 알아채지 못할 승현이 아니었다.

"그래, 아주 적응 잘하고 있다고?"

"사장님 덕분입니다."

몇 마디 형식적인 인사를 나누고 나서 이 사장은 본론을 꺼냈다.

"기획 3팀에서 제출한 기획서 잘 보았네. 아주 훌륭하게 잘돼 있더군."

"감사합니다."

그 뒤에 이어질 말을 예상하며 승현은 대꾸했다. 좋은 기획이기

는 한데 어디가 좀 미흡하다는 둥, 보완해야겠다는 둥 꼬투리를 잡아서 다시 해 오라고 하겠지. 어차피 몇 번이고 반려를 당할 거라고 생각하고 있던 차였다. 그럴수록 더 완벽한 기획으로 다시 만들어 올 각오도 되어 있었다.

그런데 다음 순간 이 사장의 입에서 나온 말은 전혀 생각과는 다른 것이었다.

"이대로 사업 진행해도 괜찮을 것 같네. 다음 달 초에 임원회의 소집해서 한번 의견들 묻고, 별문제 없으면 다음 주주총회에서 승인 받아서 정식으로 사업 시작하기로 하지."

"예?"

승현은 깜짝 놀라서 이 사장의 얼굴을 쳐다보았다.

사실 통과하리라고는 전혀 생각하지 못했었다. 열심히 만들기는 했지만, 아직 이래저래 미흡한 면이 많은 기획이었다. 몇 번이고 퇴짜를 맞을 걸 예상하고, 점점 보완해갈 생각에 일부러 처음부터 완벽을 기하지 않은 면도 있었다.

그런데 이대로 사업 진행하자니?

"정말로 이 기획이 마음에 드신다는 겁니까?"

승현은 확인하듯 다시 물었다.

"당연하지. 역시 차 팀장, 젊어서 그런지 감각이 보통이 아니야. 카페 사업이니 무엇보다도 감각이 중요하지 않겠는가? 허허."

이 사장은 심지어 너털웃음까지 터뜨렸다.

"어쨌든 좋은 기획 만드느라 수고했네. 아주 기대가 커."

dangerous associate

123

승현은 당혹스러웠다. 대체 왜? 어째서 이렇게 순순히? 혼란스러운 감정을 겉으로 나타내지 않으려고 애쓰고 있는 승현에게, 이 사장이 다시 은근히 물었다.

"그런데 말이야. 이왕 기획한 거, 차 팀장이 실제 사업까지 맡아서 쭉 진행해보는 것도 괜찮을 것 같은데. 어떻게 생각하나?"

그 순간 승현은 벼락에 맞은 것처럼 이 사장의 의도를 깨달았다.

설마…….

하지만 그 설마밖에는 다른 이유를 찾아낼 수가 없었다.

"기획안이 통과됐습니다."

사장실에 불려갔다 온 승현의 첫 마디였다.

"정말요?"

혜인은 뛸 듯이 좋아했지만 유림은 웃을 수가 없었다. 승현의 얼굴이 눈에 띄게 굳어 있는 것을 눈치 챘기 때문이었다.

"팀장님, 무슨 문제라도 있습니까?"

유림이 묻자 승현이 고개를 끄덕였다.

"통과된 게 문젭니다."

"예?"

"내가 봐도 아직 부족한 곳이 많은 기획이었습니다. 이대로 실제 사업 진행했다간 아마 쪽박을 차도 열 개는 찰 겁니다. 사장님도 그 정도 예상하지 못했을 리 없을 거고요."

혜인이 얼굴을 굳혔다.

위험한 신입사원]

124

"팀장님. 설마 그럼, 사장님이 일부러 그러신 것 같다는 말씀이세요?"

"아무리 생각해도 그렇게밖에 볼 수가 없어요."

실패할 사업인 걸 뻔히 알면서 일부러 통과시켰다고? 유림은 도저히 믿어지지가 않았다.

"그렇게 되면 회사에도 큰 손해를 끼치게 될 텐데도 말입니까?"

"물론. 심지어 되도록 크게 손해가 나기를 바라고 있을지도 모르겠네요."

승현이 씁쓸하게 덧붙였다.

"그래야 날 회사에서 쫓아내기가 쉬울 테니까요."

유림은 할 말을 잃었다.

"왜 이러는지는 짐작이 가는데, 아무리 그래도 대표이사가 이러는 건 용서가 안 되네요. 일부러 회사에 손해를 끼치다니요!"

혜인이 분개했다. 비록 세라의 이름을 직접 꺼내지는 않았지만, 승현과 유림은 말하지 않아도 이해했다.

"배임죄에 해당하는 거 아닙니까?"

유림이 물었다.

"그럴 수도 있죠. 그런데 고의성을 입증하기가 쉽지 않을 겁니다. 어쨌든 사장님은 이 기획이 잘될 줄 알고 결재했다고 하면 그만이니까요."

한때는 자신의 위치가 위험해지는 것도 아랑곳하지 않고 승현의 편에 섰던 이 사장이다. 그런 사장이 일부러 회사에 손해까지

끼쳐가면서 승현을 밀어내려고 하다니. 이게 다 자신 때문인 것 같아 유림은 마음이 편치 않았다.

"사장님은 다음 달 초에 임원회의 소집해서 이 기획에 대해 의견을 묻겠다고 했습니다. 말이 의견을 묻는다는 거지, 사장님이 이대로 가자고 하면 반대할 임원은 없을 겁니다."

승현이 말했다.

"주주총회도 통과해야 하지 않습니까?"

유림이 묻자 혜인이 고개를 저었다.

"그거야 그냥 형식적인 절차지, 뭐. 주주총회라는 게 웬만한 사안이 아닌 이상 거의 다 회사 측이 원하는 대로 통과되는 거니까. 언제 주주총회 안건 부결되는 거 봤어?"

갈수록 태산이었다. 유림은 참지 못하고 물었다.

"그럼 이대로 망할 거 뻔히 알면서 사업 진행해야 되는 겁니까?"

"물론 그냥 죽을 순 없죠."

그제야 승현이 씩 웃었다.

"다음 달 초까지면 아직 시간이 있습니다. 다 뒤집어엎고, 처음부터 다시 합시다."

"예?"

"임원회의에서 프레젠테이션은 내가 직접 하게 됩니다. 그때, 사장님께 제출했던 기획안이 아니라 새로 마련한 기획안을 가지고 들어가겠습니다. 일종의 깜짝 쇼 같은 거죠."

유림은 놀랐다.

"그래도 되는 겁니까?"

"물론 이게 사장님이 결재를 내린 기획이 아니라는 걸 알면 임원들이 어떻게든 꼬투리를 잡으려고 들겠죠. 그러니 어디 흠 잡을 여지도 없이 완벽한 기획을 만들면 됩니다."

그렇게 말하는 승현의 얼굴은 자신감에 가득 차 있었다.

"한번 해봅시다. 아니, 할 수 있습니다."

"네, 팀장님. 열심히 하겠습니다."

유림은 힘주어 대답했다.

"이거 승부욕이 생기는데요? 한번 멋지게 해내보자고요!"

혜인이 신 난다는 듯이 목소리를 높이자 승현이 빙그레 웃었다.

"좋아요."

그러고 나서 승현은 갑자기 박수를 치더니 말했다.

"자, 그런 의미에서. 우리 팀도 주말에 워크숍 한번 갈까요?"

"너, 정말 워크숍 가는 거 맞지?"

아웃도어 차림에 배낭을 메고 현관에서 운동화를 신는 유림에게, 엄마는 불안한 듯이 다시금 물었다.

"설마 그 녀석이랑 단둘이 여행 가면서 거짓말한다든가, 그런 건 아니겠지?"

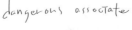

"정말이라니까? 뭐하면 회사에 전화해봐도 돼."

유림은 한 치도 망설이지 않고 대답했다. 그야 진짜로 사실이니까!

"그 사람도 너랑 같은 팀이라며?"

"그렇긴 한데, 우리 팀에 승현 씨랑 나만 있는 게 아니잖아."

이것도 어디까지나 사실이었다. 물론 팀원이라곤 달랑 셋뿐이라는 말은 안 했지만.

"그럼 나 다녀올게, 엄마."

운동화를 다 신고 난 유림이 일어나서 활기차게 말했다. 하지만 엄마의 표정은 영 밝지 않았다.

"예전에 너 워크숍 답사 갔다가 폭설이 오는 바람에 하마터면 큰일 날 뻔했었잖아. 그 이후로 워크숍 얘기만 들어도 가슴이 철렁해서 원."

그제야 유림은 엄마의 마음을 깨달았다. 워크숍을 가는 걸 달갑지 않게 여기는 이유가, 꼭 승현 때문만은 아니었던 것이다.

"걱정 마, 엄마. 나 아무 일도 없이 멀쩡하게 돌아올 테니까."

유림은 엄마의 손을 꼭 잡았다.

"그리고 엄마, 그때 말이야. 너무 걱정할까 봐 엄마한텐 말 안 했지만, 사실은 눈 오는 산에서 조난당해서 정말로 죽을 뻔했었어. 기억나지? 나 발목도 다쳤었던 거."

"세상에!"

엄마가 하얗게 질렸다.

"그때 자기 목숨을 걸고 날 구해줬던 게 승현 씨야. 그 눈보라 속에서 날 찾아서 업고 별장까지 내려가줬어. 승현 씨가 없었더라면 내가 지금 이렇게 엄마 옆에 있지도 못했을 거야."

엄마의 눈동자가 심하게 흔들리는 게 보였다.

"정말이야? 엄마한테 그 녀석 잘 보이게 하려고 하는 말 아니고?"

"응. 돌아가신 아빠를 걸고, 진짜로 정말이야."

유림은 힘주어 고개를 끄덕였다.

"그러니까 엄마, 승현 씨한테 조금만 마음 열어줘. 부탁할게, 응?"

"……생각 좀 해보고."

엄마는 그렇게만 말했지만 목소리가 한결 누그러져 있는 것을 유림은 눈치 챘다.

"하룻밤만 자고 멀쩡하게 돌아올 테니까, 밤에 문 잘 잠그고 있어. 알았지?"

"그래, 조심해서 잘 다녀와. 도착하면 전화하고."

"응, 다녀오겠습니다!"

처음으로 희망의 빛이 보였다. 기쁜 마음으로 유림은 집을 나섰다.

골목 어귀에서 승현이 차를 세우고 기다리고 있었다.

"선배, 등산복 차림 오랜만에 보니까 되게 예쁘네요."

차에 타는 유림을 보면서 승현이 웃음을 지었다.

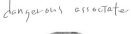

이윽고 차는 고속버스 터미널을 향해 출발했다. 혜인과 거기서 만나서 다 함께 고속버스를 타고 가기로 되어 있었던 것이다.

"네, 차승현입니다."

운전 중에 승현이 전화를 받았다. 블루투스로 연결되어 있어서 유림의 귀에도 다 들렸다.

- 팀장님, 저 민혜인입니다.

"아, 민 차장님. 전 지금 정 대리님하고 같이 터미널로 가고 있는 중인데. 무슨 일 있습니까?"

- 사실은 제가 그만 늦잠을 자서요. 일어나니까 벌써 시간이 이렇게 됐네요?

유림은 당황했다. 혜인이 이러는 것을 처음 보았기 때문이었다.

평소 혜인은 시간 약속에 철저했다. 워크숍도 업무의 연장인데, 지금까지 늦잠을 잤다니 전혀 그녀답지 않았다. 게다가 만약에 진짜로 늦잠을 잤다면 죄송하다, 지금 당장 달려가겠다고 하는 게 정상일 텐데. 뭔가, 이 태평한 말투는.

- 팀장님, 너무 늦었는데 어떻게 할까요. 지금이라도 갈까요, 말까요?

웃음기가 담긴, 장난스러운 말투. 그제야 유림은 혜인의 속셈을 깨달았다. 동시에 얼굴이 확 붉어졌다.

'다 알고 계셨나 봐!'

부끄러워 어쩔 줄 모르는 유림과는 달리, 승현은 당당하기 그지없었다.

"이렇게 된 거, 차장님은 그냥 댁에서 푹 쉬시는 게 좋겠네요."

- 역시 그렇죠?

혜인이 쿡쿡 웃는 소리가 들렸다.

곁에서 유림이 듣고 있다는 것을 알고 한 말일까, 아니면 모르고 한 말일까. 전화를 끊기 전에, 혜인은 마치 파이팅을 외치듯이 말했다.

- 오랜만에 즐겁게 데이트 하고 오세요!

강원도에 있는 차 회장의 별장에 도착한 것은 점심때가 다 되어서였다.

"와, 옛날 생각 난다!"

차가 마당에 들어서자 유림이 창 밖으로 별장을 바라보며 눈을 가늘게 떴다.

"그러게요. 어제 일 같은데, 벌써 2년도 더 지났네요."

벌써 3월 초지만 산 속이다 보니 아직 마당에는 채 녹지 않은 눈이 여기저기 남아 있었다. 차에서 내린 유림은 생생하게 떠오르는 기억에 몸을 부르르 떨었다.

"어휴, 그땐 정말 끔찍하게 눈이 많이 왔지. 하마터면 죽을 뻔했던 걸 생각하면!"

"그래도, 즐겁지 않았어요? 나랑 단둘이 있어서."

"아니, 뭐, 그렇기도 했지만……."

말끝을 흐리는 유림을 승현이 뒤에서 살며시 껴안으며 귓가에 속삭였다.

"이번에도 즐겁게 지내다 가요, 우리."

소리 반, 공기 반. 뭔가 굉장히 의미심장하게 들리는 속삭임이었다. 금세 얼굴이 새빨개진 유림은 얼른 승현의 품에서 빠져나왔다.

"괘, 괜한 생각 하지 마. 우린 워크숍 온 거지 여행 온 게 아니잖아? 차장님이 빠지는 바람에 부득이하게 단둘이 오게 됐지만, 이것도 엄연히 업무의 일환이란 말이야."

"하여튼, 수줍음 타는 거 여전하다니까."

하지만 승현은 오히려 귀엽다는 듯이 눈을 가늘게 뜨고 유림을 바라보았다.

"여태도 그렇게 부끄러워요? 우리 벌써 할 거 다 했는데?"

"다 하긴 뭘!"

"꼭 내 입으로 말해줘야 알겠어요?"

새빨개져서 어쩔 줄을 모르는 유림을 보고, 승현이 유혹하듯 미소 지었다.

"그렇게 귀엽게 굴면 벌써 안고 싶어지잖아요. 아직 해 지려면 멀었는데."

"승현 씨!"

결국 유림은 소리를 빽 지르고 말았다.

"알았어요. 미안해요. 이제 그만 놀릴게요."

그제야 승현은 웃으며 두 손을 들었다.

"자, 배고플 텐데 우리 얼른 들어가서 점심부터 먹어요."

이번에도 승현이 간다고 미리 연락을 해두었던 듯, 별장 안은 깨끗하게 청소가 되어 있고 음식 재료들도 다 마련되어 있었다.

점심 메뉴로 고른 것은 카레라이스였다. 둘이 같이 요리를 하고, 머리를 맞대고 사이좋게 밥을 먹고, 나란히 서서 설거지를 하고, 손잡고 별장 주위도 한 바퀴 돌고. 그러는 사이에 산 속의 짧은 해는 금세 기울어갔다.

"시간 참 빨리 간다."

창 밖으로 지는 노을을 물끄러미 바라보며 유림이 중얼거렸다.

"요즘은 하루하루 지나가는 게 정말 빠른 것 같아. 헤어져 있던 동안은 시간이 참 안 갔었는데 말이야."

승현이 다가와서 유림을 뒤에서 살포시 감싸 안았다.

"나 많이 보고 싶었어요?"

"응."

유림이 고개를 끄덕였다.

"솔직히 밉기도 하고, 원망스럽기도 했고…… 그러면서도 보고 싶은 마음이 제일 컸어."

"나도 그랬어요. 민 차장님은 선배가 하루가 다르게 예뻐진다고 하지, 나는 당장 달려갈 수 없는 상황이지. 바쁜 와중에도 하루하루 조마조마해서 정말이지 숨넘어가는 줄 알았어요."

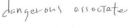

그 말에 유림은 문득 생각나는 게 있었다.

"작년 12월에 말이야. 승현 씨, 나 보러 왔었지? 코트 벗어주고 갔었잖아."

"어, 알고 있었어요?"

승현이 조금 놀란 목소리를 냈다.

"응, 코트 안주머니에 이니셜이 새겨져 있었거든."

"신기하네요. 그건 내 영어 이름 제이크의 약자라서 절대 눈치 못 챌 줄 알았는데."

"그땐 몰랐어. 나중에 승현 씨 와이셔츠에 있던 이니셜이랑 같은 거 보고 알았지."

유림이 대답하자 승현의 한숨이 귓가에 닿았다.

"그때, 선배를 이렇게 꼭 안아주고 싶은 걸 참느라 얼마나 힘들었는지 몰라요."

"승현 씨……."

"그래서 지금 이렇게 내 품 안에 있는 게, 꿈만 같아."

정말로 꿈꾸는 듯한 목소리에 유림의 마음도 덩달아 행복해졌다.

"정말 잘할 거예요. 두 번 다시 놓치지 않게, 평생 소중하게 여길게요."

승현은 맹세하듯 말했다.

"이미 일본에서 나는 내 능력을 한 번 증명해 보였어요. 이제 이번 기획만 제대로 성공시키면 사장님 도움 없이도 회사 내에서 내

자리 확실히 굳힐 수 있어요. 그러면 어머니나 할아버지도 내가 선배하고 결혼하는 걸 반대하실 이유가 없고요."

아, 그런 거구나. 그제야 유림은 승현이 왜 이번 일에 그토록 열심인지 깨달았다.

"내가 꼭 지킬 거예요. 무슨 일이 있어도."

유림을 안은 팔에 지그시 힘이 주어졌다.

"나도 정말 열심히 할게. 함께 이번 기획, 꼭 성공시키자."

그런 승현의 팔을 꼭 붙들고, 유림 역시 굳게 다짐했다.

문득 유림을 안고 있던 승현의 팔이 풀렸다. 그러더니 잠시 후, 목덜미에 차가운 감촉이 느껴졌다.

"앗!"

놀라서 흠칫 몸을 움츠리는 유림을 다시 끌어안으며, 등 뒤에서 승현이 속삭였다.

"생일 선물이에요."

유리창을 들여다보자 작은 펜던트가 달린 가느다란 은빛 줄이 목에서 반짝이고 있었다. 유림은 목걸이를 손끝으로 더듬어보며 당황해서 말했다.

"저어, 아직 내 생일 되려면 좀 남았는데……."

"올해가 아니라, 2년 전의 생일선물이에요."

아, 하고 생각하는 순간 승현이 유림을 제 쪽으로 돌려세웠다.

"그때 주지 못한 거, 나중에라도 줘야지 하고 계속 생각했는데 이제야 주게 되네요."

dangerous associate

135

따뜻한 목소리, 부드러운 시선. 유림은 그만 눈물이 날 것 같았다. 그날, 승현은 바쁜 와중에 이렇게 선물까지 준비해 가지고 일본에서 만나러 와준 거였는데. 자신은 승현을 믿지 못하고 속상한 나머지 헤어지자는 말까지 해버렸다.

"나, 약속할게."

유림이 승현을 올려다보았다.

"다시는 무슨 일이 있어도 절대 승현 씨 의심하지 않을 거야."

지그시 눈동자를 들여다보며 유림은 맹세하듯 말했다.

"평생 믿고 사랑할게."

"유림 선배……."

"승현 씨도, 그래줄래?"

대답은 키스로 돌아왔다. 입술을 겹쳐오는 승현의 목을, 유림은 눈을 스르르 감으며 껴안았다. 그런 유림에게 입을 맞추며, 승현은 그녀를 가볍게 안아 들고 침대가 있는 2층으로 올라갔다.

어느새 창 밖에는 다정한 어둠이 드리워지고 있었다.

5. 사고

다음 날 아침, 먼저 눈을 뜬 것은 유림이었다.

잠든 승현의 얼굴 위로 눈부신 햇살이 비치고 있는 광경을, 유림은 넋을 잃고 바라보았다.

참으로 매번 봐도 매번 감탄하게 만드는 미모였다. 잠시 승현을 바라보고 있던 유림은 괜히 혼자 얼굴이 빨개졌다. 어젯밤의 일이 문득 떠올라서였다.

「미안, 오늘은 신사가 못 될 것 같네요.」

처음부터 그렇게 선언한 승현은 역시나 지난번과는 전혀 달랐다. 그날 밤의 승현이 신사였다면, 어젯밤의 그는 남자였다. 다정했지만 적극적이었고, 난폭하지 않았지만 대담했다.

많이 부끄럽고 또 많이 긴장했지만, 한편으로 또 다른 기쁨을 느꼈던 것도 사실이었다. 어젯밤의 일로 유림은 사랑을 나누는 일에 마음만이 행복해지는 게 아니라는 것을 깨달았다. 몸도, 마음도 함께 넘치도록 행복해진 밤이었다.

"사랑해, 승현 씨."

dangerous associate

유림이 그렇게 속삭이며 승현이 깨지 않도록 살며시 이마에 입을 맞춘 그 순간이었다.

"……나도요."

자고 있는 줄 알았던 승현이 갑자기 그녀를 안으며 입술에 살짝 키스해오는 바람에 유림은 하마터면 심장이 멈출 뻔했다.

"승현 씨, 일어나 있었어?"

유림이 묻자 승현이 빙긋 웃었다.

"선배가 깨는 기척이 나서요. 나도 그때 깼어요."

"근데 왜 자는 척하고 있었어?"

"얼굴을 그렇게 빤히 보고 있는데 어떻게 눈을 떠요?"

승현이 갑자기 미소를 거두고 유림의 눈을 지그시 들여다보았다.

"매일매일 보는데도 여태 그렇게 내 얼굴이 좋아 죽겠어요?"

시선을 맞추고 가까이에서 속삭이듯 묻는 낮은 목소리. 그만 유림은 얼굴이 확 붉어져서 승현을 확 밀쳐버리고 말았다.

"모, 몰라!"

재빨리 침대에서 일어나 달아나려 했지만, 물론 유림을 놓칠 승현이 아니었다.

"어딜 도망가요?"

유림을 이불째로 옴짝달싹도 못하게 끌어안고, 승현이 키스를 퍼부었다. 이마에, 뺨에, 코끝에, 입술에, 머리칼에, 그리고 드러난 어깨에도. 자잘한 키스가 점점 길어지고, 서서히 열기를 띠었

다. 노골적인 의도를 품기 시작하는 키스에 유림은 비명을 질렀다.

"꺅!"

"가만히 있어봐요, 응?"

"이거 놔, 이 짐승!"

"몰랐어요? 원래 남자는 다 짐승이라고요."

그렇게 승현과 유림이 달콤한 실랑이를 벌이고 있던 그때였다. 문득 마당에서 차 소리 같은 것이 들려와서, 둘은 동시에 동작을 멈췄다.

"이게 무슨 소리지? 혹시 누가 온 거 아냐?"

"별장 관리해주시는 분이겠죠. 괜찮으니까 놀라지 마요."

불안해 하는 유림을, 승현이 일단 안심시켰다. 두 사람은 침대에서 일어나서 창가로 다가갔다. 밖을 내려다보니 마당에 세워놓은 승현의 차 옆에, 다른 승용차 한 대가 들어와서 주차하는 중이었다.

이윽고 차에서 두 명의 사람이 내렸다. 한 사람은 여자, 또 한 사람은 남자. 그중 여자의 얼굴을 알아본 유림은 소스라치게 놀라고 말했다.

"세라 씨?"

그 순간, 곁에 선 승현이 역시 놀란 얼굴로 중얼거렸다.

"……승재 형?"

"형이라고?"

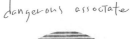

유림은 놀라서 되물었다. 승현은 얼떨떨한 표정을 하면서도 대답했다.

"사촌 형이에요. 큰아버지 아들."

"승현 씨 사촌 형이 왜 세라 씨하고……?"

"일단 선배는 잠깐 여기 있어요. 내가 내려가볼게요."

유림을 남겨두고 승현은 1층으로 내려가 마당으로 나갔다. 승현의 얼굴을 보더니 사촌 형인 승재도 놀란 얼굴을 했다.

"승현아! 네가 여긴 웬일이냐?"

"그러는 형은?"

승현이 되묻자 승재가 머쓱한 듯이 말했다.

"봄이고 해서, 세라 씨가 바깥바람 쐬고 싶다고 하기에 놀러 왔지. 근데 네가 먼저 와 있었을 줄은 미처 몰랐다, 미안."

원래 이 별장은 할아버지의 소유다. 승현이 제 것처럼 자유롭게 쓰고는 있지만, 똑같은 손자인 승재도 쓰지 말라는 법이 없었다.

"아니, 어차피 내 것도 아닌데 미안할 건 없고."

승현은 짧게 대꾸하고 저만치 서 있는 세라를 턱짓으로 가리켰다.

"어떻게 된 거야?"

그제야 승재는 민망한 듯이 말했다.

"너한테 진작 얘기를 한다는 게 그만 늦었구나. ……이쪽으로 오세요, 세라 씨."

승재가 뒤돌아보고 손짓을 하자 세라가 이쪽으로 다가와서 승

재의 옆에 섰다.

"우리, 결혼을 전제로 사귀고 있다."

승재가 어색하게 말했다. 승현은 그만 어이가 없어졌다.

"형, 설마 세라하고 내가 약혼했던 사이인 거, 모르는 건 아니겠지?"

"알고 있어."

승재가 고개를 끄덕였다.

"그런데도 자꾸만 마음이 끌리는 걸 어쩔 수가 없었어. 너한테는 정말 미안하게 됐다, 승현아."

승재가 고개까지 숙이는 바람에 승현은 더욱더 기가 찼다.

큰아버지의 둘째 아들인 승재의 성격은 어릴 때부터 보아와서 잘 알고 있었다. 교활한 큰아버지와는 달리 사람이 진실하고 착한데다 우직한 면이 있었다. 순진한 사촌 형이 세라에게 속아 넘어간 게 틀림없다고 승현은 생각했다.

"오랜만이에요, 승현 오빠."

고개를 살짝 숙여 인사를 건네는 세라를, 승현은 조소를 머금고 바라보았다.

"참 대단하다, 너도."

승현의 눈에는 세라의 속셈이 뻔히 보였다. 예전부터 큰아버지는 자신의 아들인 승재에게 드림제과를 주고 싶어 했었다. 아마도 그런 점에서 큰아버지와 세라의 아버지인 이 사장이 모종의 합의를 본 것 같았다. 물론 세라 역시 그런 목적으로 승재를 사귀고 있

dangerous associate

141

는 게 틀림없었다. 그 와중에 멍청한 사촌 형은 진심으로 세라한 테 빠져버린 거고.

"내 사촌 형한테까지 이래야 했어?"

"네……?"

상처받은 표정을 하는 세라를 지키듯, 승재가 한 걸음 나서며 말했다.

"내 잘못이니까 세라 씨한테는 그러지 마라. 세라 씨는 승현이 너 볼 면목이 없다면서 나하고 사귀는 거 꺼려했는데, 그래도 내가 좋다고 매달려서 사귀게 된 거야."

대체 이 여우한테 얼마나 단단히 홀린 거야. 승현은 어이가 없어서 피식피식 헛웃음이 나왔다.

"어련하시겠어."

"하여튼 정말 미안하다, 승현아."

"아니, 사과할 거 없어."

승현은 싸늘하게 말했다.

"어차피 파혼도 내 쪽에서 선언한 거였어. 정식으로 약혼식을 올린 것도 아니고, 그렇다고 약혼한 사이라고 대외적으로 알린 적도 없으니까 아무 문제도 없고."

"그렇게 생각해주면 고맙고."

승재가 말했다.

"자, 그럼 인사도 나눴으니까 형은 이만 가줬으면 좋겠는데. 나는 내 약혼녀하고 함께 주말을 보내는 중이라."

승현이 말하자 승재가 곤란한 얼굴을 했다.

"미안하다, 승현아. 올라오는 길에 그만 타이어가 펑크 나는 바람에, 보험사를 불러서 수리부터 해야 할 것 같아. 사람 올 때까지만 좀 안에 들어가 있으면 안 되겠니?"

그러자 세라가 가만히 승재의 옷자락을 잡아당겼다.

"괜찮아요, 승재 씨. 승현 오빠도 불편해하는데 우리 그냥 차 안에 있어요."

"아뇨, 서울에서부터 계속 차 타고 왔는데 세라 씨도 내려서 좀 쉬어야죠."

서로 생각해주는 광경이 어찌나 애틋한지, 눈물이 앞을 가릴 지경이었다.

"아니, 미안하지만 내 약혼녀가 불편해 할 거야. 어차피 서로 얼굴 봐서 좋을 사이도 아니고, 마주칠 일은 안 만들었으면 하는데."

승현이 딱 잘라 거절한 그 순간이었다.

"난 괜찮아, 승현 씨."

등 뒤에서 목소리가 들려서 승현은 놀라 돌아보았다. 어느새 옷을 제대로 챙겨 입은 유림이 뒤에 서 있었다.

"유림 선배! 왜 내려왔어요? 내가 알아서 한다니까."

"괜찮으니까 안으로 들어가시게 하자."

그렇게 말한 유림이 승재를 향해 고개를 숙였다.

"처음 뵙겠습니다. 승현 씨와 교제 중인 정유림이라고 합니다."

특유의 예의 바른 말투에 승재는 조금 당황한 표정을 하면서도

마주 인사를 건넸다.

"네, 안녕하세요. 저 승현이 사촌 형 차승재라고 합니다. 그리고
이쪽은……."

유림에게 세라를 소개하려는 승재에게, 세라가 말했다.

"아는 사이니까 소개 안 해주셔도 돼요, 승재 씨. 말했잖아요,
예전에 잠시 같이 일했다고."

"아, 그랬지."

세라가 유림을 향해 미소를 띠고 인사했다.

"오랜만이에요, 정 선배."

"그래. 오랜만이네."

유림은 짧게 대꾸하고 나서 금세 승재에게로 고개를 돌렸다.

"그럼 보험사가 올 때까지 안에 들어가 계시죠. 제가 차라도 준
비하겠습니다."

"고맙습니다, 유림 씨."

승재가 세라와 함께 안에 들어가고 난 후, 승현은 유림에게 물었
다.

"왜 그랬어요? 가만히 있었으면 내가 알아서 돌려보내려고 했
는데."

"펑크 난 타이어로 산길 내려가다가 사고라도 나면 어떡해."

"보험사 올 때까지 차 안에 있으라고 하면 되죠. 불편해서 어떻
게 같이 있으려고요?"

"나도 편해서 들어가자고 한 거 아니야. 하지만 승현 씨 사촌 형

이면 내가 앞으로 평생 봐야 할 분인데, 처음 만난 자리에서 문전
박대하는 건 예의가 아니잖아?"

유림의 대답에 승현은 그제야 깨달았다. 그녀가 더 멀리까지 보
고 있다는 것을.

"선배 말이 맞네요. 내 생각이 짧았어요."

고개를 끄덕이고 승현은 유림에게 손을 내밀었다.

"그럼 불편해도 우리 잠깐만 참기로 해요. 어차피 타이어만 고
치면 금세 갈 테니까."

응, 하고 유림이 승현의 손을 마주 잡았다.

먼저 와 있던 유림과 승현이 호스트 격이 되어 차를 준비해 거실
로 나갔다.

"잘 마시겠습니다, 유림 씨."

홍차가 든 찻잔을 테이블에 내려놓고 소파에 앉는 유림을 보며,
세라가 방긋 웃었다.

"그런데 정 선배는 못 본 사이에 어쩜 이렇게 예뻐지셨어요? 깜
짝 놀랐네요."

이렇게 아무 일 없었다는 듯이 말을 건넬 사이가 아닐 텐데. 유
림은 속에서 치밀어 오르는 것을 꾹 참으며 짤막하게 대꾸했다.

"고마워."

무뚝뚝한 말투에도 불구하고 세라는 눈초리를 한껏 접으며 말
했다.

dangerous associate

"에이, 너무 그렇게 딱딱하게 굴지 마세요. 아까 승현 오빠가 정 선배를 약혼녀라고 말하던데, 그러면 어차피 앞으로 우리 다 한 집안 사람 될 거 아닌가요?"

유림은 가슴이 철렁했다. 미처 그 생각까지는 하지 못했기 때문이다.

"게다가 결혼하면 제가 형님뻘이라고요. 지금부터 친하게 지내야지, 안 그러면 제가 동서 시집살이 시킬지도 몰라요?"

세라의 농담에 소리 내어 웃은 것은 승재뿐이었다.

"하하하, 세라 씨도 참."

잠시 후 웃음을 그친 승재가 승현을 향해 타이르듯 말했다.

"그래, 승현아. 우리 어릴 때부터 봐온 사촌지간 아니냐. 집안사람들끼리 어색하게 지내 뭐하겠니? 이왕 이렇게 된 거, 서로 다 묻어두고 잘 지내자. 나도 지난 일은 다 잊을 테니까."

승현이 어이없다는 듯이 승재를 보았다.

"내가 뭘 어쨌다는 건데?"

"네가 세라 씨한테 상처 준 일 말이다. 다 들었어."

승재가 곁눈질로 유림을 보더니 말을 건넸다.

"승현이가 세라 씨와 일방적으로 파혼한 게, 유림 씨 때문이라고 들었습니다."

"……아니라고는 하지 않겠습니다."

유림이 대답했다.

"솔직히 그래서 이렇게 만나 뵙기 전에는 유림 씨에 대해 좋게

위험한 신입사원]

146

생각하지 않았습니다. 세라 씨가 얼마나 힘들어하고, 아파했는지 곁에서 보았으니까요."

승재의 안쓰럽다는 듯한 눈빛이 세라를 향했다.

"지금도 세라 씨는 유림 씨 얼굴 보기가 편하지만은 않을 겁니다. 하지만 저를 위해서 참아주고 있는 거라고 생각합니다. 앞으로 한 집안 사람이 될 테니까요. 상처 입은 쪽에서 모처럼 먼저 손을 내미는데, 유림 씨도 잡아주시는 게 어떨까요?"

유림은 승현을 쳐다보았다. 아까부터 계속 어이가 없다는 듯이 피식거리고 있던 승현의 얼굴이 점점 굳어가고 있었다. 폭발 직전이다.

'그러지 마, 승현 씨.'

유림은 눈빛으로 승현에게 그렇게 말했다.

유림이라고 속으로 부글부글 끓지 않는 게 아니었다. 도대체 어떻게 교묘하게 말을 한 건지 몰라도, 아주 이쪽을 가해자로 만들어놓지 않았는가.

하지만 딱 봐도 승재는 이미 세라에게 눈이 멀어 있었다. 뭐라고 반론을 제기해봤자 듣지도 않을 텐데, 말마따나 앞으로 한 집안 사람이 될 거라면 벌써부터 문제를 일으킬 수는 없는 노릇이었다. 아직 어른들에게서 허락도 받지 못한 마당에.

"노력해보겠습니다."

유림이 승재에게 짤막하게 대답한 그 순간, 밖에서 또다시 차 소리가 들렸다.

dangerous associate

147

"보험사에서 온 모양인데, 그만들 일어나지?"

승현이 기다렸다는 듯이 자리를 박차고 일어나며 재촉했다.

"형이고 세라고 여기 더 앉아 있다가는 기어이 얼굴 붉히게 될 것 같아. 그러니까 제발 이만 가줬으면 좋겠는데."

이를 악물고 말하는 승현의 표정에는 화를 억누르는 기색이 역력했다. 승재도 그것을 깨달았는지 순순히 일어섰다.

"불편하게 했다면 미안하다. 곧 할아버님 생신이시니 그때 보자. ……갑시다, 세라 씨."

그러나 승재는 무슨 생각을 했는지, 현관으로 향하려다 갑자기 걸음을 멈췄다.

"잠깐만, 승현아. 마지막으로 좀 묻고 싶은 게 하나 있는데."

"말해."

승현이 퉁명스럽게 대꾸했다.

"이건 둘이 얘기해야 할 것 같다. 잠깐이면 되니까 따로 얘기 좀 하자."

하지만 승현은 영 내키지 않는 얼굴을 했다.

"뭔데 그래? 웬만하면 그냥 여기서 얘기하지."

유림을 세라와 둘이 남겨두고 싶지 않은 눈치가 역력했지만, 유림은 자신을 보호하려는 듯한 승현의 태도가 오히려 마음에 들지 않았다. 자신은 전혀 잘못한 게 없다. 그러니 세라가 두려울 이유도 없었다. 심지어 만에 하나 몸싸움이 벌어진다 해도 이길 자신이 있는데, 어째서.

"난 괜찮아, 승현 씨. 천천히 얘기하고 와."

유림의 말에 승재가 그것 보라는 듯이 승현의 팔을 잡아끌었다.

"잠깐 들어가서 얘기하자."

결국 승재와 승현이 방으로 사라지고, 거실에는 유림과 세라만이 남겨졌다.

"은근히 끈질기시네요, 정 선배도. 헤어진 줄 알았는데 도로 사귀고 있었다니."

세라가 도로 소파에 앉으며 입가에 조소를 띠고 말했다.

"기대에 부응하지 못해서 미안하게 됐네."

그럼 그렇지. 금세 가면을 벗어버린 세라를, 유림은 쳐다보지도 않고 차갑게 대꾸했다.

"근데 정말로 승현 오빠하고 결혼할 셈이에요? 승현 오빠 할아버님이나 어머님도 반기지 않으실 거고, 결혼엔 성공한다 해도 적응하기가 쉽지 않을 텐데요."

세라가 자못 걱정스럽다는 듯이 말했다.

"재벌이라는 거, 상상을 초월한다고요. 월급 사장이긴 하지만 명색이 사장 딸인 나도 가끔 놀라는데 정 선배는 오죽하겠어요?"

"내가 감당해. 네가 참견할 일이 아니니 신경 꺼."

역시나 유림은 싸늘하게 대꾸했다. 걱정해서 말해줬더니, 하면서 세라는 어깨를 으쓱했다.

"마음대로 하세요. 빈 깡통 같은 남자라도 좋다면야."

"뭐?"

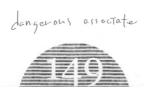

dangerous associate

149

"내가 다 빼앗아버릴 거거든요. 차승현이 가진 모든 걸."

세라가 얼굴에서 미소를 거두고는 내뱉었다.

"나한테 그따위로 굴었던 거, 뼈저리게 후회하게 만들어주겠어."

다른 사람이 들었다면 등골이 싸늘해질 정도로 매서운 말투였지만, 유림은 눈썹 하나 까딱하지 않았다.

"어디 마음대로 해봐."

"그뿐인 줄 알아? 정유림, 당신도 투명인간으로 만들어버릴 거야."

세라가 싸늘하게 미소 지었다.

"할아버님 사랑도 내가 다 독차지할 거고, 덤으로 백화점도 얻어낼 거야. 당신은 명색만 며느리지, 집안에서 말 한 마디 붙여주는 사람조차 없게 만들 거라고."

유림은 한숨을 푹 쉬고 세라를 쳐다보았다.

"이세라."

처음으로 막 부른 이름에, 세라가 놀란 듯이 눈을 크게 떴다.

"내가 그래도 너보다 몇 년 더 산 사람으로서 충고하는데, 인생 그따위로 살지 마라."

"뭐……?"

"너 지금껏 부모님한테서 한 대도 안 맞고 자랐지? 너 같은 애는 그저 매가 약인데 안타깝다."

유림은 어디까지나 담담하게 말했지만 세라는 충격을 받은 얼

150

굴을 했다.

보아하니 매는커녕 지금껏 누구한테서도 이 정도의 싫은 소리
도 안 듣고 살아온 것이 뻔했다.

"말마따나 한 집안 식구가 될 수도 있으니까 지난 일은 이쯤에서
접어두기로 하겠어. ……그런데."

유림은 표정을 굳히고 목소리를 낮게 깔았다.

"괜히 허튼 수작 했다간 나한테 진짜로 눈물 쏙 빠지게 혼날 줄
알아라."

체고 시절, 후배들을 말 한 마디로 납죽 엎드리게 만들었던 바로
그 말투였다. 비록 승현은 귀여워 죽겠다고 했지만.

"지, 지금 나 협박하는 거야?"

역시나 험한 말 한 마디 못 듣고 자란 부잣집 아가씨는 입술까지
떨었다.

"협박은 네가 했지. 뭐, 투명인간을 만들어?"

유림이 피식 웃었다.

"학교 다닐 때 왕따 좀 시켜본 모양인데, 나이를 먹었으면 어른
이 돼라."

분노가 극에 달한 것일까. 세라가 피가 나도록 입술을 깨물었
다. 그러나 다음 순간, 무슨 생각을 했는지 불쑥 말했다.

"승현 오빠랑 헤어져 있었지? 2년 동안."

"그게 너하고 무슨 상관인데?"

"승현 오빠한테 전화했더니 웬 여자가 받지 않았어? 그러고 나

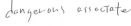

서 그다음 날 아침에 승현 오빠 집에서 웬 여자가 나왔다는 말도 들었고. 그래서 헤어졌던 거 아냐?"

유림은 소스라치게 놀라 세라를 쳐다보았다.

"네가 그걸 어떻게……?"

"내가 꾸민 일이었으니까."

세라는 섬뜩하도록 해맑은 얼굴로 방긋 웃었다.

"멍청하긴. 그렇게 파혼까지 해가면서 사랑한다고 난리를 치더니, 헤어지게 만드는 건 별것도 아니던데?"

"……!"

"그러니까 까불지 마, 정유림."

충격을 받은 유림을 향해, 세라가 조소했다.

"내가 마음만 먹으면 너 따위는 앞으로도 얼마든지 지옥으로 떨어뜨려줄 수 있으니까."

유림은 저도 모르게 주먹을 꽉 쥐었다. 손이 부들부들 떨렸다. 그럼 그때, 자신은 세라가 꾸민 짓에 속아 넘어가서 승현과 헤어졌다는 건가? 그것도 2년 동안이나, 그토록 힘들어하면서?

지금껏 살면서 이토록 누군가에게 격렬하게 화가 나본 적은 없었다.

'안 돼. 어린애도 아니고, 힘으로 해결할 순 없어.'

뺨이라도 한 대 세게 갈기고 싶은 것을, 유림이 이를 악물고 겨우 참고 있는 그때였다.

"그래도 못 믿겠으면 한번 보든지."

갑자기 세라가 말했다. 뭘 보라는 거야, 하고 유림이 생각한 바로 그 순간이었다. 세라가 입술을 깨물더니 갑자기 제 뺨을 제 손으로 힘껏 내리치는 게 아닌가!

"꺄악!"

날카로운 비명과 동시에, 하얀 뺨이 금세 손자국으로 새빨갛게 물들었다.

꼭 둘이서만 할 말이 있다며 방으로 승현을 데리고 들어가더니, 정작 단둘이 되자 승재는 왠지 우물쭈물하면서 말을 꺼내지 못했다.

"대체 뭔데 그래?"

"그게……."

한참 동안이나 뜸을 들이는 게 짜증이 난 승현이 쏘아붙였다.

"할 말 없으면 그만둬. 난 나가볼 테니까."

세라가 유림과 단둘이 있는 게 아무래도 마음에 걸려서였다.

그제야 승재는 머뭇거리며 입을 열었다.

"저어, 승현아. 이런 거 묻기는 좀 그렇지만, 아무래도 세라 씨한테 직접 묻기도 그래서……."

"그러니까 뭘?"

"혹시 너, 세라 씨하고 약혼한 사이였을 때…… 어디까지 간 사이냐?"

승현은 맥이 탁 풀렸다. 비장한 표정을 하고 꼭 둘이서 얘기해야

된다고 하길래 뭐 대단한 얘긴가 했더니 겨우 그건가.

"어디까지고 뭐고, 애초에 간 적이 없어."

승현은 딱 잘라 말했다.

"잠자리는커녕 키스한 적도 없어. 손잡고 걸어본 적도 없어. 됐어?"

"정말이냐?"

그제야 승재의 얼굴이 안심한 듯이 활짝 펴졌다.

"미안하다, 승현아. 내가 여자 과거에 집착하는 그런 놈은 아닌데, 아무래도 상대가 사촌 동생인 너다 보니까…….."

변명 같은 승재의 말을, 승현이 중간에서 잘랐다.

"됐으면 이제 나가봐도 되겠지?"

그때였다. 별안간 바깥에서 날카로운 비명 소리가 들려왔다.

"꺄악!"

승현과 승재는 누가 먼저랄 것도 없이 방문을 박차고 거실로 뛰쳐나갔다.

"무슨 일이야?"

방 안에서 뛰쳐나온 승재와 승현의 눈이 동시에 커다래졌다. 세라의 하얀 뺨은 금세 새빨갛게 부풀어 올랐다.

"세라 씨!"

승재가 단숨에 달려와서 유림에게서 지키듯 세라를 끌어안았다.

"이게 무슨 짓입니까!"

승재가 유림을 향해 고함을 쳤다. 유림은 너무 어이가 없어서 아무 말도 할 수가 없었다. 세상에, 이런 만화에서나 나올 법한 일이 실제로 벌어질 수가 있다니!

"유림 선배, 괜찮아요?"

"승현 씨."

유림은 더듬거리며 말했다.

"난, 난 때리지 않았어."

"알아요."

승현이 부드럽게 대답하고는 고개를 끄덕였다. 그러나 금세 언제 그랬냐는 듯이 차가운 표정으로 바뀌어 세라를 손가락으로 가리키며 승재에게 말했다.

"당장 그거 데리고 내 눈앞에서 사라져. 여자를 때리고 싶지는 않으니까."

울먹이는 세라를 감싸 안고 있던 승재가 황당하다는 표정을 했다.

"차승현! 너 미쳤냐? 맞은 사람한테 사과하라고 말은 못 할망정, 뭐가 어쩌고 저째?"

승현이 싸늘하게 대꾸했다.

"형이 멍청해서 속는 건 형 자유야. 하지만 내 여자한테까지 피해가 가게 할 순 없지."

"뭐야?"

드디어 승재가 폭발하듯 소리쳤다.

dangerous associate

155

"야, 차승현! 너 말이면 다 하는 줄 알아?"

그때, 세라가 울면서 승재를 말렸다.

"전 괜찮으니까 싸우지 마세요, 승재 씨. 아무것도 아니에요."

"아무것도 아니긴 뭐가 아니에요? 맞아서 세라 씨 뺨이 이렇게 됐는데, 사과라도 받아야죠!"

갈수록 태산이었다. 유림은 답답한 나머지 가슴이 터질 것만 같았다.

"눈 크게 뜨고 그 여자 얼굴 똑바로 봐."

그때, 승현이 말했다.

"맞은 사람 뺨에 손자국이 어떻게 저렇게 나 있지?"

"뭐?"

승재가 흠칫하며 세라의 얼굴을 다시금 쳐다보았다. 새하얀 오른쪽 뺨에 손바닥 자국이 생생하게 나타나 있었다.

"유림 선배는 오른손잡이니까 때렸다면 왼쪽 뺨이었을 거야. 그런데 왜 오른쪽 뺨이 부어올라 있는 거지?"

승현의 말에 세라가 잠시 움찔했다. 그러나 곧 승재에게 매달리며 말했다.

"저, 저 여자가 절 왼손으로 때렸어요! 일부러 그런 거예요."

하지만 승현은 오히려 비웃듯이 말했다.

"왼손으로 때렸다고 쳐도, 손자국이 그런 식으로 날 순 없지. 엄지손가락 방향이 반대잖아?"

"……!"

그제야 세라의 얼굴이 하얗게 질렸다.

"세라 씨?"

다시 세라의 얼굴을 들여다보는 승재에게, 세라가 호소하듯 말했다.

"승재 씨, 전 아무 짓도 안 했어요. 정말이에요! 저 여자가 저한테 뒤집어씌우는 거…… 꺅!"

세라가 입고 있던 옷이 순간적으로 불그레하게 물들었다. 승현이 테이블에 놓여 있던 찻잔을 들어, 안에 있는 홍차를 세라에게 확 끼얹어버린 거였다.

"차마 여자를 때릴 순 없으니까 이걸로 대신하지."

승현이 찻잔을 내려놓으며 말했다.

"네가 제 손으로 뺨을 때리건, 자해를 하건, 무슨 미친 짓을 하건 상관하지 않아."

머리끝부터 온통 홍차를 뒤집어쓴 채 굳어 있는 세라에게, 승현이 싸늘하게 내뱉었다.

"하지만 두 번 다시 어설프게 머리 굴려서 유림 선배한테 해 끼칠 생각은 마. 난 그따위 수작에 내 사촌 형처럼 속아 넘어가지 않으니까."

그러고 나서 승현은 승재를 쳐다보았다.

"데리고 나가, 지금 당장."

냉랭하기 그지없는 말투에 승재도 움찔했다.

"……갑시다, 세라 씨."

이윽고 승재가 비틀거리는 세라를 부축해서 밖으로 나갔다.

보험사에서 온 사람이 타이어를 긴급 수리하는 동안, 세라는 마당에 선 채로 부들부들 떨고 있었다.

"세라 씨, 괜찮아요?"

세라를 부축하며 승재가 걱정스럽게 물었다.

"……괜찮아요."

승재의 겉옷을 어깨에 걸친 세라가 이를 악물고 대답했다. 하지만 가슴속은 분노와 수치심으로 부글부글 끓어오르고 있었다.

'왜 미처 손자국 생각을 못 했을까!'

어차피 승현이 속을 거라곤 기대하지도 않았다. 승재만 속아주면 되는 거였다. 그러면 분노한 승재가 알아서 할아버지나 가족들에게 유림을 천하에 몹쓸 여자로 만들어줬을 텐데.

그런데 그만 승현에게 간파당하는 바람에 멍청한 승재조차도 의심하는 눈으로 자신을 보고 있지 않은가!

"흉한 꼴 보여서 미안해요, 승재 씨."

치미는 분노를 억누르며, 세라는 억지로 처연한 표정을 했다.

"저 여자가 너무 미웠어요. 어떻게든 내가 당한 억울함의 일부라도 느끼게 해주고 싶었어요. 그래서 그만 그런 바보 같은 짓을……!"

세라가 눈물을 보이자 마음 약한 승재는 안타까운 얼굴을 했다.

"세라 씨 마음 다 알아요."

승재가 가만히 세라의 어깨를 끌어안았다.

"정유림 씨 때문에 그동안 많이 힘들었잖아요. 그래서 그랬던 거니까 이해해요."

승재에게서 한참 위로를 받고 나서야 세라는 눈물을 닦으며 조금 웃어 보였다.

"고마워요. 승재 씨."

그때, 타이어 수리를 마친 보험사 직원이 이쪽으로 다가왔다.

"수리 마쳤습니다. 타이어에 못이 박혀 있더라고요."

그렇게 말하며 보험사 직원이 녹슨 못을 내보였다.

"그래도 산길에서 터지셨다니 다행이지, 고속도로 주행 중에 터졌으면 정말 큰일 날 뻔했습니다. 게다가 앞바퀴였으니까요."

그 순간, 세라의 머릿속에 뭔가가 퍼뜩 스치고 지나갔다.

"앞바퀴가 펑크 나면 더 위험한 건가요?"

세라의 물음에 보험사 직원이 고개를 끄덕였다.

"예, 차량 전복 가능성이 커서요."

대답하고 나서 보험사 직원은 못을 휙 던져버렸다. 저만치 날아가서 떨어지는 못에 세라의 시선이 머물렀다.

"그럼 저는 이만 가보겠습니다, 고객님. 안전운행 하십시오."

보험사 직원이 떠난 후, 세라는 승재와 함께 차에 올라탔다.

"미안해요, 세라 씨. 괜히 여기로 데리고 와서 속상하게 했네

요.”

“괜찮아요. 우리 어서 가요, 승재 씨.”

곧 승재가 차를 출발시켰다.

“아, 잠깐만 세워주세요!”

그러나 차가 마당을 나서자마자, 세라는 다급히 말했다.

“왜 그래요?”

“아까 마당에 립스틱을 떨어뜨리고 온 것 같아요.”

“그래요? 그럼 같이 내려서 찾아볼까요?”

그렇게 말하는 승재에게, 세라가 고개를 저었다.

“아뇨. 제가 얼른 가서 찾아보고 올게요.”

차에서 내려 마당으로 향하는 세라의 걸음이 조금 떨리고 있었
다.

마치 달콤한 꿈을 꾸다가 갑자기 찬물을 확 끼얹힌 듯한 기분이
었다. 별장에 더 있을 기분도 들지 않아서, 승현과 유림은 점심도
먹지 않은 채 그대로 서울로 출발했다.

“괜찮아요, 선배?”

운전을 하던 승현이 걱정스럽게 물었다.

“응, 아무렇지도 않으니까 걱정 마.”

그렇게 대답했지만 유림은 그 둘이 원망스러워 견딜 수가 없었
다. 오늘 아침까지만 해도 승현과 꿈결같이 행복하게 사랑을 속삭
이고 있었는데. 세라가 나타나는 순간, 단꿈이 악몽으로 변해버렸

다.

"있잖아, 승현 씨. 나 정말로 그 여자랑 같은 집안 식구가 되는 거야?"

이름을 입에 담기조차 싫어서, 유림은 세라를 '그 여자'라고 불렀다.

사촌 동서 간이면 그리 자주 볼 만한 사이는 아니다. 하지만 1년에 한 번이든 두 번이든, 가족으로서 세라를 마주해야 된다는 생각만 해도 너무 싫고 끔찍했다.

"나도 미칠 지경이네요. 설마 승재 형이랑 사귈 줄은 상상도 못 했는데."

승현이 한숨을 내쉬었다.

"승재 형이 빨리 정신을 차려야 할 텐데, 상태를 보아하니 힘들 것 같아요."

"……그래."

유림의 표정이 너무 어두워 보였던 걸까. 승현이 곁눈질로 유림을 보더니 위로하듯 말했다.

"너무 걱정하지 마요. 만약에 저쪽이 결혼까지 간다 해도, 최대한 내가 선배랑 마주칠 일 없게 할게요."

"응."

하지만 다정한 승현의 말조차도 별로 위로가 되지는 않았다.

이윽고 차가 고속도로로 들어섰다.

"선배, 차가 좀 이상하지 않아요?"

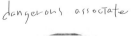

핸들을 잡은 승현이 고개를 갸웃거렸다.

"그러고 보니까 좀 그런 것 같네."

계속 딴생각을 하느라 미처 느끼지 못하고 있었는데, 듣고 보니 승차감이 좀 이상했다. 늘 부드럽게 미끄러지는 듯한 느낌이었는데, 이상하게 덜컹거리는 것 같다는 생각이 들었다.

"언제부터 이랬어?"

"아까 출발할 때부터 이랬는데, 산길이라 바퀴에 뭐가 끼었나 했죠. 근데 고속도로까지 나왔는데도 계속 이러는 건⋯⋯."

승현이 거기까지 말했을 때, 갑자기 차 한쪽이 푹 아래로 내려앉는 듯한 느낌이 들었다.

순간적으로 차가 심하게 흔들리며 방향이 확 꺾였다.

"꺄악!"

쾅!

뒤이어 덮친 어마어마한 충격에, 유림의 의식이 팟 하고 꺼졌다.

6. 많이 사랑해주라는 말씀이시죠?

꽃샘추위도 한풀 꺾이고, 언제 그랬냐는 듯이 따스한 바람이 부는 화창한 봄날의 일요일 낮이었다. 시장 구석 자리에 세워진 작은 호떡 리어카에서 아름다운 가곡이 흘러나왔다.

"봄 처녀 제 오시네, 새 풀 옷을 입으셨네."

장사를 시작할 준비를 하며 고운 목소리로 나직하게 노래를 부르는 손 여사의 앞에, 문득 커다란 그림자가 졌다. 손님인가 싶어 올려다본 손 여사의 눈이 놀라움에 동그래졌다.

"어머나, 김 선생님! 여긴 웬일이셔요?"

상대는 함께 수영 수업을 받는 김 씨 성을 가진 할아버지였다.

김 할아버지는 쑥스러운 듯이 말했다.

"듣자니 손 여사께서 몸이 아프시다기에…… 지난번에 빌린 돈도 갚을 겸, 걱정이 돼서 한번 와봤습니다."

"아이, 그러셨어요? 별것도 아닌데."

걱정이 됐다는 말에 손 여사의 뺨이 살짝 발그레하게 물들었다.

다른 할아버지들과는 달리 태도가 점잖은 데다 상냥하고, 중후

한 멋이 있는 김 할아버지였다. 이 나이에 주책이라고 생각하면서도 손 여사는 괜히 김 할아버지를 보면 마음이 살랑거리는 것을 주체할 수가 없었다. 그런데 그런 김 할아버지가 직접 자신을 만나러 시장까지 찾아와줄 줄이야.

설레는 마음을 감추느라, 손 여사는 괜히 바쁘게 손을 놀렸다.

"가만있자, 반죽도 다 됐는데 호떡 하나 맛보시겠어요?"

"그래주시겠습니까?"

김 할아버지가 미소를 지었다.

시장 바로 옆에 작은 공원이 있었다. 반으로 접힌 호떡이 든 종이컵을 하나씩 들고, 햇빛이 따사로운 벤치에 나란히 앉아 도란도란 이야기를 나눴다.

"호떡이 너무 달지도 않고 고소한 게, 참 맛있습니다."

견과류가 듬뿍 든 호떡을 한입 먹어보고, 차 회장은 그 맛에 감탄했다.

"호떡 장사는 언제부터 하신 겁니까?"

"10년쯤 되었어요. 원래는 이 시장 구석에서 조그맣게 국밥집을 하다가 그만 불이 나는 바람에……. 화재 보험도 들어놓은 게 없어서 결국 할 수 있는 게 리어카 장사밖에 없었지요."

"저런."

차 회장은 마음이 아팠다. 그러나 손 여사는 아무렇지 않다는 듯이 생긋 웃어 보였다.

"그래도 지금은 괜찮아요. 10년 동안 차곡차곡 돈을 모아서, 이제 다시 작은 가게 하나는 얻을 수 있게 되었답니다."

"아, 그러세요? 이번에는 무슨 장사를 하시렵니까?"

"다시 국밥 장사를 해야지요."

손 여사가 미소를 지었다.

"호떡도 나쁘지 않지만, 배고픈 사람들한테 따뜻한 국밥 한 그릇 배불리 먹이는 게 그렇게 좋을 수가 없어요. 그래서 꼭 다시 국밥집을 열어야지, 하는 생각에 열심히 일했던 거예요."

"그러셨군요."

문득 호떡을 든 손 여사의 손이 눈에 띄었다. 나이에 비해 고운 얼굴과는 달리, 무척이나 고생을 많이 한 손이었다. 차 회장은 가슴이 뭉클해오는 것을 느꼈다. 손을 뻗어 그 거친 손을 꼭 잡아주고 싶은 것을 꾹 참고, 차 회장은 조심스레 물었다.

"실례지만 손 여사께서는 부군과 사별이십니까, 아니면……."

손 여사가 혼자 산다는 얘기는 다른 노인들에게서 들었다. 하지만 그 외에는 전혀 모르는 터였다.

"저요?"

손 여사가 생긋 웃더니 비밀이라도 말하듯 소곤거렸다.

"사실은요, 오래된 처녀랍니다."

"예?"

놀란 차 회장에게, 손 여사가 설명했다.

"위로 오빠가 계신데, 젊은 나이에 돌아가셨어요. 애가 셋인데

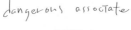
dangerous associate

올케도 집을 나가버리고, 어쩔 수 없이 처녀 때부터 제가 애들을
맡아 키웠지요."

손 여사가 작게 한숨을 지으며 하늘을 쳐다보았다.

"애 셋을 키워서 대학 가르치고, 차례로 시집장가 보내고……
그러다 보니 벌써 세월이 이렇게 훌쩍 가버렸네요. 시집도 한번
못 가본 채로 말이에요."

차 회장은 고개를 끄덕였다.

"어쩐지 손 여사께선 어딘가 늘 소녀같이 천진난만해 보이신다
싶었습니다."

"그러게요. 몸이 늙는다고 마음까지 늙는 건 아니더군요."

장난스럽게 웃는 손 여사의 옆얼굴이, 왠지 차 회장에게는 조금
쓸쓸하게 느껴졌다.

"참, 김 선생님께서 제가 몸이 아프다는 건 어떻게 아셨나요?"

문득 손 여사가 화제를 돌렸다.

"정 선생에게 물어봤더니 그리 말합디다. 여사께서 감기몸살 때
문에 며칠 쉬신다고요."

"아, 우리 선생님께서요?"

유림을 떠올렸는지, 손 여사가 활짝 웃었다.

"어찌나 예쁘고 고운지, 참 쳐다보고 있기도 아까운 아가씨지
요. 어떤 집에서 며느리로 데려갈지, 그 집은 참 복도 많다는 생각
이 들어요."

"그럼 손 여사께서 며느리로 맞이하시는 건 어떨까요?"

차 회장이 불쑥 말했다. 물론 그 말 안에 담긴 뜻을 알 리 없는 손 여사는 손사래를 치며 호호거렸다.

"어머나, 저는 자식도 없는데 무슨 며느리를 보겠어요? 조카들도 벌써 시집장가 다 보낸 지 10년도 넘었는걸요."

"그래도 세상일이라는 게, 또 모르는 법이지요."

"예? 무슨 뜻이신지……."

"아무것도 아닙니다, 허허."

그렇게 말하며 웃는 차 회장을, 손 여사가 의아하다는 눈으로 바라보다가 함께 웃었다.

"김 선생님도 참, 싱거우셔라."

두 사람의 발치께에 노란 민들레가 봄처럼 환하게 피어나고 있었다.

얼마나 잤을까. 유림이 무거운 눈꺼풀을 들어 올리자 새하얀 천장과 방울방울 떨어지는 링거가 눈에 들어왔다.

"유림아! 정신이 드니? 응?"

제일 먼저 들려온 것은 엄마의 다급한 목소리였다.

"엄마, 여기가…… 어디야?"

잘 나오지 않는 목소리로 겨우 묻자 엄마가 유림의 손을 잡고 눈물을 글썽거렸다.

"병원이야. 교통사고가 나서 여기로 실려 왔는데, 기억 안 나?"

"응, 뭐가 어떻게 된 건지 전혀 모르겠는데……."

마치 뭔가로 세게 얻어맞은 것처럼 그저 머릿속이 멍하기만 했다.

"어쩌면 좋아, 우리 딸!"

엄마가 안타깝게 발을 동동 굴렀다.

"어쩐지 어제 아침에 워크숍 간다고 나갈 때부터 이상하게 예감이 좋지 않더라니. 이럴 줄 알았으면 절대 못 가게 말릴걸……!"

그 말에 유림은 퍼뜩 떠올렸다. 아, 워크숍. 한번 생각나기 시작하자 그 뒤로 꼬리를 물고 계속 떠올랐다.

민 차장님이 갑자기 빠지게 돼서 승현 씨와 둘이 갔었지. 거기서 승현 씨한테서 목걸이를 선물받고, 함께 밤을 보내고, 그다음 날 아침에 반갑지 않은 손님들이 찾아왔지. 그 후에 도로 서울로 올라가다가……!

문득 유림의 심장이 쿵음을 내며 내려앉았다.

"엄마, 승현 씨는?"

다급히 묻자 엄마는 왠지 퉁명스럽게 대꾸했다.

"남의 자식 일까지 내가 어떻게 알겠니? 난 계속 네 옆에 붙어 있었는데."

"엄마!"

유림은 벌떡 몸을 일으키려 했다. 그러나 침대를 손으로 짚는 순간, 팔에 격렬한 통증을 느끼고 저도 모르게 비명을 질렀다.

"악!"

"가만히 있어, 이것아!"

엄마가 황급히 유림을 말렸다.

"뼈에 금이 갔대. 조심해야지."

그제야 유림은 왼쪽 팔에 깁스가 돼 있는 것을 깨달았다. 하지만 지금 뼈에 금 간 것 따위가 문제가 아니었다.

"엄마, 승현 씨 어떻게 됐는지 정말 몰라? 응? 엄마!"

유림이 매달리듯 묻자 그제야 엄마가 내키지 않는 얼굴로 대꾸했다.

"너하고 같이 이 병원으로 실려 왔어. 그쪽은 사람들이 어마어마하게 몰려와서 제대로 보진 못했는데, 얼핏 보기엔 크게 다친 곳은 없어 보이더라."

"정말이야? 괜찮아 보였어?"

"그래. 어디 다친 데는 있겠지만 그다지 응급 분위기도 아니었어."

그제야 유림은 휴우, 하고 안도의 한숨을 내쉬었다. 만약에 승현이 잘못되기라도 했더라면……! 생각만 해도 눈앞이 캄캄했다.

마음 같아서는 지금 당장 승현이 있는 병실을 물어 찾아가고 싶었지만 유림은 참았다. 일단 몸이 부자유스럽기도 했지만 그쪽에도 분명 할아버지나 어머니가 함께 계실 텐데. 아직 정식으로 인사도 못 드린 분들을 이런 식으로 만날 수는 없다는 생각이 들어서였다.

dangerous associate

"엄마, 많이 놀랐지?"

유림은 엄마의 손을 꼭 마주 잡았다. 엄마의 손이 아직도 부들부들 떨리고 있는 게 느껴져서 마음이 아팠다.

"엄마가 얼마나 놀랐는지나 알아? 전화 받고 달려오는 길에 어찌나 가슴이 벌렁대는지……!"

"걱정시켜서 미안해, 엄마. 나 이렇게 무사하니까, 이제 마음 놔도 돼. 응?"

유림은 진심으로 말했다. 잠시 눈물을 글썽이던 엄마가 갑자기 불쑥 물었다.

"너 엄마한테 뭐 숨기고 있는 거 있지?"

"응?"

"그 차승현이라는 남자 말이야. 그냥 평범한 직장 후배 아니잖아. 대체 뭐 하는 사람이야?"

"엄마……."

유림은 쉽사리 대답하지 못하고 엄마의 눈치를 보았다. 가뜩이나 승현과 만나지도 못하게 하고 있는데, 그의 집안 배경까지 알면 더 반대할 것 같아서 여태 말을 안 하고 있던 차였다.

"아까 보니까 무슨 비서들이니 뭐니 해서 엄청나게들 왔더라. 기자들까지 오는 바람에 통제하고 있는 거 같던데, 대체 뭐야?"

더 숨길 수도 없을 것 같았다. 유림은 작게 한숨을 쉬고 말했다.

"엄마. 우리 회사가 대한그룹 계열사인 건 알지?"

"그게 왜?"

"승현 씨 친할아버지가 그룹 회장님이셔."

엄마는 충격에 빠진 얼굴을 했다.

"세상에나……!"

"미리 말하지 못해서 미안해, 엄마. 엄마가 알면 너무 걱정할 것 같아서 미처 말을 못 했어."

엄마는 한참 동안이나 말을 잇지 못했다. 그리고 겨우 충격이 좀 가시고 난 후에 한 첫 마디는 단호하기 그지없는 것이었다.

"도저히 안 되겠다."

"엄마!"

유림은 가슴이 철렁했다.

"그렇지 않아도 너 정신 잃고 누워 있는 거 보면서, 엄만 벌써 그 사람은 안 되겠다고 마음 굳혔어. 너 지난번에도 그 남자랑 같이 산에 갔다가 죽을 뻔했던 거 아냐? 아무래도 인연이 아니니까 이런 일이 자꾸 벌어지는 거지."

"엄마, 그게 무슨 소리야. 글쎄 지난번에는 내가 죽을 뻔한 걸 승현 씨가 살려준 거라니까?"

"어쨌든 그 남자가 아니었으면 처음부터 산에 갈 일도 없었을 거 아니야."

"엄마!"

유림이 사정하듯 불렀지만 엄마는 끄떡도 않았다.

"게다가 뭐, 대한그룹 회장 손자? 이건 더 말할 필요도 없지. 그 저 혼사는 비슷한 집안 자식들끼리 만나야 잘 사는 거야. 세상에

차이가 나도 어느 정도지, 이게 말이나 된다고 생각하니?"

오히려 엄마가 유림을 다그쳤다.

"게다가 그 집안에서 널 받아주기나 한대? 응?"

"그게……."

유림은 말끝을 흐렸다.

"그것 봐. 그쪽에서도 널 안 반가워하실 거 아니야. 유림이 너도 나한테는 얼마나 귀한 딸인데, 천덕꾸러기 취급이나 받을 그런 결혼을 뭐 하러 시키겠니?"

엄마가 다짐하듯 고개를 크게 저었다.

"난 절대 못 시킨다. 죽어도 너 그 집안에 시집 못 보내. 암, 못 보내고말고."

결론을 다 내려버린 듯한 엄마의 태도에, 유림은 초조해졌다.

"엄마, 제발 그러지 마. 우리 정말 사랑한단 말이야. 응?"

"이 철없는 것아, 사랑이 밥 먹여주는 줄 알아? 기어이 드라마 한 편 찍고 나야 정신을 차릴래? 응?"

"나 괜찮아, 엄마. 아무리 힘들어도 다 이겨낼 자신 있단 말이야. 그러니까……!"

"시끄럽고, 더 말할 것 없어. 하여튼 엄만 죽어도 허락 못 하니까 그렇게 알아."

딱 잘라 말하고 난 엄마가 자리에서 일어섰다.

"너 정신 돌아오면 부르라고 했어. 선생님 모셔올 테니 넌 잠깐 있어."

위험한 신입사원 172

"엄마!"

유림이 등 뒤에서 안타깝게 불렀지만, 엄마는 뒤돌아보지도 않고 그대로 병실을 나가버렸다.

누군가가 울음 섞인 목소리로 승현을 불렀다.

「승현아.」

그것이 어머니, 전 여사의 목소리라는 것을 깨닫고 승현은 의아한 생각이 들었다. 어머니가 왜 내 이름을 이렇게 간절하게 부르고 있지?

「어서 눈을 떠보렴, 응? 너까지 잘못되면 엄마는 어떻게 살라고……!」

아, 꿈인가 보다, 하고 승현은 생각했다. 늘 냉정하기 그지없는 어머니가, 이렇게 애절한 목소리로 자신에게 말을 할 리 없지 않은가.

「승현아, 제발. 엄마가 잘못했어, 엄마가 대신 아플 테니까, 응?」

꿈이라고 생각하면서도 승현은 어머니를 위로해주고 싶어졌다. 울면서 자신을 부르는 목소리가 너무나 애절하고 슬프게 들려서.

'어머니, 저 괜찮아요. 그러니까 울지 마세요.'

그렇게 말하려 했지만 왠지 목소리가 전혀 나오지 않았다. 몸을 움직여봐도 꿈쩍도 않는다. 가위에 눌린 게 틀림없다고 생각한 승

dangerous associate

173

현은 잠에서 깨기로 결심했다.

'하나, 둘, 셋!'

속으로 그렇게 세고 눈을 확 뜨는 순간, 눈부신 빛이 시야를 직격했다.

"차승현 씨, 정신 드세요?"

어머니는 온데간데없고, 간호사 복장을 한 젊은 여자가 반색을 하며 외쳤다.

"선생님! 차승현 환자 깨어났습니다!"

아, 역시나 꿈이었구나. 승현은 마음이 허전해지는 것을 느꼈다.

"그 아가씨는 낮에 일찌감치 의식을 되찾았다고 의사가 그러더구나. 팔뼈에 조금 금이 간 것 외에는 큰 부상은 없다고 하니 걱정 말거라."

차 회장이 승현을 안심시켰다.

"오늘은 벌써 시간이 늦었으니 걱정이 되더라도 내일 만나보도록 하는 게 좋겠구나. 게다가 타박상 이외엔 없다고는 하지만, 너도 사고를 당한 직후니까 일단은 푹 쉬도록 해라."

아무래도 제 눈으로 직접 유림이 무사한 것을 확인하고 싶었지만 승현은 참기로 했다. 할아버지가 이렇게 말씀하시는데 거역했다가 괜히 유림을 할아버지 눈 밖에 나게 만들고 싶지 않아서였다.

"예, 할아버지."

승현이 고개를 끄덕이자 차 회장이 그제야 길게 한숨을 내쉬었다.

"녀석, 크게 다친 줄 알고 아주 십년감수를 했지 뭐냐."

"걱정 끼쳐드려 죄송합니다, 할아버지."

고개를 숙이는 승현에게, 차 회장이 고개를 저었다.

"아니다. 고속도로에서 타이어 펑크가 나서 중앙분리대를 들이받았다는데, 이만하길 하늘이 도운 게지."

"펑크 나기 직전에 바퀴가 이상하다는 걸 느끼고 속도를 확 줄였습니다. 아마 그 덕분인 것 같아요."

"그랬느냐? 잘했다. 아주 잘했어."

애지중지하는 손자의 사고 소식에 어지간히 놀라신 모양이었다. 할아버지는 승현의 손을 잡고 몇 번이나 잘했다는 말을 되풀이하셨다.

일어나 앉아서 할아버지와 얘기를 나누는 동안 승현은 머릿속이 점점 맑아졌다.

"할아버지. 혹시 타이어가 왜 펑크 났는지, 들으신 거 없으세요?"

"바퀴에 못이 박혀 있었다더구나."

차 회장의 대답에 승현은 가슴이 철렁했다. 별장에서 서울로 출발할 때부터 바퀴가 이상하다는 느낌이 들었었다. 분명히 올 때는 아무렇지도 않았었는데.

dangerous associate

175

문득 승현은 승재의 차 타이어도 펑크가 났던 것을 떠올렸다.

'그럼 혹시 세라가……?'

설마 그렇게까지 했을까, 하는 생각은 들지 않았다. 이세라라면 얼마든지 그러고도 남을 인간이다.

"왜, 뭐 잘못된 거라도 있느냐?"

승현의 표정이 굳어지는 것을 눈치 챘는지, 차 회장이 물었다.

"드릴 말씀이 있습니다, 할아버지."

승현은 할아버지에게 있었던 일을 간략하게 설명했다. 유림과 함께 할아버지 별장에 놀러 갔던 것, 그리고 거기에 승재와 세라가 왔던 것까지.

"뭐야? 승재가 세라 그 애하고 만나고 있다고?"

역시나 차 회장도 충격을 받은 듯했다.

"아니, 어떻게 제 사촌 동생의 약혼녀였던 여자와……!"

"아마 목적이 있어서겠지요. 이유는 할아버지께서도 짐작하실 겁니다."

차 회장이 끙, 하고 앓는 소리를 냈다.

"그래서?"

"차 한잔 같이하는 동안 말다툼이 좀 있어서, 승재 형은 세라와 함께 먼저 떠났습니다. 그 후에 저희도 서울로 출발했는데, 가는 길에 사고가 난 거고요."

그 이상 말하지 않았는데도 역시 차 회장은 날카로웠다.

"그러니까, 그 애들이 일부러 네 차에 몹쓸 짓을 한 것 같다는 게

냐?"

"아무리 그래도 승재 형이 저한테 그렇게까지 할 사람은 아닙니다. 제 생각에는 세라가 승재 형 몰래 한 짓인 것 같습니다."

승현은 어느 정도 확신을 가지고 말했지만, 차 회장은 반신반의하는 눈치였다.

"세라 그 애가 겉보기처럼 그렇게 순진하지만은 않다는 건 나도 느끼고 있었다. 하지만 설마하니 그렇게까지……."

"충분히 그러고도 남을 여잡니다. 별장에서도 저와 승재 형이 얘기하느라 잠시 자리를 비운 사이에, 자기 뺨을 제 손으로 때리고 나서 유림 선배한테서 맞은 것처럼 뒤집어씌우기까지 했어요."

"뭐야? 뭣이 어쩌고 어쨌다고?"

순간적으로 차 회장의 얼굴에 노기가 어렸다.

"왜 그러세요, 할아버지?"

승현이 의아하다는 눈으로 쳐다보자 그제야 차 회장은 고개를 저었다.

"아니다, 아무것도. ……그래서, 승재 녀석은 세라 그 애하고 깊은 사이더냐?"

"그것까지는 저도 모르겠습니다. 하지만 결혼할 생각은 확고해 보였습니다."

승현이 말을 끝내자 차 회장이 천천히 고개를 끄덕였다.

"알았다. 내가 한번 잘 알아보고 처리하도록 하마."

그 말뿐이었지만, 승현은 알았다. 할아버지가 이 일을 절대 두

dangerous associate

177

고 보지 않으리라는 것을. 할아버지가 알아서 처리하겠다고 했으면 처리하는 것이다.

그렇게 믿고 승현은 화제를 돌렸다.

"할아버지, 혹시 아까 어머니도 병원에 오셨었나요?"

차 회장은 고개를 끄덕였다.

"그래. 너 자고 있는 새 잠깐 왔다가, 의사가 괜찮다고 해서 금세 돌아갔다."

승현은 놀랐다.

'그럼 설마…… 진짜 어머니였던 건가?'

하지만 곧 고개를 저으며 생각을 떨쳐버렸다.

그럴 리가 없지 않은가. ……그 냉정하기 그지없는 어머니가.

승현의 병실에서 나온 차 회장이, 그때까지 병실 밖에서 기다리고 있던 전 여사를 마주했다.

"승현이는 어떤가요, 아버님?"

"다행히 멀쩡해 보이더구나. 에미 너도 들어가서 얘기 좀 나누지 그러느냐."

"저는 됐습니다, 아버님."

전 여사가 씁쓸하게 미소를 지었다.

"어차피 저하고는 별로 할 얘기도 없을 거고, 제가 있어봤자 불편하기만 할 텐데요. 그냥 편히 쉬게 놔두는 게 좋겠습니다."

담담하게 말하는 며느리를, 차 회장이 안쓰러운 눈으로 바라보

았다. 아들을 제 목숨보다도 더 사랑하면서도 그 마음을 차마 드러내지 못하고, 겉으로는 평생 모진 어미로 살고 있는 며느리였다. 차 회장은 그 사정을 알고 있기 때문에 더 마음이 아팠다.

"그런데 에미야."

"예, 아버님."

"그 유림이라는 아이 말이다. 이참에 너도 한 번 만나보면 어떻겠느냐?"

"예?"

전 여사가 놀란 듯이 차 회장을 바라보았다.

"나는 세상없어도 그 애를 승현이하고 결혼시키기로 했다."

"아버님……."

"에미가 뭘 걱정하는지, 내 모르는 바 아니야. 하지만 승현이도 이제 어린애가 아니다. 충분히 제 힘으로 해나갈 수 있다는 걸 일본 지사에서 이미 보여주지 않았느냐?"

차 회장은 타이르듯 차분히 말했다.

"그냥 믿고 지켜봐주면 앞으로도 잘해나갈 게다. 그러니 이만저만 좋다는 아가씨하고 짝지어주도록 하자."

전 여사는 당혹스러운 얼굴을 했다.

"그 유림이라는 아이가 어떤 앤지는 내가 진작에 다 알아보았느니라. 우리 승현이한테 그만큼 어울리는 짝은 온 세상을 다 뒤져도 안 나올 게다. 내 사람 보는 안목이 어떤지, 에미도 잘 알지 않느냐?"

"예, 아버님. 그거야 잘 알고 또 믿는 바입니다마는……."

"그러니 한번 만나보아라. 그 애가 어떤 앤지, 에미도 금세 알게 될 게다."

차 회장은 자신 있게 말했다.

"……."

하지만 전 여사는 대답 대신에 고개를 조금 숙여 보일 뿐이었다.

잠자리가 바뀌어서일까, 이래저래 생각이 많아서일까. 유림은 아침 일찍 눈이 뜨였다. 엄마는 유림의 침대 아래에 보조 침대를 놓고 곤히 잠들어 있었다.

'가만있자, 승현 씨는 아직 자고 있을 테고…….'

세수라도 하자고 생각한 유림은, 엄마가 깨지 않게 조심스럽게 몸을 일으켜 침대에서 내려왔다. 발소리를 죽여 병실 입구 쪽에 있는 세면실로 향하는데 문득 누군가가 문을 가만히 두드리는 소리가 났다.

똑똑.

'승현 씨?'

반가운 마음에 얼른 문을 연 유림은, 다음 순간 놀라서 눈을 크게 떴다.

"아……!"

문 앞에 서 있는 것은 승현이 아니라 우아하고도 차가운 인상의 귀부인이었다.

예전에도 본 적이 있는 얼굴. 바로 승현의 어머니, 전 여사였다.

"아……!"

놀라서 눈조차 깜빡이지 못하고 있는 유림을 향해 전 여사가 먼저 입을 열었다.

"이른 아침부터 실례하게 됐네요. 사람들 눈에 띄면 시끄러워질까 봐."

조용한 어조에서는 은은한 냉기가 전해져왔다.

"우리, 처음 보는 건 아니니 내가 누군지는 소개 안 해도 되겠죠?"

그제야 유림은 정신을 차리고 고개를 숙여 인사했다.

"예. ……오랜만에 뵙습니다."

심장이 쿵쿵 뛰어서 목소리가 약간 떨려 나왔다.

"괜찮으면 잠깐 얘기 좀 나눴으면 하는데."

반면에 전 여사는 어디까지나 차분했다. 유림은 침착하려고 애를 쓰며 대답했다.

"저어, 병실에 다른 환자들도 있으니 괜찮으시다면 밖으로 나가서 말씀 나누시면 어떨까요?"

아무리 생각해도 지금 승현의 어머니와 자신의 엄마를 마주하게 하고 싶지는 않았다.

"그게 좋을 것 같군요."

전 여사도 동의했다.

먼저 등을 돌려 걷기 시작하는 전 여사를 따라, 유림도 복도로 나갔다. 아직 이른 아침이라 병원 복도는 조용했다. 커피 자판기 옆에 놓인 작은 벤치에 이르러 전 여사는 걸음을 멈췄다.

"여기서 얘기 나누도록 하죠."

"예."

대답은 했지만 앉아야 할지, 그대로 서 있어야 할지 모르겠다. 유림이 우물쭈물거리고 있자 전 여사가 옆자리를 가리켰다.

"앉아요."

"감사합니다."

유림은 송구해하며 전 여사에게서 조금 떨어져서 앉았다.

"팔은 많이 다쳤나요? 그 외에는 더 다친 덴 없고?"

깁스가 되어 있는 유림의 팔을 보고, 전 여사가 물었다.

"예. 그냥 살짝 뼈에 금이 간 정도랍니다. 만약을 위해서 여기저기 CT는 찍어봤는데, 이상 없다고 합니다."

"그만하길 다행이군요."

전 여사가 고개를 끄덕이고는 말했다.

"우리 승현이는 기어이 아가씨하고 결혼을 할 작정인 모양이던데."

드디어 시작이구나. 유림의 심장이 쿵 하고 내려앉았다.

"……예."

유림은 침을 꿀꺽 삼키며 고개를 끄덕였다. 분명 좋은 말이 나올

리는 없을 것 같았다. 헤어지라고 하실까? 혹시 세라가 그랬던 것처럼, 헤어지면 돈을 주겠다고 하시려나?

그러나 전 여사의 입에서 나온 것은 유림이 생각지도 못했던 질문이었다.

"결혼하고도 회사는 계속 다닐 작정인가요?"

"예?"

깜짝 놀란 유림이 저도 모르게 되묻자, 전 여사는 다시 한 번 되풀이했다.

"우리 승현이하고 결혼한 후에도 계속 지금처럼 회사를 다닐 생각이냐고 물었어요."

헤어지라는 말이 아니잖아?

"아, 네. 저는…… 그러고 싶습니다."

유림은 얼떨결에 대답했다. 결혼했다고 해서 일을 그만둘 생각은 없었으니까.

"그 생각, 고쳐먹어줬으면 좋겠는데."

전 여사가 단호하게 말했다.

"굳이 여자가 밖에 나가서 돈 벌어야 할 정도로 궁핍한 집안 아니에요. 게다가 우리 승현이, 아가씨도 알겠지만 앞으로 어려운 자리 맡아야 하는 사람이고. 그러니 결혼 후에는 회사 그만두고 오로지 승현이 내조에만 최선을 다해줬으면 해요."

기분이 나쁘기보다는 굉장히 당황스러웠다. 솔직히 말해서 이 정도까지 대놓고 구식으로 사고하는 사람의 말을 실제로 듣기는

dangerous associate

183

처음이었다. 유림이 가르치는 할아버지 할머니들조차도 이 정도
는 아니었다.

"저어, 내조라고 하심은……."

"아내의 역할을 충실히 하는 거죠."

유림이 조심스레 묻자 전 여사는 당연하다는 듯이 대답했다.

"아줌마 써서 청소를 시킨다거나 하는 건 터치하지 않겠지만,
승현이 식사나 옷은 손수 챙겨줬으면 해요. 아무래도 부인이 직접
건사하는 거하고 같을 수 없으니까."

유림은 대답하는 것도 잊은 채 입을 반쯤 벌리고 듣고 있었다.

"돈 벌러 다니는 것만 아니면 어느 정도는 바깥 활동 하는 것도
말리지는 않겠어요. 단지, 반드시 승현이가 귀가하기 전에 먼저
집에 돌아와서 맞이해줄 것."

"……."

"아, 혹시 집에만 있기 무료하면 요리 학원을 다녀보는 것도 나
쁘지 않겠네요. 승현이가 아직 젊어서 그런지 양식을 좋아하는데,
건강 챙기려면 아무래도 한식이 좋겠지요. 요즘은 궁중요리 같은
것도 많이 가르친다는데 배워서 남편 입맛 바꿔보는 것도 재미있
을 거예요. 그리고 또……."

전 여사는 유림이 결혼 후에 해야 할 일들에 대해서 끝없이 이야
기했다. 처음에는 황당할 뿐이었지만 계속 듣다 보니 조금씩 짚이
는 것이 있었다.

"내 말, 알아듣겠어요?"

그 후로도 한참을 이것저것 이야기하고 나서야 전 여사는 확인하듯 물었다.

뭐라고 대답해야 할까. 무조건 그렇게 하겠다고? 아니면 죽어도 그렇게까진 못 하겠다고?

잠시 고민한 끝에 유림은 마음먹었다. 그래, 그냥 내가 느낀 대로 솔직하게 대답하자.

유림은 조심스럽게 입을 열었다.

"저어, 그러니까…… 많이 사랑해주라는 말씀이시죠?"

유림과 헤어져 병원을 나오는 길에, 전 여사는 깊은 생각에 잠겨 있었다.

「저어, 그러니까…… 많이 사랑해주라는 말씀이시죠?」

아까 유림이 대답 대신에 그렇게 되묻는 순간, 전 여사는 속으로 크게 당황했다.

그런가. 내 말이, 그런 뜻이었던가.

「저는 아무래도 계속 일을 하고 싶습니다. 물론 회사 다니면서도 승현 씨 내조는 열심히 하려고 노력하겠지만, 어머님 마음에 쏙 들게까지는 못할지도 모르겠습니다.」

당황하는 전 여사에게, 유림은 주저하면서도 제 의견을 또박또박 말했다. 예전에 전 여사가 같은 요구를 했을 때, 무조건 따르겠다고 공손하게 대답했던 세라와는 전혀 달랐다.

「하지만 어머님이 원하시는 대로 정말 많이 사랑해줄 수는 있습니

dangerous associate

185

다. 승현 씨가 더는 외롭지 않게, 행복하게 해줄 수 있습니다. 그것 하나만은 자신 있습니다.」

유림은 분명 '더는 외롭지 않게'라고 말했다. 그렇다는 것은 승현이 지금까지는 외롭게 살아왔다는 뜻이겠지. 물론 유림은 질책할 생각으로 한 말이 아니었겠지만, 그 말을 듣는 순간 전 여사는 죄책감을 느꼈다. 승현을 어릴 때부터 외롭게 만든 건, 다름 아닌 자신이었으니까.

유림의 말을 듣고서야 전 여사는 문득 깨달았다. 지금껏 자신이 승현의 결혼 상대에게 바라고 있던 것들이, 사실은 자기 스스로가 어머니로서 승현에게 해주고 싶었던 일들이라는 것을.

아들에게 따뜻한 밥을 차려주고, 다정한 말로 기운을 북돋워주고, 따뜻한 가정에서 행복을 느끼게 해주고 싶었다. 하지만 그럴 수 없었기 때문에, 그게 미안하고 마음 아파서, 그래서 저도 모르게 며느릿감에게 그런 것들을 바라고 있었던 게 아닐까.

스스로도 몰랐던 마음을, 한눈에 헤아려낸 유림이 신기하게 느껴졌다.

「우리 승현이한테 그만큼 어울리는 짝은 온 세상을 다 뒤져도 안 나올 게다.」

어제 시아버지 차 회장이 했던 말을 다시금 떠올려보는 전 여사였다.

「그 애가 어떤 앤지, 에미도 금세 알게 될 게다.」

'그냥 무조건 네, 네, 할 걸 그랬나?'

전 여사가 돌아가고 난 후, 유림은 속으로 몇 번이나 후회했다.

물론 전 여사의 요구가 도저히 받아들이기 힘든 것들이기는 했다. 요리 학원이야 어찌어찌 다니고, 음식이나 옷 건사도 어떻게 손수 한다고 쳐도 아무래도 회사는 그만두기 싫었다. 승현을 만나기 전에도, 결혼 후에 전업 주부가 될 거라고는 상상도 못 해봤으니까.

하지만 그 모든 힘든 조건들을 다 합친다 해도, 승현과는 바꿀 수 없었다. 승현과 헤어지는 게 세상에서 가장 힘든 일이라는 걸 이미 지난 경험으로 뼈저리게 깨달은 유림이었다.

'승현 씨 어머님도 그 정도면 많이 봐주신 걸 텐데!'

어쨌든 결혼하지 말라고는 안 하시지 않았는가. 그것만도 엄청나게 양보하신 걸 텐데, 거기다 대고 건방진 말까지 해버렸다.

「저어, 그러니까…… 많이 사랑해주라는 말씀이시죠?」

내가 어쩌자고 그런 당돌한 말을 해버렸을까! 유림은 머리를 감싸 쥐고 괴로워했지만 이미 뱉어버린 말을 주워 담을 수도 없었다.

유림의 물음에 전 여사는 그렇다고도, 아니라고도 대답하지 않았다. 그저 특유의 서늘한 시선으로 한참 유림을 바라보다가는 자리에서 일어났을 뿐이었다.

dangerous associate

「아침부터 시간 빼앗아 미안하게 됐네요. 그럼.」

전 여사와의 대화는 그게 끝이었다.

'나같이 당돌한 애랑은 결혼 못 시키겠다고 하시면 어쩌지?'

유림은 괴로움에 머리를 쥐어뜯었다. 병원에서 나온 아침밥도 넘어가지 않았다.

"왜 그래, 유림아. 밥이 안 넘어가니?"

아침에 전 여사가 왔던 것을 까맣게 모르는 엄마는, 유림이 먹는 둥 마는 둥 하는 걸 보고 걱정스럽게 물었다.

"환자식이 너무 맛이 없어서 그래."

유림은 핑계를 댔다.

"하긴 병원 밥이 다 그렇지. 그런데 앞으로도 며칠은 더 입원해서 지켜보자고 하는데 그때까지 밥을 제대로 못 먹어 어쩌니?"

"괜찮아, 엄마. 주는 대로 대강 먹지 뭐."

"아무래도 안 되겠다. 엄마가 집에 가서 이것저것 밑반찬 좀 해 가지고 올게."

엄마는 그렇게 말하고 부랴부랴 가방을 챙겨 병실을 나갔다. 유림이 굳이 말리지 않은 것은 엄마표 반찬이 먹고 싶어서이기도 했지만, 무엇보다 빨리 승현을 만나고 싶어서였다. 빨리 얼굴을 보고 그가 무사하다는 걸 확인하고, 또 오늘 아침에 있었던 일을 털어놓고 싶었다.

'가만있자, 휴대전화가 어디 있더라?'

승현에게 전화를 걸기 위해 유림이 휴대전화를 찾으려는 그 순

간. 갑자기 병실 문이 스르르 열리고, 거짓말같이 승현이 나타났
다.

"승현 씨!"

텔레파시라도 통한 것일까. 이쪽으로 다가오는 승현을 보고 유
림은 놀람과 반가움에 목소리를 높였다. 하지만 금세 병실 안에
다른 환자들도 있다는 것을 깨닫고 목소리를 낮췄다.

"승현 씨는 괜찮아? 다친 데 없어?"

환자복 차림의 승현이 유림을 보고는 안타까운 얼굴을 했다.

"난 멀쩡해요. 그런데 선배가 다쳤네요."

그는 조심스럽게 유림의 깁스에 손을 대며 물었다.

"금만 조금 갔다고 얘기 듣기는 했는데. 많이 아프지 않아요?"

"괜찮아. 진짜로 별거 아냐."

그래도 마음 아픈 듯이 잠시 유림의 다친 팔을 바라보던 승현이
문득 말했다.

"다른 환자분들 아직 식사하시는데 괜히 방해되겠네요. 날씨도
좋은데, 우리 옥상에 올라가서 얘기해요."

"응."

유림은 승현을 따라 병실을 나섰다. 나란히 서서 엘리베이터를
기다리는 동안, 승현은 계속 유림의 손을 꼭 붙잡고 있었다.

"병실이 4인실이라 불편하지 않아요? 내가 특실로 옮겨줄까
요?"

"아냐, 괜찮아. 그리고 엄마가 알면 오히려 부담스럽다고 싫어

dangerous associate

189

하실 거야."

"아, 그렇겠네요."

차분한 대화가 잠시 오갔다. 그러나 엘리베이터에 타서 문이 닫히고 단둘이 되는 순간, 승현은 다짜고짜 유림을 확 끌어당겨 성급하게 입술을 찾았다.

"······!"

지금껏 그와 했던 모든 키스 중에서 가장 뜨겁고도 격렬하고, 또한 애절한 키스였다. 엘리베이터 벽에 밀어붙인 채 폭풍처럼 쏟아붓는 입맞춤에 유림은 눈조차 뜨기 힘들었다. 숨을 쉬기도 힘들었지만 유림은 밀어내지 않고 반대로 그의 목에 팔을 둘렀다.

'불안하고 무서웠어요. 당신을 잃을까 봐.'

승현의 입술이 마치 그렇게 호소하고 있는 것 같았다.

엘리베이터가 멈추고 난 후에야 키스는 겨우 일단락되었다.

"정말 다행이에요, 이 정도로 끝나서."

승현이 유림을 으스러져라 끌어안으며 귓가에 속삭였다.

"아마 선배가 크게 다쳤더라면, 난 그 여자를 죽여버렸을지도 몰라."

유림은 심장이 멈출 것 같은 기분을 느꼈다.

승현의 말대로 날씨가 무척 좋았다. 따스한 햇볕과 살랑살랑 불어오는 봄바람에, 둘 다 환자복 하나만 입고 있는데도 전혀 춥지 않았다.

"정말 그렇게 생각하는 거야?"

"네."

승현이 확신에 찬 표정으로 말했다.

"우리하고 별장에서 마주칠 줄이야 몰랐을 테니까 미리 준비한 건 아닐 테고, 자기들 타이어가 펑크 난 데서 아이디어를 얻었겠죠."

솔직히 말해서 유림도 혹시나 하는 생각을 하지 않았던 건 아니었다. 하지만 금세 설마, 우연이겠지, 하고 넘겨버렸는데.

"증거는 있어? 참, 블랙박스는?"

승현이 작게 한숨을 쉬었다.

"확인해봤는데 세라는 차 가까이도 오지 않았어요. 그저 저만치서 땅에 떨어뜨린 뭔가를 찾는 것처럼 허리를 굽히기만 했죠. 아마 바퀴를 직접 건드린 게 아니라 딱 바퀴가 지나갈 만한 자리에 못을 꽂아둔 것 같아요. 하지만 등을 돌리고 있어서 찍히지는 않았고요."

"하긴, 그 영악한 여자가 블랙박스 생각을 못 했을 리가 없지……."

유림은 실망했다.

"아무리 우리가 미워도, 어쩜 그런 짓까지 했을까."

"꼭 미워서만은 아닐 거예요. 내가 죽거나 크게 다쳐서 일을 못 하게 되면, 큰아버지가 내 자리에 승재 형을 밀어 넣기가 쉬워질 테니까요. 세라는 분명히 거기까지 생각했을 거예요."

승현의 말에 유림은 한기를 느꼈다.

돈이든 권력이든, 그까짓 게 뭐라고 사람의 목숨까지 해하려고 한단 말인가. 보통 사람으로서는 상상조차 할 수 없는 세계였다.

"그 여자 말이 하나는 맞았네."

유림이 중얼거렸다.

"별장에서 그 여자가 그랬었거든. 승현 씨랑 결혼하는 데 성공하더라도, 분위기에 적응하기가 쉽지 않을 거라고. 재벌가라는 게 상상을 초월하는 세계라면서."

"걱정할 것 없어요. 선배는 내가 지킬 거니까."

승현이 유림의 손을 끌어다 꼭 잡아주었지만 마음이 편해지지는 않았다.

"있잖아, 사실은 아침에 승현 씨 어머님께서 오셨었어."

"뭐라고요?"

승현이 놀란 듯이 물었다.

"어머니가 선배한테 뭐라고 하셨어요? 설마 나하고 헤어지라고?"

"아냐, 그런 건."

성급하게 묻는 승현에게, 유림은 고개를 저어 보이고는 차분하게 있었던 일을 설명했다.

"……그 후로 아무 말씀도 안 하시고 그냥 가셨어."

얘기를 마친 유림이 한숨을 푹 쉬었다.

"내가 너무 건방졌나 봐. 그냥 고분고분 네, 그렇게 하겠습니다,

하고 대답할걸."

"아니, 선배는 잘못한 거 없어요. 결혼하기도 전에 이래라저래라 한 어머니가 실수한 거죠."

승현이 고개를 저었다.

"미안해요, 내가 미처 막아주지 못해서."

"아냐. 승현 씨 어머님도 다 승현 씨를 아끼는 마음에 그러시는 거지."

"어머니가, 나를요?"

승현이 말도 안 된다는 듯이 말했다.

"그냥 초장부터 선배를 휘어잡고 싶으셨던 거겠죠. 그런 분이니까."

"아냐, 내가 보기엔 분명히……."

승현 씨를 무척 걱정하고 아끼셔서. 그렇게 말하려다 유림은 말을 꿀꺽 삼켜버렸다.

자신의 눈에는 분명 그렇게 보였지만, 평생 어머니를 겪어온 아들에게 대고 내 생각이 맞다고 우기고 싶지는 않았다.

"뭐, 어쨌든 좋은 쪽으로 생각하면 어머니도 반대까지는 안 하실 모양이네요. 생각보다 일이 쉬울지도 모르겠어요."

승현이 그렇게 말하고는 기지개를 켰다.

"세라 일은 할아버지께서 더 알아보신다고 하셨으니 일단은 기다려봐요."

"응."

dangerous associate
193

"이제 퇴원하면 당분간은 정말로 일에만 신경 쓰면 될 것 같아요."

"응. 열심히 해서, 꼭 프로젝트 성공시키자."

유림은 고개를 끄덕이고 승현의 손을 꼭 잡았다.

생사를 넘나드는 경험을 하고 나자 더욱더 명확해진 것이 있었다. 이 사람을 잃으면, 다른 것들은 아무 의미도 없다는 것. 목숨 걸고 이번 일을 성공시키겠다고, 그래서 자신과 승현을 지켜내고 말겠다고. 다시 한 번 마음속으로 굳게 다짐하는 유림이었다.

7. 폭풍 전야

4월이 되자 온 천지에 봄이 찾아왔다. 벚나무들은 저마다 가지가 휘어지도록 주렁주렁 꽃송이를 매달았다.

그렇게 분홍빛 벚꽃길로 변한 강둑길을, 나란히 걷고 있는 두 노인이 있었다.

오늘은 일요일. 오전 내내 함께 게이트볼을 치고 나서 차 회장이 손 여사를 시장까지 데려다주는 길이었다.

"김 선생님은 어쩌면 그렇게 못 하시는 게 없으세요?"

곁에서 걸으며 손 여사는 입에 침이 마르게 차 회장을 칭찬했다.

"수영도 처음부터 잘하시더니 어쩜 게이트볼도. 정말 처음 치시는 거 맞으세요?"

"예, 정말 오늘이 처음입니다, 허허."

차 회장은 너털웃음을 지었다. 물론, 평소에 자주 치던 골프랑 비슷해서 쉬웠다는 얘기는 살며시 빼놓고.

"정말 대단하셔요!"

꾸밈없이 감탄하는 눈빛에, 어깨가 절로 으쓱 올라갔다. 손 여

사와 함께 있으면 차 회장은 늘 이런 기분이었다. 이 나이에 주책이라고 생각하면서도 아직 내가 남자구나, 살아 있구나, 하는 느낌이 들었다. 벌써 오래전에 죽어버렸다고 생각했던 감정을 생생하게 느끼게 해준 손 여사가, 날이 갈수록 차 회장의 마음속에 커다랗게 자리 잡아가고 있었다.

솔직히 말해 차 회장은 손 여사와 여생을 함께하고 싶었다. 손 여사가 시장에서 호떡을 팔고 있는 것도 늘 마음이 아팠다. 마음 같아서는 결혼이라도 해서 앞으로 고생 안 하게 해주고 싶었다.

하지만 아직은 생각뿐, 입 밖에 내본 적은 없었다. 자신은 대한그룹 회장이다. 게다가 자식들에 줄줄이 딸린 손자들까지 있는 몸이다. 이 나이에 재혼을 한다면 대체 사람들이 뭐라고 할 것인가. 그리고 손 여사는 자신의 정체에 대해 까맣게 모르고 있지 않은가.

이래저래 속으로 고민이 깊은 차 회장이었다.

이윽고 시장에 도착하자 손 여사는 자신의 리어카가 있는 쪽이 아니라 그 반대쪽으로 걸음을 향했다.

"또 가게 보러 가시는 게로군요?"

차 회장의 말에 손 여사가 들뜬 목소리로 대답했다.

"예, 그럼요. 보기만 해도 배가 부른데, 어찌 안 보겠어요."

손 여사는 얼마 전에 시장 구석에다 작은 가게 자리를 얻었다. 지금은 반찬 가게인데, 이제 다음 달이면 그 가게가 나가고 손 여사가 거기다 국밥집을 차리기로 되어 있었다.

10년이나 호떡 장사를 해서 모은 돈으로 겨우 얻은 가게다. 손 여사가 매일같이 가게를 보러 가는 마음을 잘 아는 차 회장은, 웃으며 두말 않고 손 여사를 따라갔다.

그런데 웬걸. 이윽고 도착한 가게에서는 이상한 일이 벌어지고 있었다. 어제까지도 멀쩡히 반찬 장사를 하고 있던 가게 안이 텅비고, 대신에 새 간판이 올라가 있는 것이 아닌가.

'싱싱 회 센터.'

"아니, 손 여사. 대체 이게 무슨 일입니까?"

차 회장이 놀라 물었으나 손 여사는 아무 대답도 하지 못했다. 그러고는 곧 하얗게 질린 얼굴로 가게 안으로 뛰어 들어갔다.

"이보세요. 지금 남의 가게에서 뭐 하시는 건가요?"

마침 가게 안을 정리하고 있던 남자에게, 손 여사가 떨리는 목소리로 물었다.

"뭐요? 이 할머니가 대낮부터 약주를 하셨나, 남의 가게라뇨."

남자는 황당하다는 듯이 손 여사에게 도리어 핀잔을 주었다.

"한 달 전에 계약한 내 가겐데 왜, 뭐 문제 있습니까?"

부동산을 나오는 손 여사의 다리가 심하게 후들거리다 결국은 크게 휘청거렸다.

"손 여사! 괜찮으십니까?"

곁에 있던 김 할아버지가 놀라며 손 여사를 부축했지만, 결국 손 여사는 길바닥 한복판에 그대로 철퍼덕 주저앉고 말았다.

dangerous associate

"인생 헛살았어요."

곱게 주름진 눈가에 눈물이 흘러내렸다.

"이 나이 먹고 어쩌면 그렇게 어리석었을까요. 어쩌면 그렇게……!"

복비 몇 푼 아껴보겠다고 부동산 없이 건물주와 직접 계약한 게 실수였다. 먼저 세 들어 있던 반찬 가게 주인이 건물주랍시고 소개시켜준 사람이, 사실은 사기꾼이었던 것이다.

「대머리 남자하고 계약을 하셨다고요? 그 가게 주인은 오십 먹은 아줌만데요!」

부동산 사람은 혀를 차며 말했다.

「반찬 가게 주인이랑 짜고 할머니 돈 해 먹고 나른 모양인데, 이건 저희가 어떻게 도와드릴 수가 없어요. 그러게 왜 이런 큰일을 부동산 없이 진행을 하세요, 하시기를.」

반찬 가게 주인과는 10년이나 같은 시장에서 매일 보며 언니 동생 하고 지내온 사이였다. 그래서 추호도 의심할 생각을 못 하고 철석같이 믿은 게 죄였다.

10년을 하루같이 다리가 저리도록 선 채로 호떡 장사를 해서 겨우 얻은 내 가게. 멀리서 바라보기만 해도 배가 불렀던 내 가게. 가슴이 미어지는 아픔에 손 여사는 그저 소리 내어 울기만 했다.

"으흐흑, 흑……!"

손 여사의 서러운 울음을 한참 곁에서 지켜보던 김 할아버지가, 문득 입을 열었다.

"……연희 씨."

손 여사, 가 아니었다.

대체 몇십 년 만에 남의 입에서 듣는 제 이름일까. 놀라서 잠시 울음을 그치고 고개를 든 손 여사의 어깨에, 김 할아버지가 가만히 손을 얹었다.

"울지 마요."

따뜻한 손은 조금 떨리고 있었다.

"이제 이렇게 울지 않아도 됩니다. 이젠 제가 다 알아서 해드릴 테니까……."

김 할아버지의 깊은 눈매가 안타까움을 담고 손 여사를 바라보았다.

"앞으로는 제가 연희 씨를 지켜드리겠습니다."

뭔가 굳게 결심한 듯한 말투였다.

그 말이 무슨 뜻인지 손 여사는 몰랐다. 버스비도 없어서 곤란해할 정도인 사람이, 뭘 다 알아서 해주겠다는 건지도 이해할 수 없었다.

하지만 왠지 말만으로도 마음이 따뜻해졌다. 비빌 언덕 하나 없이 홀로 세상과 싸우며 살아온 외로운 평생. 내게 기대라고 누군가가 말해준 건, 태어나서 오늘이 처음이었다.

잠시 멎었던 눈물이 다시 새롭게 솟아나왔다.

"김 선생님……!"

손 여사는 김 할아버지의 넓고 따뜻한 가슴에 기대서 조금 더 울

dangerous associate

었다.

　성북동 본가.

　갑자기 떨어진 차 회장의 소집 명령에 아들들, 며느리들, 그리
고 손자 손녀들까지 모두 모여 넓은 거실이 시끌시끌했다. 물론
그중에는 갓 퇴원해서 온 승현과 승현의 어머니 전 여사도 있었
다.

　"자, 이제 다들 모인 것 같구나."

　기어이 마지막 한 사람까지 도착하고 나서야 거실 한가운데에
있는 소파에 앉은 차 회장이 주위를 둘러보며 말했다.

　"아버지, 대체 무슨 일로 아침부터 이렇게 모이라고 하신 겁니
까?"

　장남이자 승현의 큰아버지인 부회장이 성급하게 묻자 차 회장
은 그제야 본론을 꺼냈다.

　"얼마 후면 내 생일이구나. 준비는 하고들 있겠지?"

　평소에 나이 먹는 게 무슨 자랑이냐며 생일을 챙기는 것도 탐탁
지 않아 했던 차 회장이었다. 그런 그의 입에서 나온 말에 모두들
의아하게 생각했다.

　"예, 아버님. 가족들 모두 모여 식사할 수 있게, 간단한 가든파
티식으로 준비해보았습니다."

공손하게 대답한 것은 승현의 어머니 전 여사였다. 막내며느리이기는 하지만 차 회장이 가장 가까이 두는 며느리였기에 이런 일들은 으레 전 여사가 맡아 처리하곤 했다.

"그래, 에미가 애쓰는구나."

차 회장은 일단 전 여사를 칭찬하고는 불쑥 말했다.

"그런데 말이다, 이번 생일은 모처럼 정식으로 차렸으면 하는데."

"네?"

"손님들도 많이 초대할 생각이니 널찍한 곳으로 준비를 하거라. 호텔 연회장이 좋겠구나."

이 역시 의외였다. 하지만 전 여사는 조용히 고개를 숙일 뿐이었다.

"예, 아버님. 그리하겠습니다."

차 회장은 고개를 끄덕이고 나서 말했다.

"혹시 너희들 중에 내게 소개시킬 사람이 있으면 그날 데려와도 좋다."

"예?"

누군가가 되묻자 차 회장은 주위를 둘러보며 다시 말했다.

"쉽게 말해 결혼 상대자가 있으면 그날 인사시켜라, 이 말이다."

손자 손녀들이 서로 얼굴을 쳐다보았다.

"저는 있습니다, 할아버지."

기다렸다는 듯이 제일 먼저 나선 것은 승현이었다.

"전부터 결혼하겠다고 말씀드린 그 아가씨, 그날 데려오겠습니다."

차 회장이 고개를 끄덕였다.

"좋다. 내 한번 보자꾸나. ……또 없느냐?"

"저도 있습니다, 할아버지."

이번에 나선 것은 승현의 사촌 형인 승재였다.

"결혼할 여잡니다. 그날 데려와서 인사시키겠습니다."

"그렇게 해라."

차 회장은 이번에도 두말없이 승낙했다. 승현은 속으로 조금 놀랐다. 분명 할아버지는 승재가 데려오겠다는 여자가 세라인 것을 알고 계신데, 그러면서도 순순히 데려오라고 하다니.

'뭐, 할아버지도 뭔가 생각이 있으시겠지.'

승현이 속으로 그렇게 생각하고 있는데, 차 회장이 다시 물었다.

"또 없느냐?"

대답이 돌아오지 않는 것을 보면 더는 없는 모양이었다.

"좋다. 그럼 이제 내 차례로구나."

차 회장은 고개를 끄덕이더니 갑자기 말했다.

"그날, 나도 너희들에게 소개시킬 사람이 있다."

"예……?"

모두가 어안이 벙벙해 있는 가운데, 차 회장이 담담한 얼굴로 폭탄을 내던졌다.

위험한 신입사원]

202

"앞으로 나와 여생을 함께 보낼 분이시다. 즉 너희에게는 새어머니, 또는 새할머니가 되겠구나."

"……!"

소리 없는 경악이 거실 안을 가득 채웠다. 아버지가? 할아버지가? 재혼을 하신다고? 방금 그렇게 말씀하신 거야? 승현마저도 내가 뭘 잘못 들었나, 하고 귀를 의심할 지경이었다.

모조리 그 자리에 선 채로 얼어붙어 있는 자식과 며느리, 손자들을 한 번 둘러보고는, 차 회장은 태연하게 해산을 선언했다.

"모두들 바쁜데 와줘서 고맙다. 그럼 다들 내 생일날 다시 보도록 하자."

"이름은 손연희, 나이는 65세. 현재 시장에서 호떡을 팔아 생계를 꾸리고 있습니다. 회장님과는 함께 구민체육센터에서 수영을 배우면서 만나신 걸로 추정됩니다."

"뭐가 어쩌고 저째?"

보고하는 비서를 향해 부회장이 울화통을 터뜨렸다.

"도대체가 이게 말이나 되는 소리야? 엉?"

대한그룹 창업주이자 그룹 회장인 아버지다. 그런 아버지가, 구민체육센터 같은 데서 늙은이들이랑 어울려 수영을 한다고?

아니, 하기야 차 회장이 누구와 어울리든 자식인 부회장이 참견할 바는 아니었다. 하지만 여자 문제라면 얘기가 달라진다.

「앞으로 나와 여생을 함께 보낼 분이시다. 즉 너희에게는 새어머

니, 또는 새할머니가 되겠구나.」

아버지 차 회장이 그렇게 말했을 때, 부회장은 제 귀를 의심했었다.

20년 전 어머니가 돌아가시고 난 후로 여자에게는 눈길 한번 준 적 없는 아버지였다. 주위에서 재혼을 권해도 차 회장은 늘 완강했다. 이제 늙어갈 일만 남았는데 무슨 주책이냐며. 그런데 그런 아버지에게, 이제 와서 여자가 생겼다니?

차 회장은 벌써 일흔이 훌쩍 넘었다. 아무리 백 세 시대라지만 앞으로 살날이 그리 길게 남지도 않았을 텐데, 만약에 정식으로 재혼을 하게 되면 상속에 크나큰 문제가 발생한다.

"그래, 어쩌다 아버지가 그런 곳에 다니게 된 건지는 알아봤나?"

초조하게 묻는 부회장에게, 비서가 침착하게 대답했다.

"확실하지는 않지만 짐작 가는 바는 있습니다. 거기서 수영을 가르치는 강사가, 바로 승현 도련님이 만나고 계신 여자분이라고 합니다."

"뭐야?"

결국 부회장은 책상을 주먹으로 쾅 치며 자리를 박차고 일어났다.

"승현이 그 녀석이, 기어이!"

가뜩이나 눈엣가시 같은 조카에 대한 미움이 새삼스레 활활 불타올랐다. 승현이 아니었더라면 아버지가 애초부터 그런 데 갈 일

도 없지 않았겠는가. 아버지도 원망스러웠다. 손자 손녀들 중에서도 유독 승현만 감싸고돌더니, 벌써부터 예비 손자며느리까지 예뻐하는 눈치가 아닌가.

'의뭉스러운 노친네 같으니라고!'

벌써 그 계집애한테서 수영까지 배우고 있으면서, 가족들 앞에서는 시치미 뚝 떼고 생일날 데려와서 소개를 시키라고 하다니. 승재를 비롯한 자기 자식들과는 한참 다른 대접에 속이 상하기 그지없었다.

'어디 두고 보자. 승현이 네가 지금 앉은 그 자리에, 내 반드시 우리 승재를 앉히고 말 테니.'

부회장은 다시 한 번 굳게 다짐했다. 그러나 일단 급선무는 승현보다도 아버지 차 회장이었다.

'이 일을 어떻게 아버지 몰래 조용히 처리한다?'

잠시 생각한 끝에 부회장은 입을 열었다.

"이 실장, 아버지가 만난다는 그쪽에 대해 좀 더 자세히 알아봐야겠어."

"예, 부회장님."

"특히 가족이나 자식들에 대해서 철저하게 조사해가지고 와."

기획 3팀 전원이 백방으로 뛰어다니며 밤낮없이 매달린 끝에 임

원회의를 딱 이틀 앞두고 새 기획이 완성되었다. 사장실에 제출했던 처음 기획과는 전혀 닮은 구석이 없는, 그야말로 완전한 새 기획이었다.

그리고 드디어 임원회의 바로 전날.

승현과 유림은 프레젠테이션 준비를 위해 밤늦게까지 사무실에 남아 야근을 하고 있었다. 혜인은 전날까지 너무 고생을 해서, 오늘만은 일찍 들어가라고 쫓아내다시피 보내버린 후였다.

'글쎄, 내가 두목 승냥이 시절부터 그 불여시가 그럴 줄 알았다니까!'

문병을 왔다가 두 사람에게서 사고의 경위를 듣고 혜인이 얼마나 펄펄 뛰었는지 모른다.

'두고 보세요, 팀장님. 제가 꼭 팀장님 도와서 이번 프로젝트 제대로 성공시키고 맙니다. 그 불여시 코를 아주 납작하게 만들어주자고요!'

그렇게 장담한 대로 혜인은 목숨 걸고 열심히 해주었다. 오히려 승현과 유림이 과로를 걱정할 정도로.

"……이상입니다."

승현이 손에 쥔 대본을 단 한 번도 들여다보지 않은 채 물 흐르듯 자연스럽게 말을 마쳤다.

"7분 22초!"

유림이 스톱워치를 누르고 나서 고개를 갸웃거렸다.

"생각보다 짧은데, 좀 천천히 말하는 게 어떨까?"

"PT가 길어봤자 보는 사람들 집중력 떨어질 뿐이에요. 거기다가 느릿하게 말했다간 졸리죠."

승현이 빙그레 웃으며 말했다.

"게다가 질문도 받아야 할 테니까요. 이 정도면 적당할 것 같아요."

"그렇구나."

유림은 고개를 끄덕이고는 기지개를 길게 켰다.

"자, 그럼 이만하면 체크도 할 만큼 했고, 오늘은 이만 퇴근할까?"

사실은 유림 역시 그간 너무 강행군을 하는 바람에 피곤해서 죽을 지경이었다. 봄이라 더 그런지 몰라도, 요즘 들어 자꾸만 잠이 쏟아지고 몸이 축축 늘어지는 걸 정신력으로 겨우겨우 버티고 있는 중이었다. 이만 집에 가서 쉬고 싶은 마음이 굴뚝같았다.

그러나 승현은 한마디로 딱 잘라 거절했다.

"아뇨, 아직 할 일이 남아서요."

"또 뭐가 남았어? PPT도 문제없고, 내일 세팅도 다 점검 끝났는데."

의아해서 말하는 유림에게, 승현이 바짝 다가서며 말했다.

"문제."

손을 뻗어 유림의 턱을 살며시 들어 올리는 승현의 입가에 묘한 미소가 어렸다.

동시에 유림의 머릿속에서 빨간 신호가 울리기 시작했다. 설

마······.

"사랑하는 여자랑 밤에 사무실에서 단둘이 있는 남자가, 할 일이 뭘까요?"

역시나! 기겁을 한 유림은 얼른 뒷걸음질을 쳤지만, 아뿔싸. 몇 걸음 가지도 못해 책상에 가로막히고 말았다. 유림이 당황하는 사이에 승현은 이미 눈앞까지 다가와 있었다.

"잠깐만, 진정해, 승현 씨! 여기가 어디라고······!"

그러나 다음 말은 승현의 입술 사이로 사라지고 말았다.

"······."

승현은 유림의 상반신을 꽉 눌러 책상에 눕히다시피 하고 입을 맞췄다. 이미 유림은 깁스도 풀어낸 후였지만 어차피 힘으로는 상대가 되지 않았다. 밀어내려는 미약한 시도마저, 귀찮다는 듯이 양 손목을 붙잡고 책상에 내리누르는 바람에 간단히 제압당했다.

뜨거운 입술, 강하게 안아오는 팔.

승현의 팽팽하고도 단단한 허벅지 근육이 얇은 양복천을 사이에 두고 맞닿아오는 느낌에 유림은 저도 모르게 몸을 떨었다.

"······미치겠어."

승현이 잠시 입술을 떼고 그렇게 속삭이고는 도로 굶주린 듯이 그녀의 입술을 탐했다. 딱 그 한 마디뿐이었지만 유림은 알았다. 그의 안에서 끓어오르고 있는 열기를. 그도 그럴 것이, 사고 전날 별장에서 함께 밤을 보낸 이후로는 한 번도 안긴 적이 없었던 것이다.

다친 팔도 문제였지만 당장 일이 너무 바빴으니까.

"차라리 내 팀에 데려오지 않는 건데."

한참 후에야 키스를 멈춘 승현이 바로 가까이에서 유림의 눈동자를 내려다보며 속삭였다.

"바로 눈앞에 있는데 안지 못하니까 미칠 것 같아요."

"승현 씨……."

갑자기 승현의 아름다운 갈색 눈동자가 위험한 빛을 담고 반짝, 빛났다.

"……우리, 할래요?"

유림은 깜짝 놀라 펄쩍 뛰었다.

"미쳤어? 여긴 사무실이야!"

"선배는 모르는구나. 그게 남자의 로망 중 하나예요. 사무실이나, 차 안이라든가, 혹은 엘리베이터……."

손가락을 꼽는 승현에게, 유림이 허둥지둥 소리쳤다.

"하여튼 사무실에선 안 돼, 절대 안 돼!"

"그럼 사무실이 아니면 괜찮다는 뜻이에요?"

"내가 언제 그렇게 말했어?"

새빨개진 얼굴로 말하는 유림을 제 품으로 끌어당기며, 승현은 유혹하듯 말했다.

"오늘 우리 같이 있어요, 응? 어차피 선배 어머님도 예비 처제한테 가시고 안 계시니까 외박해도 괜찮잖아요."

하지만 문제는 그게 아니었다. 유림은 필사적으로 변명을 생각

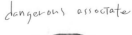

해냈다.

"당장 내일 아침이면 임원회의잖아. 무리하면 어떡해."

"걱정 마요. 무리할 정도로는 안 할 테니까."

"나도 피곤하고."

"그럼 그냥 잠만 같이 자죠, 뭐. 내가 팔베개 해줄게요."

퍽이나 그냥 잠만 자겠다! 결국 유림은 진심을 털어놓고 말았
다.

"있잖아, 이제부터라도 자제하는 게 좋겠어. 그러다 혹시 아기
라도 생기면 큰일이고…….""

"그게 왜 큰일이에요? 생기면 낳으면 되지."

승현이 곧바로 되물었다.

"뭐, 신혼을 즐길 수 없게 되는 건 싫지만 아이가 생기면 어머님
도 허락해주시지 않겠어요?"

"모르는 소리 하지 마."

유림이 깊은 한숨을 내쉬었다.

"내 동생 유민이가 딱 그런 케이스였단 말이야. 임신해서 어쩔
수 없이 허둥지둥 시집간 거. 엄마가 그게 얼마나 한이 됐는지, 나
만은 그렇게 시집 못 보낸다고 벼르고 계셨어."

"아, 그러고 보니 전에 뵈었을 때 그렇게 말씀하셨던 것 같네
요."

승현이 고개를 끄덕였다.

"사실은 그래서 엄마가 나한테 벌써 경고했어. 혹시라도 사고

쳐서 결혼 승낙 받을 생각 말라고. 미혼모를 만드는 한이 있어도 절대 허락 안 해주실 거래."

"에이, 설마 진짜로 그러시겠어요?"

승현이 말도 안 된다는 듯이 말했다.

"그야 정말로 그 상황이 되면 그렇게까지는 안 하시겠지만, 나한테 엄청나게 실망하시겠지. 엄마, 유민이 때문에 너무 많이 속상해 하셨거든. 나까지 그러고 싶지 않아."

유림은 진심으로 말했다.

"나 꼭 엄마한테서 허락받고, 축복받으면서 결혼하고 싶어."

"그렇군요."

승현이 작게 한숨을 쉬고는 어깨를 으쓱했다.

"그럼 어쩔 수 없이 협조해야겠네요. 나도 어머님한테서 더 이상 미움받으면 곤란하니까요."

"이해해주는 거야?"

유림이 묻자 승현이 고개를 끄덕였다.

"뭐, 사실 아이만 가지지 않으면 되는 거라면 방법은 얼마든지 있죠. 하지만 어머님한테서 그런 말까지 듣고 난 후면, 선배 역시 마음이 편하지 않을 테니까."

승현은 빙긋 웃었다.

"마음이 불편하면 별로 즐겁지도 않겠죠. 나 혼자 즐거운 건, 나도 싫어요."

나 혼자 즐거운 건 싫다. 승현의 그 말에 유림은 마음이 따뜻해

지는 것을 느꼈다. 그래, '사랑을 나누는' 거였지.

"승현 씨."

유림은 고맙다는 말 대신에 살짝 눈을 감고 발돋움을 해서 승현의 뺨에 입을 맞췄다.

"자, 뽀뽀도 받았으니 그럼 이만 잡생각은 떨쳐버리고."

농담처럼 웃던 승현이, 금세 진지한 얼굴을 했다.

"이제 내일 있을 회의에 집중해야겠어요. 그리고 그다음엔……."

뭐라고 말하려던 승현이 갑자기 중간에 말을 멈췄다.

"그다음엔 뭐?"

유림이 묻자 승현이 고개를 저었다.

"미안해요. 일단은 내일 일부터 끝나고 나서 말해줄게요."

"응?"

의아해 하는 유림을 향해, 승현이 양복 상의를 걸치며 말했다.

"가요, 집에 데려다줄 테니. 오늘 밤은 푹 쉬어요."

다음 날 아침.

임원회의가 있을 대회의실 앞까지 따라온 유림과 혜인을 향해 승현은 여유 있는 얼굴로 빙긋 웃어 보였다.

"괜찮으니 걱정 말고 내려들 가보세요."

밤을 꼴딱 새운 사람 같지 않게 산뜻하고 매력적인 미소였다.

어젯밤 그는 유림을 집에 데려다주고 도로 회사로 와서 아침까지 계속 프레젠테이션 준비에 매달렸다는 것이었다.

"팀장님, 정말 청심환 안 드셔도 괜찮으시겠어요? 지금이라도 가서 사 올까요?"

혜인은 걱정이 돼서 어쩔 줄 몰랐지만, 유림은 이렇게만 말했다.

"잘하고 오십쇼, 팀장님."

이번 일에 자신들의 미래가 걸려 있다. 그런 일을 승현이 망칠리가 없지 않은가.

"믿어도 됩니다."

승현은 미소를 지으며 고개를 끄덕였다.

"자, 그럼 다녀오겠습니다."

이윽고 승현이 안으로 들어가자 대회의실 문이 스르르 닫혔다.

"이거 회의실에 음료가 늘 생수밖에 없는 거, 몇 번을 말해도 영고쳐지지를 않는구만."

"그러게 말입니다. 차 종류라도 좀 갖다놓으면 어때서."

회의실에 둘러앉아 승현의 프레젠테이션을 기다리고 있는 임원들에게서는 긴장감이라고는 전혀 느껴지지 않았다. 그도 그럴 것이, 모두들 사전에 이 사장에게서 따로 연락을 받았던 것이다.

'내가 직접 검토를 마쳤는데, 아주 참신하고 괜찮은 기획이었

dangerous associate

213

소. 좀 부족한 점도 없지 않아 있겠지만, 회장님께서도 기대하고 계시니 우리 차 팀장 한번 밀어줍시다.'

사장이 부탁하는 일이었다. 게다가 회장님까지 들먹여가면서. 여기에 반대할 간 큰 임원이 있을 리 없었다. 즉 처음부터 닥치고 찬성하기로 정해져 있는 발표이기 때문에, 모두들 긴장감 제로 상태였다.

어차피 찬성할 거, 발표도 귀 기울여 들을 필요가 없다. 시작하기도 전부터 지루함을 느끼고 기지개를 켜거나 하품을 하는 임원들도 있었다. 따분한 표정을 하고 있는 임원들을 한 번 둘러보고, 이윽고 승현은 입을 열었다.

"안녕하십니까. 기획 3팀 팀장, 차승현입니다. 준비되셨으면 발표 시작하겠습니다."

이윽고 조명이 어두워지고 스크린에 PPT 화면이 떴다.

'드림카페.'

"저희가 기획한 신사업은, 바로 베이커리 카페입니다."

승현의 첫 마디가 떨어지자마자, 당황한 목소리가 들려왔다.

"아니, 차 팀장. 이거 나한테 제출했던 기획과는 다르지 않은가?"

물론 이 사장이었다. 승현은 즉시 몸을 돌려 이 사장을 바라보았다.

"예, 사장님. 처음에 제출했던 기획은, 재검토한 결과 현실화하기는 불가능한 걸로 자체 판단을 내렸습니다. 그래서 지금 발표하

위험한 신입사원]

214

려는 것은 원점으로 돌아가 처음부터 다시 기획한 사업입니다."

"아니, 그러면 사전에 나한테서 컨펌을 받았어야지……!"

불쾌한 기색이 역력한 말투를 모른 체하고 승현은 이 사장을 향해 온화한 미소를 지어 보였다.

"시일도 촉박하고 해서, 이왕이면 임원회의에서 직접 보여드리고 싶었습니다. 용서해주십시오."

아니나 다를까, 승현이 웃는 얼굴로 그렇게 말하는데 이 사장도 더는 뭐라고 할 수 없는 모양이었다. 찜찜한 얼굴로 입을 다무는 이 사장을 향해 한 번 더 미소를 보내고는, 승현은 다시금 발표를 이어나갔다.

"그냥 단순한 베이커리 카페가 아니라, 우리 드림제과의 빵과 음료를 즐길 수 있는 카페입니다. 그래서 이름도 드림카페라고 명명했습니다."

승현의 목소리가 조용한 회의장 안에 다시금 울려 퍼졌다.

"드림카페에서 판매하는 빵과 음료는, 시판 제품이 아니라 어디까지나 카페 내 판매를 위해 생산한 프리미엄 제품입니다. 단, 카페에서 반응이 좋았던 상품들은 대량 생산을 고려해볼 수 있겠지요. 즉 소비자 반응을 먼저 보고 나서 제품화할 수 있는 이점이 있습니다."

유림이 제작한 PPT는 화려하지 않으면서도 세련된 디자인에, 요점만 정확히 간추려져 있어서 집중도를 높이기에 좋았다.

"또한 이 카페에서는 일반 유통이 불가능한 케이크류나 계절 한

dangerous associate

215

정 초콜릿, 생과일을 사용한 음료나 과자 등의 고급 상품들도 판매가 가능합니다."

승현이 말한 상품들은 민혜인 차장이 직접 이리 뛰고 저리 뛰면서 이미 공급처를 확보해놓은 상태였다. 그 점 역시 승현은 확실하게 언급했다.

"즉 드림카페를 통해, 드림제과의 이미지를 고급화하는 효과를 기대해볼 수 있습니다."

썩은 동태 눈빛을 하고 의자에 늘어져 있던 임원들이 하나둘씩 자세를 고쳐 앉기 시작했다. 흥미를 느끼고 있다는 증거였다.

"향후에는 우리 회사 과자를 캐릭터화한 캐릭터 상품도 개발해서 카페에서 함께 판매할 예정입니다. 이미 일본에는 그런 사례가 많이 존재하고 있습니다."

갑자기 화면에 혀를 쏙 내민 귀여운 여자아이 그림이 떴다.

"많이들 아시겠지만, 일본 제과 회사인 후지야의 페코짱입니다."

그때까지 진지했던 승현의 목소리가 조금 장난기를 띠었다.

"얼굴은 귀엽게 생겼지만 사실 나이가 이만저만 많은 게 아닙니다. 1950년에 그쪽 나이로 여섯 살이었으니까 올해…… 아, 회장님과 동갑이시군요."

"하하하!"

여기저기서 웃음이 터졌다. 덕분에 회의장 분위기가 훨씬 부드러워졌다.

"이렇게 역사와 전통을 자랑하는 캐릭터다 보니 페코쨩 캐릭터 굿즈만 모으는 수집가들도 존재할 정도입니다. 심지어는 매장 앞에 세워둔 페코쨩 캐릭터 마네킹이 도난을 당하는 경우도 수두룩했다고 합니다."

"그거 미성년자 납치 아닌가?"

"하하하!"

누군가가 불쑥 농담을 하는 바람에 또다시 웃음이 터져 나왔다. 승현도 함께 웃고는 계속해서 설명해나갔다.

"후지야에서는 이 페코쨩 캐릭터 굿즈를 전국의 '후지야' 전문 매장에서 팔고 있습니다. 드림카페의 콘셉트인 베이커리 카페와는 다릅니다만, 그런 부분은 벤치마킹해도 좋을 거라고 생각합니다."

어느새 승현의 목소리가 또다시 진지해졌다.

"단, 우선은 베이커리 카페로서 자리를 잡는 게 먼저이기 때문에 캐릭터 상품 쪽은 추후에 차차 개발해나갈 예정입니다."

프레젠테이션이 끝나갈 때쯤, 이미 회의실의 분위기는 승현이 압도하고 있었다. 그 누구도 처음처럼 지루하고 나른한 표정을 하고 있지 않았다. 심지어 이 사장마저도.

"그냥 새 사업이 아닙니다. 드림제과 전체의 미래에 크게 기여할 수 있는 사업입니다."

다시 한 번 그렇게 강조하고 난 승현은, 임원들을 향해 고개를 깊이 숙였다.

dangerous associate

217

"이미 사장님께서는 실제 사업도 제게 맡아서 진행해보라고 말씀하셨습니다. 이 사업이 채택된다면 제가 반드시 성공시켜 보이겠습니다. ……믿어주십시오."

마지막 말과 함께 스크린이 꺼졌다. 잠시 어두워진 회의실 내를, 이윽고 박수 소리가 가득 채웠다.

승현은 어둠을 틈타 잠시 안도의 한숨을 길게 내쉬었다. 일단 프레젠테이션 자체는 성공적이었다. 물론 아직 끝은 아니었지만.

"기획하느라 수고 많았네, 차 팀장."

아니나 다를까, 이제 질문을 받겠다는 말을 꺼내기도 전에 이 사장이 입을 열었다.

"그런데 말이야, 음료야 그렇다 치고 베이커리는 어떻게 준비할 셈인가? 그게 하루아침에 나오는 게 아닐 텐데."

날카로운 질문이었지만 이미 다 예상하고 있는 범위 안이었다. 승현은 즉시 대답했다.

"이미 2년 전에 개발된 메뉴들과 레시피가 존재합니다. 베이커리 프랜차이즈 사업을 위해 개발되었던 건데, 당시 회사 사정상 사업 자체가 무산되었지요."

"그랬었지."

승현의 말에 씁쓸하게 고개를 끄덕인 것은 김 전무였다.

이 사장에 이어 회사 내 2인자이자 바로 그 당시에 해당 사업을 이끌었던 장본인이기도 했다.

"그때 개발했던 메뉴들을 그대로 갖다 써도 아무 문제 없을걸

위험한 신입사원]

218

세. 그때, 회사 자금 사정이 급격하게 악화되는 바람에 기존의 유통빵(공장에서 만들어져 시중 유통되는 완제품 빵) 사업에만 집중하기로 해서 사업 자체가 엎어졌던 것이지, 메뉴에 문제가 있었던 게 아니니까."

전무의 말에 승현이 공손하게 고개를 숙였다.

"예, 전무님. 저희 팀도 그렇게 판단했습니다."

"그대로 사장시키기는 너무 아까웠던 메뉴들인데, 아주 생각을 잘해냈군그래. 기획 자체도 아주 참신하고. 나는 이 사업, 대찬성일세!"

전무가 칭찬을 아끼지 않자 다른 임원들도 기다렸다는 듯이 한마디씩 했다.

"차 팀장, 기대해보겠네."

"한번 믿어보도록 하지!"

저마다 승현에게 격려의 말을 건네는 가운데, 단 한 사람만이 입을 꽉 다물고 있었다.

바로 이 사장이었다.

"그럼 만장일치로 통과시키는 걸로 하고, 다음 주주총회 안건으로 상정합시다."

이윽고 한마디로 회의를 정리한 이 사장이 자리에서 일어났다. 그러나 이 사장의 불편한 속마음을, 승현을 제외한 그 누구도 눈치 채지 못했다.

dangerous associate

기획 3팀의 지하 1층 사무실은 축제 분위기에 휩싸였다.

"이제 겨우 기획이 통과됐을 뿐이고, 실제 사업은 전혀 다를 겁니다."

혜인과 유림이 마음껏 기쁨을 만끽하도록 잠시 기다렸다가, 승현은 말했다.

"첫 출점할 드림카페 1호점에 모든 것이 걸려 있습니다. 이제 시작이니 힘들 냅시다."

유림과 혜인은 입을 모아 힘차게 대답했다.

"예, 팀장님!"

그 후, 혜인은 눈치 빠르게 먼저 퇴근해버렸다.

"정말 수고 많았어, 승현 씨."

이윽고 둘만 남자, 유림은 슬그머니 말을 꺼냈다. 계속 신경 쓰였던 일이었다.

"그런데 어제 하려던 말이 뭐야? 오늘 임원회의 끝나고 말해준다고 했었던 거."

"아, 그거요."

승현이 대수롭지 않다는 듯이 대꾸하고는 되물었다.

"선배, 혹시 이번 주말에 시간 있어요?"

데이트라도 신청하듯 가벼운 말투에 유림은 별생각 없이 고개를 끄덕였다.

"응, 괜찮아. 그런데 왜?"

승현이 웃으며 대답했다.

"할아버지 생신이거든요. 같이 가서 인사드려요."

순간, 유림의 심장이 꿍음을 내며 내려앉았다.

"회, 회장님 생신……?"

금세 겁을 먹는 유림에게, 승현이 으름장을 놓았다.

"벌써 그날 인사시키겠다고 할아버지께 얘기 다 해놨어요. 도망 못 가요."

"만약에 내가 마음에 안 드신다고 반대하시면 어쩌지?"

"그럴 리 없다니까요."

승현이 미소를 머금고 말했다.

"만에 하나 그러시면 다 생각이 있어요. 나도 할아버지 여친 반대해버리죠, 뭐."

유림은 놀라서 물었다.

"회장님한테 여자친구가 있으셔?"

"그렇대요. 어떤 분인지는 나도 아직 못 봐서 모르겠지만, 그날 소개시켜주실 건가 봐요."

승현이 쿡쿡 웃었다.

"부디 예비 할머니가 나보다는 나이가 많으셔야 텐데, 걱정이네요."

승현의 농담에도 불구하고 유림의 긴장은 좀처럼 가라앉지 않았다.

dangerous associate

221

"있잖아. ……혹시 거기에 그 여자도 오는 거야?"

그 여자, 라고만 말했지만 승현은 금세 알아듣고는 한숨을 지었다.

"그래요. 세라도 할아버지한테 인사하러 올 거예요. 승재 형의 결혼 상대로서요."

"……!"

유림은 입술을 깨물었다. 꿈에서라도 다시 보고 싶지 않은 얼굴이었다. 그 여자 때문에 2년 동안이나 승현과 헤어져 있었던 것도 모자라, 하마터면 죽을 뻔하지 않았는가! 화가 나는 한편으로 솔직히 무서웠다. 이번에는 또 무슨 짓을 할지 모르지 않는가.

그런 마음을 승현은 눈치 채준 모양이었다.

"걱정 마요. 이제 그 여자는 선배한테 아무 짓도 못 할 테니까."

파르르 떨리는 유림의 손을, 승현이 힘주어 꼭 잡으며 말했다.

"내가 그렇게 놔두지 않을 거예요. 절대 그 여자와 한 식구로 만들지도 않을 거고요."

유림은 놀라서 승현의 눈을 쳐다보았다.

"그럴 수 있겠어?"

"네."

승현이 고개를 끄덕였다.

"할아버지께선 절대 이 일을 그냥 넘어가실 분이 아니세요. 분명 뭔가 생각이 있으실 거예요. 만에 하나 그냥 넘어가신다면 나라도 어떻게든 증명해내고 말 거고요."

그는 뭔가 단단히 결심한 표정을 하고 있었다.

"그러니까 선배는 아무것도 걱정하지 않아도 돼요."

단호한 말에 떨리던 마음도 조금씩 진정이 되어갔다.

"응. 나도 그날 할아버님 마음에 꼭 들도록 노력할게!"

승현의 손을 마주 잡고, 유림도 힘주어 고개를 끄덕였다.

"그래서 그걸 그대로 통과시키셨어요?"

저녁식사 자리에서 세라가 물었다.

"그럼 어쩌겠느냐? 벌써 내 입으로 그 녀석 기획 밀어주자고 임원들한테 미리 전화까지 돌려놓은 마당에, 대놓고 반대할 수도 없고."

이 사장이 식탁에 숟가락을 탁 하고 내려놓으며 울화통을 터뜨렸다.

"약삭빠른 녀석 같으니!"

화가 나서 어쩔 줄 모르는 아버지와는 달리 세라는 비교적 침착했다.

"그래서, 아빠가 보시기에도 그렇게 성공할 만한 기획이었어요?"

"그거야 실제로 사업을 해봐야 알 일이지. 하지만 확실히 지난번 것과는 달리 승산이 있는 기획이었다."

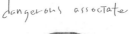

이 사장이 못마땅해 하며 말했다.

"게다가 잘되면 회사 전체에 기여할 수 있는 아이템이야. 성공하면 이번에야말로 그 녀석 자리가 확고해지겠지."

"그건 좀 곤란하네요."

세라가 고개를 끄덕이고는 갑자기 시무룩한 얼굴을 했다.

"죄송해요, 아빠. 괜히 저 때문에 아빠만 힘드시게 만들었네요. 제가 승현 오빠한테 파혼만 당하지 않았더라도……."

"네가 무슨 잘못이 있겠니? 다 그 녀석하고, 그 여우 같은 계집애 탓이지."

딸의 어두운 표정에 이 사장은 마음이 아파 어쩔 줄을 몰랐다.

"하여튼 너무 걱정 마라. 주주총회가 남아 있으니까, 아직은 막아볼 여지가 있어."

"그게 가능하시겠어요?"

"외국인 주주들을 한번 움직여봐야지."

이 사장은 자신이 가진 외국인 주주들에 대한 영향력을 최대한 행사하기로 마음먹었다.

"부탁해요, 아빠. 저 그 사람이 잘되는 거, 차마 못 볼 것 같아요."

"그래. 내가 무슨 수를 써서라도 꼭 그 녀석을 밀어내고 승재 군을 그 자리에 세워주마."

이 사장이 약속하자 그제야 세라는 살짝 배어나온 눈물을 닦으며 미소를 지었다.

"고마워요, 아빠!"

"물망초 꿈꾸는 강가를 돌아 달빛 먼 길, 님이 오시는가."

고운 노랫소리와 함께 뜨거운 기름 위에서 호떡이 달콤한 냄새
를 풍기며 지글지글 익어갔다.

얼마 전 가게를 사기당했지만 노래를 부르며 호떡을 굽는 손 여
사의 표정은 어둡지 않았다. 그 일이 계기가 되어 김 할아버지와
본격적으로 가까워졌기 때문이다. 손 여사에게는 육십하고도 다
섯의 나이에 처음으로 찾아온 진짜 봄날이었다. 김 할아버지는 손
여사의 손을 꼭 잡고 이렇게 위로해주었다.

「그 사기꾼들, 내 꼭 잡아드리지요. 그러니 연희 씨는 아무 걱정
할 것 없어요.」

어떻게 잡겠다는 건지는 몰라도 손 여사는 김 할아버지의 말을
믿었다. 허튼소리를 할 사람이 아니었기 때문이다. 게다가 못 잡
으면 또 어떤가. 어찌 되었든 사랑을 얻었는데. 천성이 낙천적이
고 쾌활한 손 여사는 벌써 툭툭 털어버리고 있었다.

철판 위의 호떡이 알맞게 노릇노릇 익어갈 때쯤 마침 손님이 왔
다. 험상궂은 인상을 한 두 명의 남자였다.

"어서 오세요. 몇 개나 드릴까요?"

활짝 웃으며 맞이하는 손 여사에게 돌아온 것은 엉뚱한 대꾸였다.

dangerous associate

"아이고, 호떡 참 맛있겠네. 근데 일단 우리 어머님, 저희랑 저쪽 가서서 잠깐 얘기 좀 하실까요?"

두 남자 중 뺨에 칼자국이 있는 남자가 느물거리며 말했다. 어머님, 하고 친근하게 부르고 있는데도 어딘가 오싹함이 느껴지는 말투에 손 여사는 속으로 조금 긴장하며 대답했다.

"네? 얘기라니, 무슨 얘기를?"

"와보시면 압니다. 오래 안 걸리니까 잠깐만요."

"아니, 할 말이 있으시면 여기서 하세요. 보다시피 자리를 비울 수가 없어서……."

손 여사가 거기까지 말했을 때였다. 갑자기 둘 중에 덩치가 좋은 쪽이 다리를 번쩍 들더니 두말없이 리어카를 발로 힘껏 걷어차버렸다.

"악!"

손 여사는 놀라 비명을 질렀다. 다행히 리어카가 쓰러지지는 않았지만, 거센 발길질에 분홍색 페인트로 곱게 칠해놓은 몸체가 부서지며 커다란 구멍이 났다.

"이, 이, 이게 대체 무슨 짓이에요!"

손 여사가 떨리는 목소리로 말하자 뺨에 칼자국이 있는 남자가 씨익 웃었다.

"그러니까 잠깐 얘기 좀 하시자니까."

저항할 겨를도 없이, 순식간에 다가온 두 남자가 양쪽에서 손 여사의 팔을 붙들었다.

위험한 신입사원]

"조용히 같이 가시죠. 일 시끄럽게 만들지 말고."

수영 수업 시작 전의 개인 연습 시간.

사고 이후로는 처음 수영을 하게 된 유림이었다. 깁스 때문에 수업도 한동안은 선수 시절 친구인 지연이 대신 맡아주었었다. 오랜만에 물에 들어간 유림은 그야말로 물 만난 고기처럼 헤엄쳤다. 시간이 가는 게 아까울 정도였다.

그렇게 정신없이 얼마나 수영을 했을까. 문득 수영장 가에 서서 이쪽을 바라보고 있는 손 여사를 발견한 유림은 얼른 동작을 멈추고 물 밖으로 나왔다.

"어머님!"

유림이 물을 뚝뚝 떨어뜨리며 반갑게 손 여사에게 다가갔다.

"오늘따라 일찍 오셨네요? 아직 수업 시작하려면 40분이나 남았는데요."

"저어, 선생님. 정말 죄송하지만……."

손 여사가 머뭇거리며 말을 꺼냈다. 유림의 엄마보다도 나이가 많았지만, 언제나 유림을 선생님이라 부르며 공손하게 존댓말을 하는 손 여사였다.

"사실은 제가 이제 수업에 나오지 못할 것 같아서, 마지막으로 인사하러 왔어요. 그동안 열심히 가르쳐주셨는데 정말 죄송해

dangerous associate

227

요."

"어머님!"

유림은 놀라서 손 여사를 불렀다.

다른 분들도 그랬지만, 유독 수업을 즐거워하는 손 여사였다. 시장에서 호떡 팔며 쌓인 스트레스를 수영으로 푼다며 늘 감사해 했던 분인데.

"혹시 무슨 일이라도 있으신 겁니까?"

"일은요. 그냥 몸이 좀 안 좋아져서."

그렇게 대답하며 손 여사는 유림의 시선을 피했다. 유림은 직감적으로 느꼈다. 뭔가 있구나.

"무슨 일이 있으신 겁니까? 저한테 솔직하게 털어놔보세요."

"글쎄, 아무 일도 없다니까요, 선생님도 참."

끝내 발뺌을 하려 드는 손 여사에게, 유림은 으름장을 놓았다.

"얘기 안 해주시면 저도 어머님 못 보내드립니다. 매일 시장에 호떡 사 먹으러 갈 겁니다."

끈질기게 조른 끝에 결국 손 여사는 힘들게 입을 열었다.

"사실은……."

수영 수업을 받는 내내 차 회장은 정신이 다른 데 팔려 있었다. 웬일인지 어제부터 계속 손 여사와 연락이 되지 않았다. 심지어 오늘 수영 수업에도 나오지 않은 걸 보면 분명 무슨 일이 있는 게 틀림없었다. 걱정이 돼서 견딜 수 없게 된 차 회장은 수업이 끝나

자마자 곧바로 시장으로 달려가려고 마음을 먹었다.

그런데 수업이 끝난 직후, 유림이 다가와서 말을 걸었다.

"할아버님, 잠깐만 저 좀 보시겠습니까?"

평소 같으면 반갑게 남았겠지만 오늘은 마음이 급했다. 차 회장은 유림의 얼굴도 제대로 보지 않고 손을 내저었다.

"미안하네, 정 선생. 오늘은 내가 일이 좀 있어서, 나중에 얘기하세."

그렇게 말하고 돌아서려는 차 회장에게, 유림이 다시 말했다.

"지금 들으셔야 할 것 같습니다. 손연희 어머님 얘기라서요."

"뭐라고……?"

그제야 차 회장은 유림을 똑바로 보았다. 심각한 표정에 가슴이 덜컥했다.

"이리 오시죠."

유림이 차 회장을 이끌어 앉히고 자신도 곁에 앉았다.

"사실은 아까 수업 시작 전에 그 어머님이 오셨었습니다. 이제 수영 그만두시겠다고요."

"아니, 왜? 무슨 일이라도 있다고 하던가?"

"그게……."

유림이 잠시 머뭇거리다 말했다.

"절대 비밀로 해달라고 어머님께서 몇 번이나 당부하셨습니다. 그런데 아무래도 할아버님께서도 아셔야 할 것 같아서, 나중에 어머님께 혼날 각오 하고 오늘만 말씀 좀 옮기겠습니다."

차 회장은 애가 탔다.

"글쎄, 대체 무슨 얘기길래 그런가?"

유림이 결심한 듯이 드디어 말을 꺼냈다.

"어제 웬 깡패 같은 남자 둘이 시장으로 어머님을 찾아왔답니다."

"깡패 같은 남자?"

"예. 험상궂은 남자들이 찾아와서는 협박조로 그러더랍니다. 더이상 할아버님이랑 만나지 말라고요."

"뭐야?"

차 회장은 놀라서 저도 모르게 목소리를 높였다.

"아니, 대체 어떤 놈들이! 이유가 뭐라던가?"

"그건 모르겠습니다. 그저 손연희 어머님에 대해서 굉장히 잘 알고 있더랍니다. 할아버님도 아시겠지만 어머님한테는 자식이 없고 조카분들만 계신데, 말을 안 들으면 그 조카분들께 해를 끼치겠다고 했답니다. 하시는 가게를 망하게 만들든가, 회사에서 잘리게 만들어버리겠다고요."

차 회장은 심장이 쿵쿵 울리는 것을 느꼈다.

'대체 어떤 놈이 이런 짓을?'

유림이 한숨을 지으며 말을 이었다.

"어머님께는 친자식이나 다름없는 조카분들입니다. 그래서 수영도 그만두고, 더는 할아버님과도 만나지 않겠다고 결심하신 모양입니다."

"……."

"어떻게 된 일인지 사실 저는 모르겠습니다. 하지만 짐작 가시는 게 있다면 어떻게든 할아버님께서 나서서 해결을 하셔야 하지 않을까, 하는 생각에 끼어들었습니다."

유림이 고개를 숙였다.

"주제넘었다면 죄송합니다."

더는 들을 것도 없었다. 짐작 가는 바가 없는 것도 아니었으니까.

"알려줘서 정말 고맙네, 정 선생. 내 이 은혜는 잊지 않겠네."

"아닙니다, 은혜라니요!"

유림이 펄쩍 뛰며 두 손을 내저었다.

"자네가 아니었으면 내 그만 앉아서 바보가 될 뻔했는데, 당연히 큰 은혜지. 하여튼 주말에 보세."

벌써부터 딴생각으로 머릿속이 바빴던 차 회장은 그만 불쑥 말실수를 하고 말았다.

"예?"

유림이 의아하다는 얼굴로 쳐다보았다.

"주말에는 수업도 없는데, 무슨 말씀이신지……."

아차. 그제야 자신의 실수를 깨달은 차 회장은 얼른 둘러댔다.

"아, 내가 딴생각을 하다가 그만 말이 헛나왔구먼 그래. 미안하네."

"아, 예."

dangerous associate

231

"하여튼 내가 알아서 다 처리할 테니 걱정 말게. 알려줘서 고맙네, 정 선생."

자리를 털고 일어나는 차 회장에게, 유림이 허리를 숙여 인사했다.

"예, 할아버님. 그럼 살펴 가십쇼."

유림과 헤어져 수영장에서 나오는 차 회장의 얼굴은 딱딱하게 굳어 있었다.

'첫째 녀석 짓인가? 아니면 둘째?'

자식들 중 하나의 짓이라는 데는 전혀 의심의 여지가 없었다. 이유도 뻔했다. 유산 문제 때문이겠지. 문제는 자식들 중 누가 범인인가 하는 것이었다.

'아니, 어쩌면 여럿이서 짠 걸지도 모르겠구먼.'

서글펐다. 이미 자식들에게는 대대손손 먹고살 걱정 안 해도 될 만큼이나 주었는데도, 그걸로 만족하지 못하고 욕심을 부린 나머지 이런 짓까지 저지르다니.

'막내가 살아 있었더라면…….'

오늘따라 먼저 간 막내, 즉 승현의 아버지가 사무치게 그리웠다. 차 회장은 고개를 들어 밤하늘을 올려다보았다.

'내가 늘그막에 주책인 거냐, 응? 막내야.'

웃는 것처럼 별이 반짝거렸다.

'아니요, 아버지. 전 아버지가 좋아하시는 분과 함께 여생을 행복하게 보내셨으면 좋겠어요.'

승현과 꼭 닮은 막내의 목소리가 귓가에 선했다.

'그래. 내 얼마 남지 않은 나날들이라도 웃으며 살다가 너하고 네 엄마 곁으로 가마.'

차 회장은 마음속으로 중얼거렸다.

'내 가기 전까지 승현이는 꼭 지켜줄 테니, 너는 아무 걱정 말고 거기서 잘 지내고 있거라.'

잠시 하늘을 올려다보며 눈물짓고 서 있던 차 회장이 이윽고 다시 걸음을 옮겼다.

저만치 눈에 띄지 않는 곳에 대기해 있던 차에 올라탈 때, 차 회장의 얼굴은 이미 냉철한 사업가의 그것으로 돌아가 있었다.

"아들놈들 중 누군가가 내 뒷조사를 해서 허튼 짓을 한 모양이야. 어쩌면 녀석들 전부일지도 모르고."

뒷좌석에 올라타며 차 회장은 말했다.

"어떤 놈의 짓인지 당장 알아보고 나서 보고하도록 해."

"예, 회장님. 즉시 처리하겠습니다."

비서가 대답했다.

"댁으로 모실까요, 회장님?"

기사의 물음에 차 회장은 딱 잘라 대답했다.

"아니, 시장으로 가세."

이윽고 차가 미끄러지듯 움직이기 시작했다.

'재미있는 생일잔치가 되겠구먼.'

뒷좌석에 앉아 눈을 감은 채, 차 회장은 그렇게 생각했다.

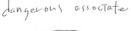

dangerous associate

8. 위험한 생일파티

유난히도 봄볕이 따사로운 날이었다. 하지만 유림의 몸은 오한
이라도 든 것처럼 덜덜 떨리고 있었다. 단정하게 스커트 정장을
차려입은 유림은 지금 차 회장의 생일 파티가 열리는 호텔 연회장
앞에 서 있었다. 역시 슈트를 멋지게 차려입은 승현과 나란히.

"그렇게 긴장하지 않아도 돼요. 할아버지, 좋은 분이시니까."

승현이 떨리는 유림의 손을 꼭 잡아주며 다정하게 말했다.

"게다가 선배, 어르신들 대하는 거라면 자신 있잖아요?"

"그 어르신들 중에 회장님은 하나도 없었다고."

대꾸하는데 입술까지 덜덜 떨렸다.

할아버님뿐이면 모를까, 온 일가친척들은 물론이고 경제계 인
사들도 수없이 와 있는 자리라지 않는가. 다른 사람은 다 제쳐두
고라도, 찬바람이 쌩쌩 부는 전 여사를 또다시 마주할 생각만 해
도 벌써부터 눈앞이 캄캄했다.

"에이, 별로 다를 것도 없어요. 회장님이라도 결국은 그냥 할아
버지……."

거기까지 말하던 승현이 갑자기 표정을 굳히며 입을 다물었다. 그의 시선을 따라 뒤를 돌아본 유림의 눈에 들어온 것은 전혀 반갑지 않은 사람이었다.

세라가 이쪽으로 다가오고 있었다.

"말 섞을 것 없어요."

승현이 그렇게 말하며 유림 앞으로 나섰다.

"어머, 일찍들 오셨네요?"

세라가 자신이 입고 있는 연분홍색 원피스만큼이나 상큼하게 웃으며 인사를 건넸다. 하지만 봄꽃 같은 미소가 유림에게는 오히려 오싹하게 느껴졌다. 저 예쁜 얼굴 밑에 뭐가 숨어 있는지, 이미 잘 알고 있기 때문에.

"승재 형은 어쩌고 혼자 왔지?"

승현이 싸늘하게 물었다.

"승재 씨는 먼저 와서 안에 있을 거예요. 전 할아버님 선물 준비하느라 좀 늦었어요."

세라가 손에 든 꾸러미를 보란 듯이 살짝 들어 보였다.

"그나저나 얼마 전에 별장에서 잠깐 만났던 날, 서울로 올라오다 사고가 났다면서요? 얘기는 전해 들었는데 미처 문병을 못 가봐서 죄송해요. 몸들은 좀 어떠세요?"

뻔뻔하기 그지없는 세라의 태도에 유림은 기가 막혔다. '네가 그러고도 사람이냐?' 하는 말이 목구멍까지 치밀어 올랐지만, 애써 꿀꺽 삼켜버렸다. 여기서 싸울 수는 없는 노릇이었다.

dangerous associate

235

"됐으니까 이만 들어가지. 어른들 기다리실 텐데."

유림이 이를 악물고 퉁명스럽게 말하자 세라가 어깨를 으쓱했다.

"걱정돼서 한 말이었는데. 그러죠, 뭐."

그러고 나서 세라는 유림을 쳐다보고는 피식 웃었다. 뭐라고 말을 한 건 아니었지만, 입술 끝에 걸린 노골적인 비웃음이 유림의 신경을 자극했다.

"세라 씨, 이제 왔어요?"

그때, 저만치서 승재가 마중 나오며 반갑게 세라를 불렀다. 그러자 세라는 금세 활짝 웃으며 그쪽으로 가버렸다.

"어떡해요. 저 많이 늦지 않았죠?"

"딱 맞춰 왔는데요, 뭐. 다들 세라 씨 기다리고 있으니까 어서 들어가요."

두 사람이 다정하게 연회장 안으로 먼저 들어가버린 후, 승현도 유림에게 말했다.

"우리도 이만 들어가요, 선배."

"응. 가자."

유림이 고개를 크게 끄덕였다. 아까까지의 떨림은 이미 가라앉아 있었다. 얼 것 없다. 떨 것도 없다. 내가 당당하지 못할 게 없지 않은가. 저런 인간쓰레기도 버젓이 얼굴을 들고 다니는데.

'나도 잘난 거 없지만 최소한 세라 너보다는 훨씬 나은 인간이야.'

유림은 속으로 그렇게 중얼거렸다.

"어, 방금까지 완전히 얼어 있더니. 이제 괜찮아졌어요?"

승현이 놀란 듯이 유림을 바라보았다.

"걱정 마. 말마따나 어르신들 대하는 건 내가 전문이니까!"

유림은 고개를 똑바로 든 채 자신 있게 말하고 연회장 안으로 들어섰다.

연회장 안은 별세계였다. 예전에 승현이 한번 크리스마스 때 어머니 전 여사에게 유림을 다짜고짜 소개시키느라 비슷한 자리에 데려와준 적이 있는데, 그때보다도 규모가 훨씬 크고 화려한 연회였다.

하지만 호화로운 음식이나 고급스러운 분위기에 감탄하고 있을 때가 아니었다. 그럴 겨를도 없이 승현이 유림을 맨 앞에 있는 가족 테이블로 데려갔기 때문이다.

"전부터 말씀드렸던 이세라 양입니다. 인사드려요, 세라 씨."

한발 먼저 도착한 세라가 승재의 소개를 받아 가족들에게 인사를 하고 있었다.

"처음 뵙겠습니다. 이세라입니다."

생글생글 웃어가며 애교 있게 인사를 건네는 세라를 가족들이 기꺼이 반겼다.

"드림제과 이 사장님 따님이시라면서요? 반가워요. 나 승재 작은엄마예요."

"전부터 얘기는 들었는데 진짜 미인이시네요! 저 승재 오빠 사

dangerous associate

237

촌 동생이에요."

승재의 부모인 부회장 부부 역시 벌써부터 며느리라도 된 듯이 반가워했다.

"어서 이리 와 앉거라. 뭐 좀 먹고 왔니?"

"너희 아버지는 저쪽 테이블에 앉아 계신다. 아까 인사 나눴단다."

유림이 슬쩍 어깨 너머로 들여다보자 차 회장으로 보이는 사람은 없었다.

세라가 여러 사람들의 환대 속에 자리를 잡고 앉자 이번에는 유림의 차례였다.

"저와 결혼할 정유림 씨입니다. 선배, 우리 큰아버지들이랑 큰어머님들, 그리고 사촌들이에요. 인사해요."

승현이 입가에 미소를 띠고 유림을 소개했다.

"안녕하십니까, 정유림이라고 합니다. 부족하지만 앞으로 잘 부탁드립니다."

유림은 허리를 숙이며 정중하게 인사했다.

하지만 그 인사에 대꾸를 한 사람은 아무도 없었다.

"……."

아까 세라에게 했던 것처럼 자신이 누구라고 소개하며 반갑게 마주 인사를 하기는커녕, 이쪽을 쳐다보고 있는 사람도 거의 없었다. 심지어 모두들 마치 아무것도 못 보고 못 들었다는 듯이, 제각기 잡담까지 하는 게 아닌가.

"엄마, 근데 할아버지 왜 여태 안 오시는 거야?"

"글쎄, 금세 오시겠지."

"오늘 할아버지 여친 소개시켜준다고 하셨잖아. 혹시 새파랗게 어린 여자애 아냐?"

"쉿! 얘가 못 하는 말이 없어."

완벽한 투명인간 취급이었다. 유림은 민망한 나머지 손톱이 손바닥에 파고들도록 주먹을 꽉 쥐었다.

"어서 자리에 앉거라. 곧 할아버지께서 오실 게다."

전 여사만이 승현을 향해 조용히 한마디 했을 뿐이었다.

"앉아요, 선배."

승현은 아무렇지도 않다는 듯이 유림에게 자리를 권하고 자신도 앉았다.

"선배 잘못이 아니에요."

승현이 유림의 귓가에 살며시 속삭였다. 위로할 셈이었겠지만 유림은 오히려 마음이 아팠다. 방금 투명인간 취급을 당한 것은 자신뿐만이 아니다. 저들 중 누구도 승현을 알은체조차 하지 않았다.

승현은 자라면서 늘 집안에서 이런 대접을 받고 있었다는 걸까. 그런데도 불구하고 태연해 보이는 승현의 얼굴이 슬퍼서, 유림은 애써 하얀 테이블보만 내려다보았다.

잠시 후, 여기저기서 들리는 잡담 소리로 웅성거리고 있던 연회장 안이 갑자기 거짓말처럼 조용해지고 음악 소리만이 남았다. 무

dangerous associate

슨 일인가 싶어 유림은 속으로 긴장하며 고개를 들었다. 그리고 저만치 문을 통해 연회장 안으로 들어오고 있는 사람을 보고 깜짝 놀라 저도 모르게 소리 내어 말했다.

"어? 할아버님?"

틀림없는 김 할아버지였다. 심지어 그 옆에는 곱게 차려입은 손 여사까지 함께 있지 않은가!

'이게 어떻게 된 거지?'

유림은 제 나름대로 사태를 파악했다. 이 어르신들이 데이트 삼아 호텔에 식사라도 하러 오셨다가 길을 잘못 들어 이리 들어오셨나 보다. 여기 있는 인정머리 없는 사람들에게 죄 없는 두 분이 망신을 당하고 쫓겨나시기 전에 얼른 밖으로 모셔야겠다.

그렇게 생각한 유림은 황급히 달려갔다.

"할아버님, 어머님! 여긴 어떻게 오셨습니까?"

등 뒤로 수많은 시선이 날아와 꽂히는 게 느껴졌다. 유림은 안절부절못하며 목소리를 한껏 낮춰 말했다.

"여기 막 들어오시면 안 되는 곳입니다. 일단 저랑 같이 밖으로 나가셔서……."

거기까지 말했을 때, 누군가가 다가와서 김 할아버지를 향해 공손히 말했다.

"아버지, 이제 오셨습니까."

아까 승현이 큰아버지라고 소개했던 그룹 부회장이었다.

'아버지?'

유림은 순간적으로 멍청해졌다.

아버지라니. 승현의 큰아버지에게 아버지면, 그러면…….

"그래, 내가 좀 늦었구나. 다들 와 있느냐?"

김 할아버지가 느긋한 어조로 물었다.

"예, 아버지. 자리는 저쪽입니다."

김 할아버지, 아니, 차대한 회장이 유림을 지그시 쳐다보다가는 고개를 돌리고 말했다.

"가서들 앉자꾸나."

차 회장은 그 자리에 못 박혀버린 유림을 지나쳐 자신의 자리로 향했다. 손 여사와 함께.

"늙은이 생일이라고 이렇게 와주셔서 고맙습니다. 준비한 건 별로 없지만 우선 많이들 드시고, 이따가 한 분씩 천천히 인사들 나눕시다."

차 회장이 모인 사람들을 향해 간단히 인사하고 자리에 앉았다.

"자, 이제 식구끼리 식사하면서 얘기하도록 하자."

식사가 시작되었지만 유림은 물론 패닉에 빠져 있는 상태였다. 밥이 넘어갈 리 없었다.

'김 할아버님이 회장님이라고? 회장님이 김 할아버님이라고?'

대체 내가 할아버님, 아니, 회장님이랑 그동안 무슨 얘기를 했었더라? 머릿속이 완전히 뒤죽박죽이었다.

"너무 긴장하지 않아도 괜찮다니까요."

유림의 낌새가 이상한 것을 깨닫고 승현이 속삭였다. 물론 그는

dangerous associate

241

유림과 차 회장 사이에 있었던 일을 까맣게 모르고 있었다.

"여기 손연희 여사가 바로 내가 말했던 분이시다."

차 회장이 주위를 둘러보고는 선언하듯 말했다.

"올해 안으로 나는 손 여사와 정식으로 결혼할 생각이다. 그렇게들 알거라."

테이블이 삽시간에 조용해졌다. 결혼이라는 말에 모두들 당황한 기색이 역력했다.

"이렇게 만나게 돼서 모두들 반가워요."

고운 색깔의 한복을 차려입은 손 여사가 조금 떨리는 목소리로, 하지만 침착하게 말했다.

"키워준 공도 없이 하루아침에 어머니 행세를 할 생각도 없고, 그렇게 부르라고 하지도 않겠어요. 하지만 나는 내 자식이나 손자랑 진배없이 생각할 테니 다들 편하게 생각하고 대해줬으면 좋겠네요."

주위가 조용했다. 유림에게 그랬던 것처럼 무시하려는 게 아니라, 다들 어쩔 줄 몰라 하는 것 같았다.

"그리고."

문득 손 여사의 목소리에 살짝 노기가 섞여들었다.

"이 자리에서 못 박아 말해두지만, 나는 회장님 재산에 손톱만치도 관심이 없어요. 앞으로도 나는 죽을 때까지 시장에서 국밥집을 하면서 살 겁니다. 그러니 혹시나 유산 걱정을 하고 있는 사람이 있다면 접어둬도 좋아요."

단호하기 그지없는 말투였다. 놀라는 사람들을 둘러보며, 손 여사는 다시금 미소를 지었다.

"어렵게 생각 말고 가끔 시장에 놀러들 와요. 국밥 한 그릇씩 말아줄 테니까."

잠시 침묵이 흐른 끝에, 누군가가 별안간 호들갑스레 손뼉을 쳤다.

"와, 그럼 저흰 할머니가 생긴 거네요?"

차 회장의 손녀들 중 하나였다. 그 말이 신호라도 된 듯이, 다들 앞 다투어 축하의 말을 건넸다.

"아버님, 정말 축하드려요!"

"앞으로 저희 아버지 잘 부탁드립니다."

차 회장이 빙그레 웃었다.

"이렇게 기뻐들 해주니 고맙구나. 늘그막에 주책이라고 흉볼세라 걱정했는데."

그러나 차 회장의 말은 거기서 끝이 아니었다.

"그런데, 안타깝지만 그렇지 않은 사람도 있는 것 같구나."

의미심장한 말투에 또다시 주위가 조용해졌다.

"재선아."

"예, 아버지."

대답하는 부회장은 왠지 긴장한 것처럼 보였다.

차 회장이 조용히 말했다.

"내 길게 말하지 않겠다. 지금 맡고 있는 자리 내려놓고, 세영

사장으로 가도록 해라."

주위에 경악이 퍼졌다.

"......!"

세영이라면 유림도 알고 있었다. 대한그룹의 계열사들에 청소부나 경비 등의 용역을 파견하는 회사로, 물론 규모는 보잘것이 없었다. 그런데 그룹 부회장에게, 하루아침에 그 작은 회사로 가라니?

"아버지!"

아나나 다를까, 부회장은 즉시 표정이 변해서 목소리를 높였다. 하지만 차 회장은 눈썹도 까딱하지 않았다.

"네가 깡패까지 동원해서 무슨 짓을 했는지, 꼭 이 자리에서 낱낱이 말해야겠느냐?"

여전히 차분한 말투에 부회장은 이를 갈았다.

"예, 제가 돌아가신 어머니 생각에 욱해서 그만 실수를 저질렀습니다. 그런데 그렇다고, 만난 지도 얼마 안 된 여자 때문에 친자식한테, 그것도 장남한테 이러시는 겁니까?"

"네 어머니가 들으면 기가 막혀 두 번 돌아가실 노릇이구나."

차 회장이 코웃음을 쳤다.

"생전에 그렇게 어머니 생각을 했으면 좋을 뻔했다. 골프에 미쳐 동남아니 일본이니 돌아다니느라, 네 어머니가 그렇게 보고 싶어 하는데도 문병 한번 제대로 온 적 없었지. 그러다 결국 임종도 못 지킨 건 이제 기억조차 안 나는 게냐?"

"……!"

정곡을 찔린 것일까. 부회장이 입술을 깨물었다.

"내가 뇌출혈로 쓰러졌을 때 네가 내 뜻을 어기고 승현이한테 무슨 짓을 하려고 들었는지, 내가 모를 줄 아느냐? 뒤로 몰래몰래 드림제과 주식 사 모으느라 회사 공금을 유용했던 건?"

"아버지, 그건……!"

부회장이 크게 당황한 기색을 보였다.

"그래도 모른 체 그냥 놔뒀던 건 너 역시 내 사랑하는 자식이기 때문이었다. 언젠가는 깨닫겠지, 변하겠지, 하고 그저 기다렸다."

차 회장의 목소리에 비탄이 섞였다.

"그런데 이제는 알겠구나. 자식을 가르치는 데는 가끔은 매도 필요하다는 걸."

"아버지!"

"세영으로 가거라. 거기서 청소로, 경비로 열심히 땀 흘려 일하는 사람들 보고 있으면 깨닫는 것도 있겠지. 그러다 언젠가 다시 부를 수도 있으니 그때까지 근신하고 있거라."

"그 언제가 언제란 말입니까!"

대답 대신에 차 회장은 싸늘하게 말했다.

"거기까지다. 더 이상 토를 달면 당장 유언장에서 네 자식들 이름까지 지우겠다."

그제야 부회장은 말을 멈췄다. 그리고 잠시 이를 악문 채 아버지를 한껏 노려보다가, 갑자기 자리를 박차고 나가버렸다.

"여보! 잠깐만요!"

부인인 승현의 큰어머니가 화들짝 놀라 그 뒤를 따랐다.

모두들 대체 이게 무슨 일인가 싶어 얼떨떨해 하는 분위기였지만, 사정을 대충 아는 유림만은 눈치 챌 수 있었다. 깡패를 보내 손 여사를 협박한 것이 바로 부회장이었다는 것을. 그래서 별로 놀랍지도 않았다. 놀라운 것은 오히려 따로 있었다.

'정말 할아버님 맞아?'

바로 눈앞에서 보면서도 도저히 믿을 수가 없었다. 지금 앞에 있는 차 회장은, 늘 유림이 보아왔던 털털하고 자상한 김 할아버지와는 전혀 다른 사람으로 보였다.

"자, 이제 내 사람은 소개를 했으니 너희들 차례구나."

부회장이 나가고 나자 차 회장이 도로 차분한 말투로 돌아가 말했다.

"어디 승재부터 소개를 해보거라."

"아, 저어……."

하지만 승재는 아무 말도 하지 못했다. 방금 제 아버지가 할아버지의 말 몇 마디에 모든 권력을 잃고 추락하는 것을 보고 난 참이 아닌가.

"설마 네 옆에 앉아 있는 그 아가씨냐? 낯익은 얼굴이구나."

"예, 할아버님. 오랜만에 뵙습니다. 여전히 건강해 보이시네요."

승재 대신에 세라가 다소곳이 고개를 숙였다.

"승재가 데려오겠다던 게 세라 너인 줄은 미처 몰랐구나."

그렇게 말하고 차 회장은 승재를 향해 다시 물었다.

"그래, 너는 정말로 세라와 결혼할 생각이냐?"

"예."

그제야 좀 정신을 차렸는지, 승재가 대답했다.

"한때 네 사촌 동생과 약혼했던 여자인데도?"

"상관없습니다. 승현이와는 그저 명목상 약혼한 사이였던 것뿐이지 사귀었던 것도 아니었고요. 만약에 그랬다 해도 저는 세라 씨를 진심으로 사랑하니까 상관하지 않았을 겁니다."

대답은 단호했다. 제법 결심이 굳어 보였다.

"좋다. 자, 그럼 승현이는?"

드디어 차 회장의 시선이 이쪽을 향했다. 전혀 다른 사람 같은 시선에, 유림은 어깨가 뻣뻣하게 굳어오는 것을 느꼈다.

"저도 데려왔습니다. 결혼할 사람이고요."

승현은 당당하게 차 회장 앞에 유림을 소개했다.

"선배, 할아버지께 인사드려요."

"정유림이라고…… 합니다. 드림제과에서 대리로 일하고 있습니다."

유림은 힘들게 말했다. 차마 처음 뵙겠습니다, 하는 말이 나오지 않았다.

"그래. 전부터 승현이에게서 얘기는 많이 들었다."

차 회장이 고개를 끄덕이고는 말했다.

dangerous associate

247

"그런데 안타깝지만, 나는 두 결혼 다 찬성할 수가 없구나."

단호한 말투였다.

"할아버지!"

가장 먼저 반발한 것은 승현이었다.

"데려와서 인사시키라고 하셨잖습니까. 이제 와서 이러시면 어떡합니까!"

목소리가 높아지는 바람에 다른 테이블에서 식사하던 사람들이 하나둘씩 이쪽으로 시선을 돌리기 시작했다.

"허락하겠다고 한 적은 없다."

흥분한 승현과는 달리 차 회장은 침착하게 말했다.

"대체 이유가 뭡니까!"

대답은 명확했다.

"우리 집안에 어울리는 상대가 아니기 때문이다."

유림은 입술을 깨물었다.

「그 집안에서 널 받아주기나 한대? 응?」

가슴을 치며 안타깝게 말했던 엄마의 표정이 떠올랐다.

유림은 김 할아버지를 진심으로 좋아했다. 승현의 할아버지라는 걸 모를 때부터 친할아버지처럼 진심으로 따르고 존경했다. 그래서 아까 김 할아버지의 정체가 사실은 차 회장이었다는 걸 알았을 때, 놀라면서도 마음 한편으로는 안도감을 느꼈었다. 김 할아버지는 자신을 늘 친손녀처럼 대해주셨으니까.

하지만 결국 차 회장과 김 할아버지는 달랐다.

「우리 집안에 어울리는 상대가 아니기 때문이다.」

승현과의 결혼을 허락받지 못한 것보다도, 그토록 자상하셨던 김 할아버지가 자신에게 그렇게 말씀하신 것이 유림은 더욱더 슬펐다.

"할아버지!"

승현이 주먹을 꽉 쥐었다.

"그런 이유라면 처음부터 제게 확실히 말해주셨으면 좋았을 거 아닙니까. 이렇게 불러다가 사람들 앞에서 망신을 주려고 일부러 데려오라고 하신 겁니까?"

아까와는 달리 목소리가 낮게 가라앉아 있었다. 그가 진짜로 화가 났다는 것을 유림은 알 수 있었다.

"승현 씨."

유림은 말릴 생각에 테이블 아래로 승현의 허벅지에 살짝 손을 얹었지만 승현은 아랑곳하지 않았다.

"정말 실망했습니다. 그래도 할아버지는 사람을 사람 자체로 볼 줄 아시는 분이라고 믿었는데요!"

저만치 앉아 있던 전 여사가 나무라듯 말했다.

"승현아, 할아버지께 그게 무슨 말버릇이냐?"

"어머니! 설마 어머니도…….'"

승현이 이를 악물고 전 여사에게 뭐라고 말하려고 한 그 순간, 승재가 더는 못 참겠다는 듯이 끼어들었다.

"할아버지! 그럼 승현이는 그렇다 치고, 저희는 왜 안 된다고 하

dangerous associate

249

시는 겁니까?"

승재 역시 승현 못지않게 흥분한 어조였다.

"집안 망신 아니냐."

이번에도 차 회장은 침착하게 대답했다.

"한때라도 네 사촌 동생과 약혼했던 여자다. 사람들이 뭐라고 하겠느냐?"

"말씀드렸잖습니까. 승현이와는 명목상 약혼한 사이였을 뿐, 그 이상 아무것도 없다고요!"

승재가 답답하다는 듯이 목소리를 높였다.

"사람들이 그 이상 뭐가 있는지 없는지 어떻게 알겠느냐? 이 결혼을 하게 되면 아마 콩가루 집안이라고 손가락질을 당할 게 뻔하다."

"저는 상관없습니다!"

"너만 상관없으면 그만인 문제가 아니다. 집안의 명예에 먹칠을 하는 일이야."

잔뜩 흥분한 두 손자를 번갈아 쳐다보며, 차 회장이 싸늘하게 못 박았다.

"어쨌든 나는 두 결혼 다 허락할 수 없으니 그리들 알거라."

최종 선고를 내리는 판사 같은 말투였다.

"잘 알겠습니다."

모두들 숨죽여 지켜보는 가운데, 승현이 자리를 박차고 일어났다.

위험한 신입사원]

"그럼 저는 이만 가보겠습니다. 선배, 일어나요."

승현이 재촉했으나 유림은 차마 일어나지 못했다. 도저히 이대로 물러날 수가 없었다.

"할아버님. 아니, 회장님."

유림은 떨지 않으려고 애를 쓰며 입을 열었다. 테이블 아래로 꽉 쥔 주먹이 파르르 떨렸다.

"제가 여러모로 부족한 점이 많다는 건 저도 알고 있습니다. 그래서 힘껏 노력해볼 생각입니다. 하지만 집안 문제는 제가 어떻게 노력해서 극복할 수 있는 문제가 아닙니다."

차 회장의 조용한 시선이 유림을 향했다.

얼마 전까지도 아무렇지 않게 마주 보았던 그 눈빛에, 지금은 몸이 사시나무처럼 떨렸다.

"그러니까 부디 그 부분만은 회장님께서 너그럽게 봐주십시오. 다른 거라면 뭐든지 회장님 마음에 들 수 있게 노력하겠습니다."

유림은 그렇게 말하고 고개를 깊이 숙였다. 아마 엄마가 이 말을 들었더라면 넌 밸도 없느냐며 펄펄 뛰었겠지. 아니나 다를까, 옆에서 듣고 있던 승현도 펄쩍 뛰었다.

"왜 선배가 고개를 숙이는 거예요? 무슨 죄를 지었다고!"

그는 진짜로 화가 난 듯이 보였다.

"그렇게 자존심까지 굽혀가면서 허락받을 필요 없어요. 허락을 받든 못 받든 어차피 난 선배랑 결혼할 거라는 거, 선배도 알잖아요!"

dangerous associate

251

알고 있다. 알고 있기 때문에 이렇게 자존심도 다 내던지고 고개를 숙이고 있는 거였다. 자신 때문에 승현이 사랑하는 할아버지와 등 돌리게 하고 싶지 않았다. 그러려면 어떻게든, 빌어서라도 차회장의 마음을 돌려놓아야 했다.

"제발 부탁드립니다, 회장님."

유림은 간절하게 말했다. 자존심보다는 승현이 천 배 만 배 더 소중했다.

"이젠 할아버지가 뭐라고 하시든 상관없습니다."

유림을 말릴 수 없다고 생각했는지, 승현은 차 회장에게로 몸을 돌려 말했다.

"더 이상 구차하게 허락받으려고 노력하지 않겠습니다. 저는 이 여자와 결혼합니다."

선언하듯 말하는 손자를, 차 회장이 지그시 바라보았다.

"좋다. 정 그렇다면 네 뜻대로 하거라."

유림은 순간적으로 허락인가, 하고 생각했다. 하지만 거기서 끝이 아니었다.

"대신에, 네가 가진 건 다 내려놓아야 할 것이다."

쥐 죽은 듯 조용해진 연회장 안에, 차 회장의 목소리가 쩌렁쩌렁 울려 퍼졌다.

"지금껏 내가 네게 준 모든 것을 돌려받겠다. 유언장에서도 네 몫을 지우겠다. 회사에서도 나가거라. 드림제과도, 대한그룹도 앞으로 평생 너와는 아무 상관도 없는 것으로 알고 살아라!"

주위 사람들 모두가 놀라 숨을 들이켰다. 이제는 연회장 내의 모든 사람들이 식사를 중단하고 이쪽을 쳐다보고 있었다.

"물론 그렇게 하겠습니다."

그러나 승현은 오히려 빙그레 웃었다.

"좋아하는 여자하고 같이 살지도 못하게 만드는 돈이며 지위 따위, 제 쪽에서도 끔찍합니다. 그러니 얼마든지 다 거두어 가세요."

차라리 홀가분해 보이기까지 하는 표정이었다.

"승재 너는 어쩔 테냐?"

갑자기 차 회장이 승현에게서 시선을 돌려 승재에게 물었다.

"너도 이 할아비를 거역하고 기어이 그 결혼을 할 셈이냐?"

"할아버지……."

승재가 머뭇거렸다.

"그렇다면 역시 말리지 않겠다. 하지만 너도 승현이처럼 맨몸으로 쫓겨날 각오는 해야 할 게야."

승재는 승현처럼 쉽게 대답하지는 못했다. 잠시 그의 얼굴에 고뇌의 빛이 어렸다.

"……그렇게 하겠습니다."

한참 후에야 승재는 떨리는 목소리로 대답했다.

"승재 씨?"

곁에 있던 세라가 어쩔 줄 몰라 하며 그의 팔을 잡았다.

"난 괜찮아요, 세라 씨. 그까짓 재산이나 지위 같은 것보다 세라 씨가 훨씬 소중하니까."

세라에게라기보다 마치 자기 스스로에게 다짐하는 말 같았다.

"설마 나중에 후회하지는 않겠지?"

차 회장이 승현과 승재를 번갈아 보며 말했다.

"물론입니다."

승현에 이어 승재도 대답했다.

"네, 할아버지."

차 회장이 고개를 끄덕이고는 곁에 있던 비서에게 손짓했다.

"내일 아침에 바로 최 변호사 들어오라고 하게. 유언장을 수정해야 하니까."

"예, 회장님."

비서가 대답하고는 물러났다.

"이제 다 되셨으면 저희는 가보겠습니다. 선배, 우리 가요."

승현이 유림의 팔을 잡아 일으켰다. 차 회장은 그러거나 말거나 거들떠보지도 않고, 다시 승재에게 말했다.

"너하고 세라는 남아서 여기 계신 손님들께 정식으로 인사들 드리고 가거라."

"예?"

승재가 당황한 표정을 했다.

"세라 저 애가 승현이하고 약혼했던 거, 아는 사람들도 있지 않겠느냐? 그러니 나중에 놀라지 않게 이참에 미리 얘기를 하라는 뜻이다."

그때였다.

위험한 신입사원 |

254

"회장님."

계속 가만히 지켜보고 있던 세라가 입을 열었다.

"죄송하지만 저는 아직…… 마음의 준비가 안 됐어요."

세라답지 않게 떨리는 목소리였다.

"마음의 준비가 안 됐다니, 무슨 뜻이냐?"

차 회장이 기다렸다는 듯이 물었다.

"승재 씨가 뭔가 오해를 한 것 같아요. 그냥 좋은 감정을 가지고 만나는 사이였지, 결혼할 생각까지는 아직 해본 적이……."

"세라 씨?"

승재가 놀라서 황급히 물었다.

"그게 무슨 말이에요? 나만 믿고 따라와주겠다고 했었잖아요!"

"미안해요, 승재 씨. 결혼하겠다는 뜻은 아니었어요."

세라가 입술을 깨물고 말했다.

사실 세라로서는 일생일대의 위기 상황이었다. 승현에 비해 이래저래 한참 매력이 떨어지는 승재와 결혼하려고 했던 건 물론 오로지 드림제과 때문이었다. 그가 승현을 밀어내고 드림제과 사장이 될 거라 믿었으니까. 하지만 지금은 모든 상황이 뒤바뀌고 말았다. 예비 시아버지인 부회장은 좌천되었고, 승재 본인은 빈털터리로 쫓겨날 판이 아닌가.

「그렇게 하겠습니다.」

방금 승재가 차 회장에게 그렇게 대답하는 순간, 세라는 하마터면 소리를 지를 뻔했다.

dangerous associate

'이 멍청이, 그럼 내가 이 결혼을 왜 해야 하는데!'

물론 입 밖에 내서 말할 수는 없는 노릇이라 어쩔 수 없이 가만히 있었다. 하지만 차 회장이 손님들에게 인사를 드리라고 하자 세라도 더는 입 다물고 있을 수는 없었다.

그렇지 않아도 이미 승현과 한번 파혼한 몸이다. 아무리 대외적으로 알리지 않았다고는 하지만 기사만 안 났을 뿐이지, 이미 알 사람들은 다 알고 있을 터다. 그런데 여기서 승재와 결혼한다고 정식으로 발표해버리면 그야말로 큰일이었다. 빈털터리가 된 승재와 결혼할 마음 따위는 털끝만치도 없는데, 그러면 자칫 자신은 두 번이나 파혼한 여자가 되지 않는가. 그것도 사촌 형제 두 명과!

심지어 여기 모여 있는 사람들은 죄다 재계의 유명 인사들이었다. 이들 사이에 소문이 잘못 퍼졌다가는 어느 집안에서도 자신을 며느리로 맞이하지 않으려 할 것이 틀림없었다. 어떻게든 이 난국을 벗어나야 했다.

"죄송합니다, 회장님. 전 그냥 승재 씨가 회장님 생신이라고 해서, 오랜만에 회장님 뵙고 싶어서 인사드리러 온 것뿐이에요. 갑자기 결혼이라니…… 너무 당황스러워요."

세라는 시치미를 딱 뗐다.

"그래, 그럼 너는 우리 승재하고 결혼할 생각이 없다는 얘기지?"

차 회장이 확인하듯 재차 물었다.

"네, 아직은……."

세라는 말끝을 흐렸다. 돌아가는 상황 봐서 결정하겠다고 대답할 수는 없으니까.

"세라 씨, 어떻게 이럴 수가 있어요?"

승재는 당혹감과 배신감을 감추지 못했다.

"어저께만 해도 이러지 않았잖아요! 갑자기 왜 이러는 거예요?"

"미안해요, 승재 씨. 결혼이 그렇게 쉽게 결정할 일은 아니잖아요."

세라가 눈물을 글썽이며 대답했다.

다른 사람은 몰라도, 유림은 세라가 갑자기 왜 저러는지 알 수 있었다. 그야 물론 돈 때문이겠지.

'드림제과 없는 차승현이 대체 무슨 의미가 있는데요!'

승현에 대해서도 당연하다는 듯이 그렇게 말했던 세라다. 상대가 승재라고 다를 리 없었다.

문득 유림은 더 이상 여기 있고 싶지 않다는 생각이 들었다. 승현의 할아버지고 가족들이고 세라고, 모두 다 싫다. 심지어 차 회장의 곁에 앉아 이 상황을 다 보면서도 시종일관 한마디도 않고 가만히 있는 손 여사에게도 배신감이 느껴졌다.

"이제 가자, 승현 씨."

유림이 가만히 옷자락을 잡아당기며 말하자 승현이 고개를 끄덕였다.

"그럼 저희는 이만 가보겠습니다, 할아버지."

"안녕히 계십시오, 회장님."

유림이 차 회장을 향해 고개를 숙이는 바로 그 순간이었다.

"잠깐만 기다리거라."

차 회장이 그렇게 말하더니 갑자기 자리에서 일어서서 손뼉을 쳤다.

"여러분, 식사 중에 미안하지만 잠깐 여기 좀 봐주시겠습니까?"

차 회장의 잘 울리는 목소리가 연회장 내에 퍼졌다. 물론 그렇게 말할 것까지도 없이, 이미 모두들 이쪽을 주목하고 있는 중이었다.

"드림제과에서 기획팀장으로 일하고 있는 내 막내 손자 승현이가 결혼을 하게 됐습니다. 마침 이렇게들 모여주신 김에 여러분께 정식으로 소개를 하려고 합니다."

유림은 깜짝 놀라 고개를 들었다. 승현도 놀라서 차 회장을 바라보았다.

"할아버지?"

차 회장이 사람들을 향해 유림을 가리켰다.

"여기 있는 아가씨가 바로 내 막내 손자 며느릿감입니다. 역시 드림제과에서 일하고 있는데 얼마나 착하고 예쁜지, 아주 기쁘기 그지없습니다."

모든 사람의 시선이 일제히 유림을 향했다.

"그래서 내가 오늘, 여러분들 앞에서 내 손자며느리한테 결혼 선물을 하나 하려고 합니다."

얼떨떨한 표정으로 서 있는 유림을, 차 회장이 다정하게 불렀

위험한 신입사원

258

다.

"막내 아가."

주름진 눈가에 담긴 미소. 바로 김 할아버지가 늘 유림을 볼 때의 바로 그 눈빛이었다.

"너 전에 승현이 따라 미래백화점에 가본 적 있다고 하지 않았더냐?"

"예? 아, 그랬습니다만……."

유림은 영문도 모르고 얼떨결에 대답했다.

"그 백화점, 내 너한테 주마."

폭탄선언이었다. 연회장 안이 찬물을 끼얹은 듯이 조용해졌다. 모두들 놀라서 입을 딱 벌리고 있었다.

"아까는 놀라게 해서 미안하구나. 사과라고 생각하고, 사양 말고 받아줬으면 좋겠다."

"할아버지……?"

잠시 당혹스러워했던 승현의 얼굴에 서서히 기쁨이 깃들었다.

"그럼 저, 유림 선배랑 결혼해도 된다는 말씀이시죠?"

"물론이다."

차 회장이 고개를 끄덕였다.

"너같이 덜렁대는 녀석이 어떻게 용케 유림이 같은 아가씨를 알아봤구나. 유림이에게 부끄럽지 않게 좋은 남편이 되도록 하거라."

"예, 할아버지. 꼭 그렇게 하겠습니다!"

승현이 소리 높여 대답했다. 잠시 흡족한 눈으로 승현과 유림을 바라보던 차 회장이, 다시 사람들을 향해 목소리를 높였다.

"손자 녀석 결혼식에는 여러분도 모두 초대하겠습니다. 아마 그리 멀지 않은 일이 될 듯하니, 모두들 오셔서 축하해주시지요."

잠시 후 여기저기서 박수갈채가 터졌다.

"축하드립니다, 회장님!"

"아주 잘 어울리는 한 쌍인걸?"

사람들은 승현과 유림을 향해 아낌없이 박수를 보냈다. 차 회장도, 곁에 있는 손 여사도 활짝 웃으며 두 사람을 바라보고 있었다.

그러나 유림은 기쁘기보다는 얼떨떨하기만 했다. 이럴 거면 왜 아까는 그렇게 안 된다고 하셨던 걸까. 설마 시험해보려고 그러셨던 건가? 대체 왜? 무엇을?

열렬한 박수갈채가 가라앉고 나자 이윽고 승재가 자리에서 일어났다.

"그럼 할아버지, 저희 결혼도 허락하시는 거죠?"

덩달아 희망으로 가득한 표정이었다.

"아니, 너희는 절대 안 된다."

하지만 차 회장은 단칼에 잘라 말했다.

"왜요? 왜 승현이는 되고 저는 안 된다는 겁니까!"

반발하는 승재에게, 차 회장은 차갑게 대답했다.

"네 옆에 앉아 있는 그 계집애가, 하마터면 내 손자와 손자며느리를 죽일 뻔했기 때문이다."

차 회장의 말에 방금까지 떠들썩했던 주위가 삽시간에 조용해졌다.

세라는 하얗게 질리고, 승재는 펄쩍 뛰었다.

"할아버지, 그게 대체 무슨 말씀이십니까! 세라 씨가 뭘 어쨌다고요!"

"어리석은 녀석."

그런 승재를 쳐다보며 차 회장이 혀를 찼다. 안타까운 눈빛이었다.

"아까 그 계집애는 네가 빈털터리가 된다는 말을 듣자마자 냉큼 너하고 결혼할 생각이 없다고 발뺌을 했다. 그걸 네 눈으로 똑똑히 보고도 아직도 그 계집애를 싸고도는 게냐?"

"그, 그건……."

승재가 머뭇거리자 세라가 얼른 그의 팔을 붙잡았다.

"아니에요, 승재 씨! 전 그냥 너무 갑작스러워서 그랬던 것뿐이에요!"

애원하듯 매달리는 세라를, 승재가 당황한 듯이 쳐다보았다. 갈등하고 있는 기색이 역력했다.

그런 승재에게, 차 회장이 다그치듯 다시 말했다.

"얼마 전에 승현이가 교통사고로 다쳐서 입원했던 건 너도 알고 있겠지. 다행히 크게 다친 데는 없었지만 자칫 큰일 날 뻔했다. 그런데 그 사고를 일으킨 장본인이 다름 아닌 세라, 저 계집애란 말이다."

dangerous associate

261

"예?"

승재의 눈이 커졌다.

"할아버지, 뭔가 오해를 하신 것 같은데 세라 씨는 절대……."

"회장님!"

그때, 누군가가 달려오더니 목소리를 높이며 끼어들었다. 바로 세라의 아버지인 이 사장이었다.

"이건 너무하시지 않습니까! 대체 제 딸아이가 무슨 잘못을 했다고 사람들 앞에서 이런 누명을 뒤집어씌우시는 겁니까?"

이 사장은 잔뜩 흥분해 있었다. 상대가 그룹 회장이라는 것도 아랑곳하지 않는 듯했다.

"누명이 아닐세."

차 회장이 조용히 대꾸했다.

"자네 딸이 교통사고를 일으켜서 내 손자를 죽이려 들었어. 사실일세."

"증거라도 있으신 겁니까?"

이 사장이 차 회장을 노려보고 말했다.

"물론이지. 블랙박스 영상에 다 찍혀 있네."

그 순간, 세라가 외쳤다.

"거짓말이에요! 그게 찍혀 있을 리가 없다고요!"

"그거라니, 뭘 말하는 게냐?"

차 회장이 날카롭게 물었다.

"……!"

순간적으로 말실수를 하고 말았다는 것을 깨달은 세라가, 놀라서 제 입을 손으로 가렸다. 그러나 이미 때는 늦어 있었다.

"그래, 무슨 짓을 하긴 한 모양이로구나. 하지만 찍히지 않게 잘했다, 이 얘기겠지."

차 회장이 코웃음을 쳤다. 사람들이 새하얗게 질린 세라를 쳐다보며 웅성거리기 시작했다. 승재조차도 질린 눈으로 세라를 쳐다보며 중얼거렸다.

"세라 씨, 설마……?"

그러나 이 사장만은 끝내 물러나지 않았다.

"제 딸아이가 당황한 나머지 말실수를 좀 했다고 해서, 그게 무슨 짓을 했다는 증거는 되지 않습니다. 그래서 법적으로 유효한 증거가 있습니까, 없습니까?"

"물론 있네."

대들다시피 묻는 이 사장에게, 차 회장이 단호하게 대꾸했다.

"저 애 말마따나 승현이 차 블랙박스에는 찍혀 있지 않았네. 안찍히게 교묘히 잘했더군."

"그럼 대체 뭐가 증거라는 겁니까!"

"블랙박스는 승재 차에도 달려 있었지."

세라의 얼굴이 굳어졌다.

"승재는 볼 생각조차 못했던 모양이야. 물론 세라가 그런 짓을 했을 줄은 꿈에도 생각 못 했을 테니까."

차 회장이 경악하는 승재를 연민의 눈빛으로 바라보았다.

"하지만 내가 입수해서 확인해본 결과, 거기엔 똑똑히 찍혀 있었네. 세라가 무슨 짓을 했는지 말이야. 원한다면 당장 스크린을 가져다가 여기서 보여줄 수도 있는데, 그러길 바라나?"

"회장님……!"

그제야 이 사장이 떨리는 목소리로 차 회장을 불렀다. 그러나 차 회장은 거들떠보지도 않고 세라를 향해 말했다.

"이미 오늘 아침에 모든 증거를 경찰에 넘기고 고발했다. 조만간 경찰에서 연락이 갈 테니, 순순히 수사에 협조하고 마땅한 죗값을 치르는 게 너한테도 좋을 게다."

세라가 창백하게 질린 얼굴로 차 회장을 바라보았다. 믿을 수 없다는 듯이.

"다행히 두 사람이 크게 다치지 않아서 그리 큰 벌은 받지 않을지도 모르지. 하지만 두 번 다시 허튼짓을 했다간 그때야말로 네 인생은 진짜 끝이다. 알겠느냐?"

'알겠느냐?' 하고 물은 마지막 말은 세라의 귀에 들리지도 않았다.

「네 인생은 진짜 끝이다.」

그 말만이 메아리처럼 귓가에 울리고 또 울렸다.

그랬다. 오로지 최고의 남자를 손에 넣어 최고의 자리에 앉는 것만이 인생의 목표였던 세라에게는 여기서 더 끝날 것도 없었다. 바로 오늘이 인생 끝이었다.

세라는 눈을 들어 승현과 유림이 있는 쪽을 쳐다보았다. 나를 비

웃고 있을까, 아니면 동정의 눈빛을 던지고 있을까. 그게 궁금했다.

하지만 그 어느 쪽도 아니었다. 그들은 아예 이쪽을 쳐다보고 있지도 않았다. 눈빛으로 뭔가 대화를 나누듯 서로의 얼굴을 바라보고 있었다. 마치 세라 따위는 안중에도 없다는 듯이.

순간, 지독한 분노가 세라를 덮쳤다. 그 분노는 승현보다도 오히려 유림을 향한 것이었다.

'저년만 아니었으면!'

그래, 모든 게 다 정유림 때문이었다. 저 여자만 아니었으면 저 아름답고 매력적인 남자가 내 거였을 텐데. 드림제과도, 아니, 그보다도 더 갖고 싶었던 미래백화점도 내 것이 되었을 텐데.

심지어 아까 차 회장이 결혼 선물로 백화점을 유림에게 주겠다고 선언한 것을 떠올리자 세라의 분노는 미친 듯이 극으로 치달았다. 내 백화점이 저따위 계집애에게 가다니!

"다들 속고 있는 거예요!"

완전히 이성을 잃어버린 세라는 벌떡 일어나서 유림을 향해 손가락질했다.

"저 여자가 얼마나 무서운 여잔지 모두들 알아야 한다고요!"

세라는 목이 터져라 고래고래 소리를 질렀다.

"처음부터 승현 오빠한테 의도적으로 접근한 거예요! 모르시겠어요?"

유림이 이마를 살짝 찌푸리고 세라를 쳐다보았다. 놀라거나 당

황하기보다는 마치 불쌍하다는 듯한 눈빛이 세라를 더 미치게 만들었다.

이제 자신은 끝났다. 하지만 이렇게 혼자 끝나고 말 수는 없었다. 지옥에 떨어지더라도, 유림의 발목을 붙잡고 함께 떨어지고 말겠다는 결심으로 세라는 더욱더 목소리를 높였다.

"승현 오빠 몰래 만나는 남자도 따로 있다고요! 그것도 10년도 더 된 남자가!"

물론 새빨간 거짓말이었지만 세라는 조금도 주저하지 않았다. 사실인지 아닌지가 중요한 게 아니다. 많은 사람들이 보는 앞에서 유림에게 망신을 줄 수만 있으면 그걸로 족했다.

"같은 회사에 다니면서 그동안 승현 오빠를 속이고 몰래 만나온 거예요. 결혼한 후에도 분명히 그 남자랑 계속 만날⋯⋯!"

짝!

갑자기 세라의 고개가 한쪽으로 크게 돌아가며 말이 중간에서 멎었다. 누군가가 다가와서 세라의 뺨을 힘껏 때린 것이었다.

그 사람은 승현도, 유림도, 차 회장도 아니었다.

"감히 내 앞에서 누구를 모함하는 게야?"

모두가 놀라서 쳐다보는 가운데, 뺨을 감싸 쥔 세라를 노려보며 전 여사가 싸늘하게 말했다.

"방금 내 며느리에 대해 지껄인 더러운 소리에 대해서는 나중에 반드시 책임을 묻겠다. 지금은 꼴도 보기 싫으니 썩 여기서 나가거라."

위험한 신입사원]

세라는 도저히 믿을 수가 없었다. 차 회장은 그렇다 치고 전 여사까지 저 보잘것없는 집안의 여자를 며느리로 맞아들일 생각이라니.

"……."

세라가 멍하니 서 있자 전 여사가 이 사장을 재촉했다.

"이 사장, 뭐하십니까? 더 창피당하고 싶지 않으면 썩 데리고 나가세요!"

더는 안 되겠다고 생각했는지, 얼굴이 시뻘겋게 달아오른 이 사장이 딸을 재촉했다.

"일단 나가자꾸나, 세라야. 응?"

정신이 반쯤 나간 세라는 걷는 것조차 제대로 하지 못했다. 아버지의 부축을 받아 간신히 비틀거리며 걸음을 옮겨 연회장을 나가는 세라의 등 뒤에서, 차 회장의 목소리가 들렸다.

"잠시 소란스럽게 해서 미안합니다. 자, 그럼 모두들 다시 한 번 내 손자의 결혼을 축하해주시지요."

우레와 같은 박수소리가 세라의 귀에는 지옥의 울부짖음처럼 들렸다.

dangerous associate

9. 어머니의 마음 (1)

연회가 끝난 후 유림은 집에 돌아가는 대신에 승현과 함께 차 회장이 살고 있는 본가로 향했다. 차 회장이 그렇게 하라고 당부했기 때문이었다.

"이래저래 놀라게 해서 미안하구나."

본가의 안방. 비단 보료 위에 손 여사와 나란히 앉은 차 회장은 제일 먼저 유림에게 사과했다.

"우선 내가 승현이 할아비라는 걸 미리 말하지 못해서 미안하다."

"아닙니다, 할아버님."

유림은 고개를 저었지만 승현은 기다렸다는 듯이 차 회장을 탓했다.

"너무하셨어요, 할아버지. 그동안 유림 선배가 할아버지 만날 생각에 얼마나 긴장을 했는데요. 진작 사실대로 말해주셨으면 마음고생 안 했을 거 아닙니까."

연회장에서 본가로 오는 차 안에서 이미 유림에게서 얘기를 다

듣고 난 승현이었다.

"일부러 속이려고 한 건 아닌데, 좀처럼 말할 기회가 없더구나. 정말 미안하게 됐다, 막내 아가야."

차 회장의 말에 곁에서 손 여사가 한마디 했다.

"선생님만 속으신 게 아니에요. 여태껏 저한테도 당신께서 뭐 하는 분인지 말 안 해주고 시치미 뚝 떼고 계셨는걸요."

"어머님께도 비밀로 하셨던 겁니까?"

"그렇다니까요. 그래도 나쁜 뜻으로 한 게 아니라고 하니 저도 마음 풀었답니다."

손 여사가 대답하며 차 회장을 밉지 않게 살짝 흘겨보았다.

"으흠, 흠."

민망한 듯이 헛기침을 하고 난 차 회장이 말을 돌렸다.

"그런데 말이다, 방금 듣고 나니 이건 좀 아니다 싶구나."

"예? 뭘 말씀이십니까?"

유림이 묻자 차 회장이 손 여사와 유림을 번갈아 가리켰다.

"나한테는 할아버님이라고 부르면서 손 여사에게는 어머님이라니, 족보가 이상해도 한참 이상하지 않으냐? 게다가 네가 어머님이라고 부를 사람이 집안에 따로 있는데."

차 회장의 말에 조금 물러나 앉아 있던 전 여사가 말없이 고개를 끄덕였다. 유림은 속으로 찔끔했다. 미처 그 생각을 못 했구나.

"아, 예. 그럼 앞으로 할머님이라고 부르겠습니다."

유림이 순순히 대답하자 차 회장은 이번에는 손 여사에게 말했

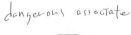

다.

"연희 씨도 마찬가집니다. 그야 수영을 배울 때는 선생님이지만, 이젠 손자며느리 될 아이 아닙니까. 계속 선생님, 선생님 하고 부르면서 존대를 하는 건 좀 어색하지 않을까요?"

"그렇겠네요. 그럼 저도 고쳐야겠어요."

손 여사도 고개를 끄덕이고는 유림을 향해 웃으며 말했다.

"앞으로 잘 부탁한다, 막내 아가."

"예, 할머님."

방 안에 즐거운 웃음이 퍼졌다. 승현도 손뼉을 치며 웃었고, 전 여사마저도 입가에 은은하게 미소를 떠올렸다.

"그런데 할아버지."

잠시 후, 승현이 웃음을 멈추고 말했다.

"아까 연회장에서 말입니다, 처음에 왜 저희 결혼 반대한다고 하신 겁니까?"

유림은 침을 꿀꺽 삼켰다. 유림 역시 그게 계속 마음에 걸렸던 차였다.

"그것도 미안하게 됐구나. 물론 너희 때문이 아니라 승재 녀석 때문이었단다."

차 회장이 말했다.

"보아하니 세라한테 너무 푹 빠져 있어서, 그것이 무슨 짓을 했는지 눈앞에서 폭로를 해줘도 자칫 듣지 않을 것 같더구나. 그래서 어쩔 수 없이 일단 세라 그 애의 마음이 가식이라는 것부터 좀

깨닫게 해줘야 했다.”

“아, 그래서 일부러 형을 빈털터리로 만들어버리겠다고 하신 거군요?”

그제야 승현이 알겠다는 듯이 눈을 빛냈다.

“그렇단다. 세라가 워낙 눈치가 빠르고 영악한 아이라, 속이느라 그만 너희까지 끌어들였다. 미안하구나.”

“그럼 유림 선배한테 백화점을 주겠다고 하신 건요? 그것도 세라 들으라고 하신 말씀인가요?”

차 회장이 고개를 저었다.

“아니다. 그건 진심으로 한 말이란다.”

“할아버님!”

유림은 얼른 들고 있던 찻잔을 내려놓았다.

“마음은 정말 감사합니다. 하지만 그런 걸 주셔도 저는 어떻게 해야 할지도 모르고, 또…….”

더듬거리는 유림을 보고 차 회장이 미소를 지었다.

“예전에 네 입으로 말하지 않았느냐? 돈이 많았으면 좋겠다고, 하고 싶은 게 아주 많다고 말이다.”

“그건……!”

유림이 얼굴을 확 붉혔다.

“어차피 내 지분을 넘겨주겠다는 뜻이니 경영에는 참여해도, 참여하지 않아도 좋다. 신경 쓰기 싫으면 그냥 주식을 가지고 있으면서 배당만 받아도 그만이야.”

차 회장의 목소리는 다정했다. 하지만 유림은 도저히 그렇게 큰 선물을 선뜻 받을 수가 없었다.

"정말 괜찮습니다, 할아버님. 다른 손자, 손녀분들도 많이 계시잖습니까."

"그 애들도 이미 다 제 몫이 있으니 네가 신경 쓸 것 없다."

"그래도 저한테는 너무 버겁습니다."

유림이 끝내 사양하자 차 회장이 한숨을 지었다.

"앞으로 네가 우리 집안에 적응하는 게 쉽지만은 않을 게다. 내가 너를 아끼기 때문에 오히려 더 그럴 수도 있고."

"할아버님……."

"이 정도는 가지고 있어야 무시당하지 않을 게야. 잠자코 이 할아비 말 듣도록 해라."

그제야 유림은 차 회장의 깊은 속내를 깨달았다.

"감사합니다, 할아버님."

유림이 고개를 숙이자 차 회장이 빙그레 미소를 지었다.

"자, 그럼 너희들 결혼은 언제쯤 할 셈이냐?"

"저는 최대한 빨리 하고 싶습니다. 당장 내일이라도요."

승현이 대답했다.

"내일은 좀 힘들겠고, 그럼 까짓것 당장 다음 주에라도 하려무나. 안 될 거 있느냐?"

차 회장이 시원스럽게 말했지만 승현은 고개를 저었다.

"아직 유림 선배 어머님께 허락을 받지 못했습니다."

위험한 신입사원]

272

"아 참, 그렇다고 했지. 그럼 어쩔 셈이냐?"

"어떻게든 어머님 마음 돌려놓도록 제가 최선을 다해보겠습니다."

"그래, 하루빨리 허락을 받고 결혼해서 얼른 아이부터 가지도록 해라. 벌써부터 증손주 얼굴이 보고 싶어 몸살이 날 지경이구나."

하지만 승현은 딱 잘라 말했다.

"죄송합니다, 할아버지. 아이는 좀 더 기다리셔야 할 것 같습니다."

"아니, 어째서?"

"최소한 1, 2년 정도는 단둘이서 신혼을 즐긴 후에 갖고 싶어서요."

승현은 전에도 비슷한 말을 한 적이 있었다. 허니문 베이비를 얻게 된 친구가 있는데, 신혼을 제대로 즐기기도 전에 아이가 태어나서 정신없이 살더라고.

'난 그러고 싶지 않아요. 그러니까 우리, 아이는 조금 천천히 가져요.'

승현의 말에 유림도 동의했었다. 별로 반대할 이유가 없었으니까.

"뭐야? 부부가 결혼을 했으면 당연히 아이부터 가져야지."

"유림 선배도 저와 같은 생각입니다, 할아버지."

차 회장은 조금 못마땅한 표정이었지만 승현이 유림을 들먹이자 더는 말하지 않았다.

"가만있자, 우리 막내 아기 찻잔이 벌써 비었구나."

문득 손 여사가 유림의 찻잔을 보더니 말했다.

"예, 유자차가 너무 맛있어서……."

유림이 얼굴을 붉히자 차 회장이 전 여사에게 말했다.

"에미야, 주방에 말해서 차를 더 가져오라고 일러라. 그리고 막내 아기 이따 집에 갈 때 가져가게, 유자차 담근 것 넉넉히 있거든 따로 좀 싸놓으라고도 해라."

"예, 아버님."

전 여사가 공손하게 대답하고 자리에서 일어났다.

"아닙니다, 어머님! 제가 가서 말하겠습니다."

유림이 당황해서 얼른 덩달아 자리에서 일어나자 전 여사가 조용히 말했다.

"너는 아직은 이 댁 손님이야. 설치지 말고 가만히 앉아 있거라."

"아, 예……."

차가운 말투에 유림은 찔끔하며 도로 자리에 앉을 수밖에 없었다. 이윽고 전 여사가 방을 나가자 승현이 위로하듯 말했다.

"원래 어머니 말투가 저러세요."

차 회장도 웃으며 말했다.

"말은 저렇게 해도 에미는 유림이 네가 퍽 마음에 든 모양이다. 아까 세라한테 말하는 거, 너도 듣지 않았느냐?"

"……예."

위험한 신입사원]

아까 연회장에서 말도 안 되는 소리를 지껄이는 세라를 전 여사가 나서서 막아줬을 때는 유림도 정말 놀랐다. 전 여사가 서슴없이 '내 며느리'라고 불러준 것이 기뻤다. 전에 만났을 때, 그토록 당돌하게 말대답을 했는데도 불구하고.

시할아버지, 시할머니, 그리고 시어머니까지 모두 한없이 감사하기만 했다.

'좋은 며느리가 되어야지.'

마음 깊이 결심하는 유림이었다.

차 회장이 하도 권하는 바람에, 본가에서 저녁까지 먹고 나서야 유림은 겨우 자리에서 일어날 수 있었다.

"자주 놀러 오도록 해라."

"예, 할아버님. 할머님도 그럼 수업 시간에 뵙겠습니다."

"그래. 승현이 네가 조심해서 데려다주거라."

"예, 할아버지."

현관에서 작별 인사를 하고 나서 유림은 승현과 함께 밖으로 나왔다.

"잠깐 기다려요. 나는 차 꺼내가지고 올 테니까."

승현이 차를 가지러 간 사이에 갑자기 손 여사가 뒤를 따라오더니 유림을 불렀다.

"막내 아가, 잠시 나 좀 보겠니?"

"예?"

"말을 하지 말까 싶었는데, 아무래도 확실히 하는 게 좋을 것 같아서."

주위에 아무도 없는 것을 확인하고 나서 손 여사는 비로소 입을 열었다. 뭔데 그러시나 싶어 유림은 괜히 가슴이 쿵쿵 뛰었다.

이윽고 손 여사가 조심스럽게 물었다.

"혹시 말이야, 아기 가진 거…… 아니니?"

"예?"

유림은 소스라치게 놀라 손 여사의 얼굴을 바라보았다. 유림의 표정을 보고 손 여사는 역시 그랬구나, 하는 듯이 고개를 끄덕였다.

"막내 아가 너도 모르는 모양이구나."

"예. 전혀…… 무슨 말씀이신지……."

당황한 나머지 목소리가 떨렸다. 아기라니? 내가?

손 여사가 안심시키듯 유림의 손을 끌어다 가만히 잡았다.

"아까 식사 전에 네가 유자차를 세 잔이나 마시는 걸 보고 좀 이상하다는 생각이 들었거든."

"그건 그냥, 유자차가 맛있어서……."

"임신하면 그렇게 새콤한 게 당기기도 한단다. 나야 직접 겪어 보지 않아 자세히는 모르지만, 그렇게들 말하더구나."

손 여사가 다정하게 말했다.

"그리고 아까 저녁식사 때 밥 냄새를 맡고 얼굴을 살짝 찌푸리는 걸 봤어. 왜 그랬니?"

내가 그랬던가. 유림은 얼른 기억을 더듬어보았다. 이상하게도 갓 지은 밥 냄새가 약간 비위에 거슬렸던 것 같다. 심한 정도는 아니라서 곧 숟가락을 들긴 했지만, 분명 그랬다.

유림이 생각난 대로 대답하자 손 여사가 고개를 끄덕였다.

"역시 그랬구나. 보통 입덧을 할 때, 제일 맡기 힘든 게 밥 냄새라고 들었거든."

유림은 가슴이 철렁했다.

'그럼 내가 정말로……?'

황급히 마지막으로 월경을 했던 게 언제인지 떠올려봤지만 잘 기억이 나지 않았다. 사고 일도 있었고 그 후에는 회사 일로 눈코 뜰 새 없이 바빴던 탓에 미처 신경을 쓰지 못하고 있었다. 그저 막연히 피곤해서 좀 늦나 보다, 하고 있었는데.

"잘 모르겠습니다, 할머님. 전……."

어쩔 줄 모르는 유림의 손을, 손 여사가 힘주어 꼭 잡아주었다.

"걱정할 것 없어. 그냥 내 추측일 뿐이지만, 만약에 정말 임신을 했으면 어떠니? 할아버지는 물론이고, 모두들 기뻐할 텐데. 물론 승현이도 말이야."

"그럴까요?"

유림은 불안하게 되물었다.

"그럼, 당연하지."

손 여사가 고개를 끄덕였다.

"우선 병원부터 한번 가보렴. 그러고 나서 다시 이야기하자. 알

dangerous associate

277

겠지?"

유림을 집에 데려다주는 길에, 승현은 굉장히 기분이 좋아 보였
다.
"할아버지는 그렇다 치고, 어머니까지 그렇게 선배를 마음에 들
어 하고 계실 줄은 몰랐어요."
"응."
"이젠 정말 선배 어머님 허락만 받으면 되겠네요."
"그래."
하지만 건성으로 대꾸하는 유림의 머릿속은 온통 딴생각으로
가득 차 있었다.
'내가 아기를 가졌을지도 모른다니.'
물론 그게 사실이라면 당연히 기쁜 일이다. 하지만 아직 아기에
대해서는 생각해본 적도 없고, 바라지도 않았던 유림으로서는 기
쁘기보다는 막연히 두렵기만 했다. 특히나 엄마가 혼전 임신은 절
대로 안 된다고 미리 못 박아두었기 때문에 더욱더 그랬다.
유림의 심상치 않은 분위기를, 승현도 이윽고 알아챈 모양이었
다.
"선배, 아까부터 표정이 왜 그래요? 무슨 일 있어요?"
승현이 걱정스럽게 물었다. 사실대로 말할까 하다가 유림은 그
만두었다. 확실해지면 말해도 늦지 않을 것 같았다.
"아냐. 멀미 기운이 좀 있어서 그래."

"그래요? 그럼 창문 좀 열지요."

승현이 유림이 타고 있는 쪽의 유리창을 조금 내렸다. 4월의 저녁. 딱 좋을 정도로 선선한 바람이 들어와 부드럽게 유림의 뺨을 어루만졌다.

'그래, 아직은 모르는 거니까.'

살며시 눈을 감고 바람을 느끼며 유림은 마음을 가라앉히려고 노력했다.

"그럼 내일 회사에서 봐요."

집 앞에서 유림에게 키스로 작별 인사를 하고 나서, 승현은 돌아갔다. 그리고 유림은 집 안으로 들어가는 대신에 발길을 돌려 근처의 약국으로 향했다. 손 여사가 병원에 가보라고 했지만 도저히 다음 날 아침까지 기다릴 수가 없었다.

약국에서 임신 진단용 테스터를 구입하고 나서 유림은 집으로 돌아왔다. 거실 소파에 앉아 TV를 보고 있던 엄마는 들어오는 큰딸을 거들떠보지도 않았다.

"다녀왔습니다."

인사를 하자 그제야 엄마는 못마땅한 듯이 유림을 쳐다보았다. 아마도 이 시간까지 승현과 데이트를 하고 온 거라고 생각하는 모양이었다.

"저녁은 먹고 들어왔지?"

"응, 엄마."

"그럼 안 차려도 되겠네. 얼른 씻고 들어가서 자."

냉랭한 목소리에 유림은 하려던 말을 꿀꺽 삼켜버리고 말았다.

'엄마, 나 오늘 승현 씨 할아버님한테 인사 드렸어. 결혼 허락도 받았고.'

도로 TV 화면에 시선을 고정해버린 엄마를 잠시 씁쓸하게 바라보다 유림은 등을 돌렸다. 지금은 엄마와 얘기하는 것보다도 더 급한 일이 있었으니까.

욕실에 들어간 유림은 임신 진단용 테스터의 사용 설명서를 주의 깊게 읽고 나서 상자를 열었다.

그리고 결과는…… 임신을 알리는 선명한 두 줄.

창백하게 질린 얼굴의 유림의 손에서 테스터가 힘없이 떨어졌다.

유림은 그만 다리에 힘이 풀려 변기 위에 풀썩 주저앉고 말았다. 순간적으로 하얗게 변해버렸던 머릿속을, 복잡한 생각들이 서서히 채우기 시작했다.

「뭐라고? 유림이 너까지?」

제일 먼저 떠오른 것은 엄마의 기절할 듯한 표정이었다.

「우리, 아이는 조금 천천히 가져요.」

그렇게 말했던 승현의 얼굴도 떠올랐다.

앞으로 회사는 어떻게 다니지? 사람들은 뭐라고 할까? 가뜩이나 뒤에서 떠들기 좋아하는 사람들인데, 임신해서 발목 잡았다고 손가락질하지나 않을까? 멍하니 그렇게 생각하던 유림은 순간 화들짝 놀랐다. 배 속의 아기가 이런 자신의 생각을 알면 얼마나 슬

퍼할까.

"미, 미안해. 그러려던 게 아닌데……."

유림은 떨리는 목소리로 중얼거리며 아직은 날씬하기만 한 배를 살며시 어루만졌다.

'이러면 안 돼. 기뻐해야지. 승현 씨와 내 아기잖아.'

애써 그렇게 생각했지만 솔직히 말해 기쁘기보다는 눈앞이 캄캄했다. 무섭고 불안했다.

'승현 씨는 기뻐해줄까……?'

얼마나 그렇게 생각에 잠긴 채 멍하니 앉아 있었을까. 문득 욕실 문이 벌컥 열리는 바람에 유림은 기절할 듯이 놀라 들고 있던 테스터를 바닥에 떨어뜨렸다.

"아니, 넌 씻는다고 들어와서는 여태 옷도 안 벗고 뭘 한 거야? 몇 번이나 노크를 해도 대답도 없고."

눈을 흘기며 들어온 엄마의 시선이 문득 테스터에 머물렀다.

"그건 또 뭐니?"

유림은 황급히 테스터를 주워들었다.

"아, 아무것도 아니야, 엄마."

하지만 엄마는 잽싸게 유림의 손에서 테스터를 빼앗아갔다.

"뭔데 그래. 이리 줘봐."

다음 순간, 테스터를 들여다본 엄마의 눈이 왕방울만 하게 커졌다.

"유림이 너, 이거……!"

"엄마……."

뭐라고 말할 겨를도 없이, 엄마는 이를 악물었다.

"이 천하에 멍청한 것아!"

등짝에 매서운 손바닥이 날아왔다.

"내가 너만은 절대 유민이처럼 시집 안 보내겠다고, 그렇게 다짐을 하고 또 했는데!"

엄마는 푸념처럼 소리치며 유림의 등짝을 때리고 또 때렸다. 그러고는 힘이 다하자 욕실 바닥에 철퍼덕 주저앉아 울음을 터뜨렸다.

"아이고, 유림이 아빠! 세상에 어떻게 이럴 수가……!"

돌아가신 아빠를 부르며 통곡하는 엄마를 보자 유림도 눈물을 참을 수가 없었다.

"엄마, 미안해. 나까지 실망시켜서 정말 미안해."

유림은 욕실 바닥에 무릎을 꿇고 울면서 두 손을 모아 빌었다.

"너만은 유민이처럼 안 만들려고 했는데, 어쩌면 똑같이 이러니!"

엄마는 주먹으로 가슴을 쳤다.

"이 바보 같은 것아. 온전하게 시집을 가도 박대를 받을 판에, 이렇게 흠 잡혀서 가면 그 댁에서 대체 널 얼마나 우습게 보고 막대하시겠어!"

엄마가 그러는 것도 무리는 아니었다. 이미 유민이 호되게 겪었으니까.

"아냐, 엄마. 그런 거 아니야. 그 댁에서 나 정말 예뻐하신단 말이야. 정말이야."

유림이 간곡하게 말했지만 엄마는 전혀 믿는 눈치가 아니었다. 믿기는커녕 갑자기 일어나더니 유림의 팔을 잡아 일으키는 것이었다.

"꼴도 보기 싫으니까 나가."

"엄마?"

"넌 이제 내 자식도 아니야. 부모 말은 귓등으로도 안 듣고 가슴에 이렇게 대못을 박는 자식, 나도 자식으로 생각 안 할 테니까 썩나가!"

"엄마, 그러지 말고 내 말도 좀……."

"시끄러워!"

유림이 애원했지만 아무 소용이 없었다. 결국 유림은 그대로 엄마에게 떠밀려 대문 밖으로까지 쫓겨나고 말았다.

집에서 쫓겨나고 나자 갈 곳이라고는 결국 승현의 집뿐이었다. 하지만 현관 앞에 도착해서도 유림은 차마 초인종을 누르지 못하고 한참을 망설였다.

「죄송합니다, 할아버지. 아이는 좀 더 기다리셔야 할 것 같습니다.」

할아버지에게도 딱 잘라 말했던 승현이다. 임신 사실을 알면 물론 기뻐해주기야 하겠지만 속으로는 은근히 실망할 수도 있다는

dangerous associate

283

생각이 들었다.

'어쩔 수 없지. 엄마인 나도 꼭 기쁘지만은 않잖아.'

애써 그렇게 생각했지만 이건 또 다른 문제였다. 유림은 승현이 조금이라도 실망하는 것을 견딜 수 없을 것만 같았다. 한순간이라도 그의 표정에 어리는 실망감을 볼 자신이 없다.

도저히 용기가 나지 않아서 유림은 승현의 집 현관문 앞에서 한참 동안을 그냥 서 있었다. 그리고 한 시간쯤 후 갑자기 승현이 안에서 나왔다. 집 앞 편의점에라도 가려던 건지, 가벼운 차림이었다.

"어? 유림 선배?"

현관 앞에 서 있는 유림을 보고 승현의 눈이 반가움과 놀라움에 둥그레졌다.

"이 시간에 웬일이에요? 언제 온 거예요?"

"아, 조금 전에."

유림이 어색하게 대답하자 승현은 의아해 했다.

"왔으면 초인종 누르지 왜 그냥 밖에 서 있었어요?"

"그냥 좀……."

유림은 말끝을 흐렸다.

"무슨 일 있었어요?"

눈치 빠른 승현이 물었다.

"사실은…… 집에서 쫓겨났어."

"네? 선배가요? 어째서?"

승현은 크게 놀란 모양이었다.

"그게⋯⋯."

유림이 우물쭈물거리자 승현이 유림의 팔을 잡아끌었다.

"일단 들어와서 얘기해요. 이렇게 서 있지 말고."

유림은 승현에게 이끌려 집 안으로 들어갔다. 승현은 유림을 소파에 앉히고 자신도 곁에 꼭 붙어 앉았다.

"뭐가 어찌 됐든 이렇게 늦은 시간에 또 보니까 좋네요."

그는 유림의 손을 꼭 잡으며 빙긋 웃었다.

"여기밖에 갈 데가 없었어."

"당연히 나한테 와야지 그럼 어디로 가려고 했어요?"

유림의 중얼거림에 승현이 살짝 핀잔을 주었다. 그 핀잔마저도 너무나 다정하게 들려서, 유림은 괜히 눈물이 핑 돌았다.

"오늘 할아버지한테 인사드리고 왔다고 해서 어머님이 화나셨나 보네요. 그렇죠?"

조심스럽게 묻는 승현에게, 유림은 고개를 저었다.

"그게 아니라 사실은⋯⋯."

"사실은?"

"있잖아, 내가⋯⋯."

말이 자꾸만 목구멍 안으로 기어들어갔다. 유림은 눈을 질끈 감고 말했다.

"⋯⋯아기를 가졌어."

힘들게 말했는데 돌아온 것은 되물음이었다.

"뭐라고요?"

승현은 제 귀를 믿지 못하겠다는 듯이 물었다.

"지금…… 뭐라고 말한 거예요?"

유림은 이를 악물고 또렷하게 말했다.

"나, 임신한 것 같아."

차마 승현이 어떤 표정을 하고 있는지 볼 자신이 없어서, 유림은 눈을 뜨지 못했다.

'그래, 잠시 당황할 수도, 조금 실망할 수도 있는 거지. 너무 속상해 하지 말자.'

유림이 속으로 그렇게 각오한 순간이었다. 갑자기 세찬 힘으로 와락 끌어 안겼다. 온몸으로 유림을 꽉 끌어안고, 승현은 중얼거렸다.

"거짓말 아니죠? 혹시 나중에 거짓말이었다고 하면…… 진짜로 화낼 거니까."

그의 목소리는 떨리고 있었다. 감출 수 없는 격렬한 기쁨으로. 그제야 유림은 눈을 뜨고 승현을 보았다. 지금까지 유림이 한 번도 본 적 없는, 환희의 표정이 그의 얼굴에 가득했다.

"정말로 선배가 내 아기를 가졌다는 거죠? 그렇죠?"

기뻐하고 있다, 승현이. 아기의 아빠가. 왠지 유림은 목이 콱 메어왔다.

"정말이야. 내 배 속에 우리 아기가 있어."

"언제 알게 된 거예요? 응? 확실한 거예요?"

"나도 아까 테스트해보고 알았어. 아직 병원은 안 가봤지만, 틀리지는 않을 거야."

동생인 유민이 아기를 가졌을 때 그랬었다. 임신 진단용 테스터는 틀리는 법이 거의 없다고.

"고마워요, 정말 고마워요!"

유림을 와락 끌어안고 미칠 듯 기뻐하던 승현이 문득 팔을 풀고 그녀의 얼굴을 들여다보았다.

"잠깐. 근데 이런 기쁜 소식이 있는데 아까 왜 밖에서 그러고 있었던 거예요? 바로 들어와서 말해주지 않고."

"그게……."

유림은 기어들어가는 목소리로 대답했다.

"혹시 기뻐해주지 않을까 봐 무서웠어."

"뭐라고요?"

"승현 씨가 그랬잖아. 아기는 결혼하고 나서 좀 더 있다가 가지고 싶다고. 그래서 아기를 가졌다는 걸 알면 섭섭해 할까 봐……."

"이런 바보!"

승현이 어이없다는 듯이 말했다. 그러면서도 손은 품에 안고 있는 유림의 머리칼을 헝클어뜨리듯 쓰다듬어주고 있었다.

"어릴 때부터 난 수도 없이 다짐했었어요."

유림의 머리칼에 입술을 묻고 그가 속삭였다.

"나중에 커서 아빠가 되면 나는 우리 엄마처럼 굴지 말아야지, 내 아이를 세상에서 제일 사랑해줘야지, 하고 말이에요."

dangerous associate

287

유림은 또다시 눈시울이 뜨거워졌다.

"그런데 내가, 내 아기를 반가워하지 않는다고요? 그것도 선배가 가진 내 아기를?"

"기뻐해주는 거지……?"

확인하듯 묻자 그제야 승현이 유림을 제 품에서 조금 떼어놓았다.

"지금 내 기분이 어떠냐고 물었어요?"

다음 순간, 유림의 몸이 붕 떴다. 승현이 그녀를 번쩍 안아 올린 것이었다.

"너무 행복해서 날아갈 것 같아요!"

눈물이 한가득 어린 눈으로, 승현은 유림을 올려다보며 활짝 웃었다.

다음 날, 두 사람은 나란히 월차를 내고 산부인과에 갔다.

"마지막 월경일로부터 따지면 임신 6주입니다. 다음 주에 오시면 심장 소리도 들으실 수 있을 겁니다."

초음파로 아기집을 확인시켜주고 나서 의사는 말했다. 승현과 유림은 동시에 손을 마주 잡았다. 이미 알고 있던 사실이었지만, 제대로 확인을 받으니 더욱더 기뻤다.

하지만 거기서 끝이 아니었다.

"그런데 축하를 두 배로 드려야 할 것 같군요."

뛸 듯이 기뻐하는 두 사람을 보고, 의사가 웃으며 덧붙였다.

"여기 초음파에 점이 두 개인 거 보이시죠? 정확히 쌍둥이입니다."

"네?"

유림은 깜짝 놀랐다. 유민이도 쌍둥이였는데, 나까지?

승현은 한층 더 기뻐했다.

"고맙습니다, 선생님! 정말 감사합니다!"

그다음 주로 진료 예약을 잡고 나서 두 사람은 병원을 나왔다. 승현은 처음 받은 산모 수첩에 붙어 있는 초음파 사진을 들여다보고 또 들여다보며 기뻐서 어쩔 줄을 몰랐다.

"진짜 두 개네요. 보여요? 선배. 아기가 둘이라고요!"

유림 역시 기뻤다. 하지만 한편으로는 겁이 나기도 했다. 동생이 쌍둥이를 임신하고 출산하는 동안 얼마나 고생을 했는지, 그리고 낳고 나서도 둘을 한꺼번에 키우느라 얼마나 고생하고 있는지 잘 알기 때문이었다.

아이가 둘이라고 두 배로 힘든 게 아니라 세 배, 네 배로 힘들었다. 불안한 마음을 유림은 승현에게 솔직하게 털어놓았다.

"나, 잘할 수 있을까?"

그러자 승현은 유림의 손을 꼭 잡아주었다.

"걱정 마요. 낳는 거야 내가 어떻게 해줄 수 없지만, 키우는 것만은 반드시 내가 함께할 테니까."

그는 유림의 눈을 들여다보며 맹세하듯 말했다.

"선배는 건강하게 낳기만 해요. 키우는 건 내가 다 할게요."

대단히 진지한 말투였지만 유림은 웃음이 나왔다. 이 남자, 쌍둥이가 어떤 건지 잘 모르는구나. 실제로는 엄마 아빠는 물론이고 할머니 도움까지 받아야 겨우 키울까 말까 한 건데.

하지만 그렇게 말하는 승현의 마음이 진심이라는 것도 알 수 있었다.

"마음은 고마워."

유림은 미소 지었다.

"건강하게 낳을게. 우리 둘이서 힘껏 예쁘게 키우자!"

고생길이 눈앞에 훤히 보였다. 하지만 승현과 함께라면 그 고생길조차도 왠지 행복할 것 같은 생각이 드는 유림이었다.

"뭐, 쌍둥이……?"

산모 수첩을 보고 유림의 엄마는 더더욱 충격을 받은 모양이었다.

"세상에, 어쩌면 하나도 안 빼놓고 이렇게 똑같이 고생길을……!"

망연자실한 채로 그저 천장만 쳐다보고 있는 엄마 앞에, 승현과 유림은 나란히 무릎을 꿇고 있었다.

"제발 허락해주십시오, 어머님."

승현이 몇 번째로 간절하게 말했다.

"정말로 따님을 미혼모로 만들 작정은 아니시지 않습니까."

유림도 간곡하게 말했다.

"엄마, 우리 행복하게 잘 살게. 승현 씨는 제부처럼 속 썩일 일 없을 거야. 그러니까……."

"시끄러워."

하지만 유림과 승현이 아무리 말해도 엄마의 귀에는 들리지도 않는 것 같았다.

"더 듣기도 싫으니 썩 나가게."

엄마는 다 꼴 보기 싫다면서 손사래를 쳤다.

"결혼을 하든 애를 낳든 둘이 알아서들 하고, 나는 상관하지 않겠네. 상견례도 됐고, 결혼식에는 가서 앉아 있어줄 테니까 그때나 부르든지 하게."

유림은 가슴이 무너져 내릴 것만 같았다. 이런 식으로 허락받고 싶은 게 아니었는데. 정말 진심으로 엄마한테서 축하받으면서 결혼하고 싶었는데!

"엄마, 제발 이러지 마. 승현 씨 좋은 사람이야."

유림이 애타게 매달렸지만 엄마는 더 이상 들으려고도 하지 않았다.

"글쎄, 알아서들 하라니까. 지금까지도 너 좋을 대로 했으니까, 앞으로도 너 좋을 대로 마음껏 하고 살아. 딸이고 사위고 다 필요 없고, 그냥 나는 홀가분하게 나대로 살련다."

큰딸인 유림을 그토록 아끼고 한편으로 의지하던 엄마다. 엄마

의 실망과 배신감이 얼마나 큰지 유림도 뼈저리게 느낄 수 있었다.

"유림이 너도 꼴 보기 싫으니까 나가."

결국 유림은 승현과 나란히 떠밀리듯 쫓겨나고 말았다.

"어떡해……!"

마당으로 나온 유림은 결국 울음을 터뜨렸다. 야단을 맞아서가 아니었다. 엄마가 얼마나 속이 상하면 저러실까, 싶어서 너무나 마음이 아팠다.

"울지 마요."

승현이 다정하게 유림을 안고 위로해주었다.

"우리, 본가에 가서 어른들께 상의해봐요. 선배가 우리 집안에서 환영받지 못할까 봐 걱정해서 어머님이 저러시는 거잖아요. 우리가 아무리 말씀드려도 믿지를 않으시니까, 어른들이 직접 나서시는 수밖에 없을 것 같아요."

"도와주실까……?"

"물론이죠. 할아버지께 말씀드려봐요, 우리."

울먹이는 유림을 꼭 껴안고, 승현이 힘주어 말했다.

"뭐야? 아이를 가졌다고? 그것도 쌍둥이를?"

이야기를 들은 차 회장은 기뻐서 어쩔 줄을 몰랐다. 당장 전 여사에게 전화를 걸더니 전화에 대고 고래고래 외치다시피 말하는 것이 아닌가.

"에미냐? 너 지금 당장 이리로 좀 오너라. 우리 집안에 큰 경사가 났느니라!"

그러더니 전화를 끊자마자 또 손 여사에게 전화를 했다.

"연희 씨? 내 지금 차를 보낼 테니 집으로 좀 오셔야겠습니다. 아니, 글쎄, 우리 막내 아기, 이 기특한 아이가⋯⋯! 아닙니다, 오셔서 이야기하십시다. 얼른 오세요, 얼른!"

한바탕 흥분해서 떠들고 나서야 차 회장은 전화를 끊었다. 그러고 나서야 겨우 진정이 됐는지, 유림의 얼굴을 보고는 흠칫 놀란 얼굴을 했다.

"그런데 막내 아가, 표정이 왜 그러냐? 꼭 한바탕 울고 난 것 같구나."

갑자기 차 회장이 승현을 사납게 노려보았다.

"네 이놈! 설마 네가 울린 게냐?"

승현은 펄쩍 뛰며 손을 내저었다.

"아닙니다, 할아버지! 그럴 리가 있습니까?"

"그럼 막내 아기 눈이 왜 저렇게 부어 있어?"

"그게 사실은⋯⋯."

승현이 차 회장에게 아까 유림의 집에서 있었던 일을 이야기했다. 결혼이고 뭐고 알아서들 하라는 말끝에 나란히 쫓겨났다는 것도.

"그 정도로 역정이 나셨단 말이냐?"

차 회장은 걱정을 감추지 못했다. 얘기가 끝날 때쯤에는 전 여사

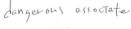

293

와 손 여사도 본가에 도착했다.

"큰일이구나. 아이도 가졌으니 서둘러 식을 올려야 할 텐데."

차 회장이 혀를 찼다.

"회장님이 한번 그쪽 어머님을 만나보시는 게 어떻겠어요? 아이까지 가졌는데 계속 신경 쓰게 만들면 산모 몸에도 안 좋을 것 아니에요."

손 여사가 조심스럽게 말했다.

"연희 씨 말씀이 옳습니다. 막내 아가, 네 생각은 어떠냐?"

차 회장이 물었다. 면목이 없었지만 유림은 차마 거절하지 못했다.

"그렇게 해주시면 정말 감사하겠습니다, 할아버님."

어차피 자신이나 승현이 아무리 말해봐야 소용이 없다. 차라리 차 회장이 만나서 얘기하는 편이 빠를 것 같았다.

"그래, 그럼 내 며칠 안으로 네 어머님을 찾아뵐 테니 막내 아기 너는 아무 걱정 말고 당분간 승현이와 함께 지내거라."

차 회장이 유림을 위로하고는 승현에게 당부했다.

"유림이 어머님 마음이 풀릴 때까지 승현이 네가 곁에서 잘 돌보도록 해라. 몸조심 잘 시키고."

"예, 할아버지."

손 여사도 거들었다.

"그저 마음 편히 가져야 한다. 하나도 아니고 둘씩이나 품은 귀한 몸 아니냐."

어르신들의 위로를 받자 유림도 비로소 마음이 좀 놓였다.

"고맙습니다. 할아버님, 할머님."

하지만 전 여사는 위로도, 격려도 하지 않았다. 그저 평소처럼 바른 자세로 앉은 채 끝내 침묵을 지키고 있을 뿐이었다.

"……."

주주총회가 끝난 후, 사장실로 돌아온 이 사장은 그제야 사람들 앞에서 꾹 참고 있었던 분노를 터뜨렸다.

쨍그랑!

책상 위에 놓여 있던 꽃병이 날아가 벽에 부딪쳐 산산조각이 났다. 하지만 애꿎은 꽃병을 집어던져 깨뜨리고도 분노는 전혀 가라앉지 않았다. 이 사장은 주먹으로 책상을 쾅 내리치며 험악하게 내뱉었다.

"젠장!"

주주총회에서 드림카페 사업을 부결시키는 것만이 최후의 희망이었다. 그래도 외국인 주주들만은 늘 그래왔듯 자신의 편이 되어 줄 줄 알았다.

그런데 웬걸. 뚜껑을 열어보니 외국인 주주의 대부분을 차지하고 있는 일본인 주주들이 모조리 차승현의 편으로 넘어가 있었다.

「일본 지사에 있을 때 그가 올린 실적이 엄청나지요. 인간적으로

도 성실하고, 매력적인 청년입니다. 이 사업 역시 전망이 밝은 것 같은데, 어째서 반대해야 하는 겁니까?」

그중에서도 가장 영향력이 큰 모치즈키 사장의 말이 외국인 주주들의 의견을 대변하고 있었다.

뒤통수를 세게 얻어맞은 기분이었다. 승현이 일본에 있는 동안 그저 일에만 매달려 있었던 게 아니라 주주들에게서도 이렇게 환심을 사고 있을 줄이야.

결과적으로 드림카페 사업은 무사히 주주총회에서 승인을 받았다. 이제는 막을 길이 없었다.

한편 사랑하는 딸 세라는 피의자 신세가 되어 경찰의 조사를 받고 있는 중이었다.

「증거가 워낙 확실해서 기소 처분은 피할 수 없을 겁니다. 재판에서도 무죄는 힘들겠고, 집행유예 정도는 바라볼 수 있겠지요.」

변호사의 말이었다. 결국 실형은 살지 않더라도 전과자는 피할 수 없다는 얘기였다.

「아빠, 저 이제 어떡해요?」

세라는 울면서 이 사장에게 매달렸다. 이 사장은 가슴이 미어질 것만 같았다. 눈에 넣어도 아프지 않은 외동딸이 그 녀석 때문에 인생을 망쳤다. 천사 같은 딸이 그런 짓을 저지른 것도 다 승현 탓이라고 이 사장은 생각하고 있었다.

그뿐이 아니었다. 만약에 이 사업이 크게 성공하게 되면, 차 회장은 분명 슬슬 승현을 대표이사 자리에 앉히려 들 것이었다. 그

렇다면 자신의 설 자리는 영영 없어지고 만다.

'그렇게는 안 되지.'

이 사장의 눈에서 새파란 불꽃이 이글거렸다.

딸을 위해서도, 그리고 자신을 위해서도 승현을 이대로 놔둘 순 없었다. 절대로.

4월 말, 마당에 쏟아지는 한낮의 햇살은 벌써 초여름을 느끼게 했다.

"에잇, 에잇!"

큰 고무통에 담겨 있는 이불 빨래를 힘주어 꽉꽉 밟던 유림의 엄마의 이마에 어느덧 땀방울이 맺혔다. 하지만 엄마는 힘들어하면서도 빨래 밟기를 멈추지 않았다. 이렇게라도 하지 않으면 속이 답답해서 터져나갈 것 같았기 때문이었다.

'엄마…….'

어제 유림이 머뭇거리며 내놓은 산모 수첩을 보는 순간 엄마는 하늘이 무너지는 것 같은 기분을 느꼈다. 유민을 시집보낼 때 겪었던 일이 떠올라서였다.

작은딸인 유민은 혼전임신으로 부랴부랴 결혼시켰었다. 결혼을 준비하면서 유민의 시댁에서는 혼수와 예단, 결혼식에 이르기까지 수없이 부당한 요구를 했었다. 그러면서도 태도가 어찌나 당당

한지 몰랐다. 애를 가진 건 그쪽이니 우린 아쉬울 것 없다, 싫거든 결혼 깨라는 식이었다.

속에서 천불이 났지만 결국 딸 가진 죄인이었다. 이까짓 결혼 이쪽에서도 안 시키고 만다고, 하루에도 몇 번이나 엎고 싶은 생각이 들었지만 차마 딸을 미혼모로 만들 수는 없는 노릇이었다. 울며 겨자 먹기로 그쪽에서 원하는 대로 다 맞춰주며 간신히 결혼을 시킬 수밖에 없었다.

그러고 나서 엄마는 굳게 다짐했었다. 큰딸인 유림만은 절대 그렇게 만들지 않겠다고.

하지만 유림도 결국 똑같은 꼴이 되었다. 심지어 쌍둥이를 임신한 것까지 똑같지 않은가. 아니, 오히려 유민 때보다도 상황이 훨씬 좋지 않았다. 최소한 유민의 시댁은 재벌가는 아니었으니까.

「걱정 마, 엄마. 시댁 어른 되실 분들이 나 정말 많이 예뻐해주셔.」

유림이 그렇게 말했지만 엄마는 조금도 믿지 않았다. 허락을 받기 위해서 꾸며낸 소리지, 진짜로 그럴 리가 없다고 생각했기 때문이다.

'집안 차이가 나도 어느 정도지, 이 정도까지 차이가 나는데 기꺼워하실 리가 있나.'

금쪽같은 내 딸이 그런 대단한 집에 시집가서 앞으로 얼마나 수모를 겪을까. 혼전 임신으로 귀한 자기네 아들 발목 잡았다고 하겠지.

생각만 해도 엄마는 눈물이 핑 돌고 억장이 무너졌다.

"에잇, 에잇……."

눈물을 삼키며 엄마는 계속해서 이불을 밟았다.

딩동, 딩동.

한참 그러고 있는데 문득 초인종 소리가 들려왔다.

"누구시죠?"

엄마가 목청을 돋워 물었지만 들리지 않았는지, 대답 대신에 다시 초인종 소리가 났다. 어쩔 수 없이 엄마는 비눗물 묻은 발 그대로 고무 슬리퍼를 대강 꿰어 신고 대문으로 향했다.

대문을 열자 손에 커다란 과일 바구니를 든 귀부인이 서 있었다. 엄마의 눈에는 자신과 또래로 보였지만, 비교도 할 수 없게 세련된 차림에 우아한 미모였다.

"정유림 양 어머님 되시지요?"

이윽고 귀부인이 조용히 입을 열었다.

"그런데요. ……누구시죠?"

설마. 불안감에 떨며 엄마는 물었다.

"처음 뵙겠습니다. 정유림 양이 만나고 있는 차승현이 어미 되는 사람입니다."

귀부인이 공손히 고개를 숙이는 순간, 엄마의 심장이 쿵 하고 떨어졌다.

하여간에 지지리 복도 없지. 하필이면 이럴 때 이불 빨래를 하고 있었을 게 뭐람.

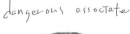

dangerous associate

떨리는 손으로 커피를 준비하며 엄마는 속으로 팔자를 탓했다. 하필 몸뻬 바지에 고무 슬리퍼 차림으로 재벌가 사모님인 예비 안사돈을 마주해야 하다니 너무 잔인하지 않은가.

커피를 타는 손이 벌벌 떨렸다. 하도 손이 떨려서 사과를 깎는 건 엄두도 낼 수 없었다.

"잘 마시겠습니다."

엄마가 한참을 허둥댄 끝에 간신히 내온 인스턴트커피가 담긴 잔을, 전 여사는 더없이 우아한 동작으로 들어 올렸다.

"저어, 어떻게 여기까지 오셨는지 짐작은 갑니다."

저 커피가 잠시 후 자신에게 쏟아지지나 않을까, 하고 걱정하며 엄마는 입을 열었다.

"심려가 크시겠지요. 저도 아이들한테서 얘기 듣고 많이 놀랐습니다."

"유림 양 어머님께서 많이 걱정하셨다고 들었습니다."

전 여사가 커피 잔을 내려놓고 말했다.

"이유도 대강 들었습니다. 유림 양이 저희 집안에 들어와서 자칫 마음고생을 할까 봐 걱정이 크시다고요."

"아, 예……."

직설적인 말에 엄마는 그만 얼굴이 붉어졌다.

"그 마음, 저도 이해를 합니다. 사실 저도 집안에서 막내며느리고 승현이도 막내 손자인데, 사실 별로 집안사람들에게서 환영받는 편은 아니랍니다."

의외의 말에 엄마는 당황해서 전 여사의 얼굴을 쳐다보았다.

"하지만 절대 제 며느리만은 그런 설움을 겪지 않게 하겠습니다."

그렇게 말하는 전 여사의 얼굴은 결심에 가득 차 있었다.

"그 누구도 우리 며느리를 무시하거나 깔보게 두지 않으렵니다. 유림 양은 물론이고, 그 애가 낳을 아이들도 절대 기죽지 않도록 제가 힘껏 지키겠습니다."

"……."

"저희 아버님, 그러니까 승현이 할아버지께서도 같은 마음이십니다. 그러니 사부인께서는 아무 걱정 마시고 부디 유림 양을 제 아들과 결혼시켜주세요."

놀라서 아무 말도 못 하고 있는 유림의 엄마를 향해, 전 여사가 고개를 깊이 숙였다.

"이렇게 부탁드립니다."

"혼수나 예단은 전혀 신경 쓰실 것 없습니다. 저희 쪽에서 다 준비할 테니까요."

전 여사는 몇 번이나 그렇게 말했다.

"불쑥 찾아와서 실례가 많았습니다. 그럼 상견례 때 뵙도록 하지요."

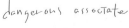

처음 왔을 때처럼 공손히 고개를 숙여 보이고 전 여사는 자리에서 일어났다. 그리고 나가기 전에, 유림의 엄마에게 부탁하듯 당부했다.

"아무쪼록 아이들한테는 제가 왔었다는 말씀은 하지 말아주셨으면 합니다."

이유가 궁금했지만 엄마는 굳이 묻지 않고 고개를 끄덕였다.

"예, 그렇게 하겠습니다."

그리고 대문 앞까지 전 여사를 배웅하러 나갔을 때, 끝내 엄마는 입속에서 맴돌던 말을 꺼냈다.

"저기, 잠깐만 기다리세요, 사부인."

엄마는 머뭇거리며 말했다.

"아드님이신 승현 군 말입니다, 훌륭한 청년이에요. 믿음직하기도 하고, 아주 눈이 다 환해지도록 잘생겼고요. 절대 승현 군이 제 눈에 차지 않는다거나, 그래서 반대했던 건 아닙니다. 그 말씀을 꼭 드리고 싶었어요."

아들의 칭찬을 듣자 전 여사의 차가운 얼굴에 엷은 미소가 번졌다.

"좋게 봐주셔서 고맙습니다. 유림 양에 비해서 한참 모자란 아이지요."

"아니에요, 저희 유림이야말로…… 제 딴에는 가르친다고 가르쳤는데, 애 아빠가 일찍 돌아간 바람에 여자 혼자 몸으로 키우다 보니 아무래도 부족한 점이 많아요. 그저 시어머니 되실 분께서

잘 가르쳐주세요."

"저도 승현이를 혼자 키웠답니다. 그 애 아버지도 일찍 세상을 떠났지요."

"어머나, 그러셨어요!"

안타깝고도 한편으로는 반가운 마음에 순간적으로 유림의 엄마는 저도 모르게 그만 손을 뻗어 전 여사의 손을 덥석 잡고 말았다.

그러나 전 여사는 그 손을 뿌리치지 않았다. 대신에 힘주어 꼭 마주 잡으며 이렇게 말했다.

"저희 승현이, 부디 잘 부탁드립니다."

목소리에 은은하게 물기가 어려 있는 것을 엄마는 눈치 챘다.

"예, 사부인. 저희 유림이도 아무쪼록 잘 부탁드립니다."

엄마의 목소리도 떨리고 있었다.

두 어머니는 손을 잡은 채 서로를 향해 깊이 고개를 숙였다.

dangerous associate

303

10. 어머니의 마음 (2)

집에서 쫓겨난 건 속상한 일이었지만 한편으로는 승현과 함께 보내는 나날이 즐겁기도 했다. 신혼 생활을 미리 맛보는 기분이랄 까.

며칠 승현의 집에서 지내면서 유림은 미처 몰랐던 승현의 장점 들을 깨달았다. 이 남자, 의외로 가정적이라는 점. 깔끔한 걸 좋아 해서 청소도 게을리 하지 않고 요리도 곧잘 한다. 그것도 심지어 양식도 아닌 한식을.

오늘 저녁 메뉴는 청양고추를 넣어 칼칼한 된장찌개였다. 입덧 때문에 속이 울렁거려서 점심을 제대로 못 먹었던 유림은 반쯤 정 신줄을 놓고 먹었다.

"그렇게 맛있어요?"

숨도 안 쉬고 먹고 있던 유림은 그제야 눈을 들어 맞은편을 보았 다. 승현이 턱을 괸 채로 눈을 가늘게 뜨고 바라보고 있는 바람에 얼굴이 붉어졌다.

"응. 맛있어."

"그래도 좀 천천히 먹어요. 물도 마셔가면서."

승현이 컵에 물을 따라 유림의 앞에 놓아주었다.

"이렇게 음식 잘하면서 왜 그동안은 안 해 먹었던 거야?"

"먹어줄 사람이 없잖아요. 혼자 해 먹어봐야 재미도 없고. 앞으로 결혼하면 자주 해줄게요."

그렇게 말하고 미소 짓던 승현이 문득 아, 하고 생각난 듯이 말했다.

"참, 낮에 할아버지한테서 전화 왔었어요."

"할아버님이? 뭐라셔?"

"5월 안으로 식 올리는 게 좋겠다고, 비서실에도 그렇게 준비하라고 하셨대요."

유림은 깜짝 놀라서 숟가락을 내려놓았다.

"5월이면 바로 다음 달이잖아?"

"네."

"지금이 벌써 4월 말인데!"

유림은 긴장감에 가슴이 마구 두근거렸다. 결혼이라는 게 얼마나 준비해야 할 것들이 많은지 이미 동생의 결혼을 지켜보면서 알고 있었기 때문이다. 혼수나 예단, 예물 준비는 물론이고 예식장도 알아봐야지, 한복도 맞춰야 하지, 스튜디오, 드레스, 메이크업, 신혼여행에다 상견례 준비, 또……!

"어떻게 한 달 안에 결혼 준비를 다 해?"

"선배는 몸만 오면 돼요. 준비는 이쪽에서 다 알아서 할 거니

dangerous associate

305

까."

벌써부터 허둥거리는 유림과 달리, 승현은 아무렇지도 않다는 듯이 대답했다.

"그래서 할아버지가 선배 어머님 언제 시간 되시냐고 물으셨어요. 내일이라도 만나러 가신다면서."

"알았어. 밥 먹고 내가 엄마한테 전화해볼게."

대답하는 유림의 목소리는 무거웠다. 과연 엄마가 승현의 할아버지를 순순히 만나려 할까.

'상견례도 됐고, 결혼식에는 가서 앉아 있어줄 테니까 그때나 부르든지 하게.'

엄마의 말이 떠올라서 유림이 깊은 한숨을 내쉬었을 때였다. 문득 식탁 위에 올려두었던 휴대전화가 진동했다.

"누군데 그래요?"

휴대전화 액정을 들여다보고 놀라서 눈이 커진 유림에게, 승현이 물었다.

"……우리 엄마."

"집에서 쫓아냈더니, 그래, 간다는 게 겨우 거기야?"

엄마는 못마땅한 듯이 유림을 향해 눈을 흘겼다.

"호텔에서 지낼 순 없잖아. 그렇다고 길바닥에 나앉을 수도 없고."

유림은 슬쩍 엄마의 눈치를 보며 대꾸했다. 왠지 며칠 전에 당장

나가라고 쫓아낼 때에 비해서는 엄마의 기세가 한풀 꺾인 것 같은 느낌이 들었다.

"저기, 엄마. 혹시 이번 주에 언제 시간 돼?"

그래서 유림은 용기를 내서 슬그머니 말을 꺼내보았다.

"그건 왜?"

"승현 씨 할아버지가 엄마랑 한번 만나서 얘기하고 싶다고 하셔서."

하지만 엄마는 딱 잘라 대답했다.

"됐어, 그럴 것 없어."

유림은 매달리다시피 말했다.

"엄마, 그러지 말고 한 번만, 응? 꼭 허락해달라는 게 아니라, 그냥 만나서 얘기만……."

"괜히 바쁘신 분 시간 빼앗을 필요 없다는 얘기야. 허락해줄 테니까."

유림은 제 귀를 의심했다.

"엄마, 지금…… 허락해준다고 했어?"

엄마가 한숨을 쉬고는 말했다.

"그쪽 어르신들 편하신 날짜 여쭤봐서 상견례 날 잡고, 얼른 결혼 준비하도록 하자."

"엄마……!"

유림의 얼굴이 확 밝아졌다. 유림은 너무 기쁜 나머지 엄마를 와락 끌어안고 펄쩍펄쩍 뛰었다.

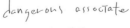

"엄마, 고마워! 나 정말, 정말 행복하게 잘 살게!"

"얘가 왜 이렇게 방방 뛰고 그래? 아이 가진 여자가 몸조심을 할 줄 모르고!"

"아 참, 그랬지."

엄마에게서 핀잔을 받고 나서야 유림은 뛰던 것을 겨우 멈췄다. 하지만 기쁨은 좀처럼 가라앉지 않았다. 승현 씨가 알면 얼마나 좋아할까!

"근데 엄마, 갑자기 왜 마음이 바뀐 거야? 무슨 일이라도 있었어?"

"일은 무슨. 그럼 아이를 하나도 아니고 둘씩이나 가졌는데 어떡하니?"

하지만 유림은 왠지 석연치 않은 것을 느꼈다. 임신했다는 건 지난번에도 말했는데, 허락은커녕 오히려 더 화를 내지 않았던가.

"정말 그 이유밖에 없어?"

"그렇다니까, 글쎄."

그렇게 대꾸하는 엄마가 자신의 눈을 똑바로 보고 있지 않다는 걸 유림은 눈치 챘다.

"엄마, 지금 나한테 뭐 숨기고 있지? 무슨 일이야? 응?"

좀처럼 대답하지 않으려는 엄마를, 유림은 집요하게 추궁했다.

"너희한텐 말하지 말라고 하셨는데……."

결국 엄마는 내키지 않는다는 표정을 하면서도 입을 열고 말았다.

"사실은 낮에 너희 시어머님 되실 분이 집에 오셨었어."

"승현 씨 어머님이? 우리 집에?"

깜짝 놀라는 유림에게, 엄마는 낮에 전 여사와 했던 얘기를 그대로 들려주었다.

"절대 너 시집살이 시키지 않겠다고 나한테 몇 번이나 다짐을 하고 가셨어. 사돈 되실 분께서 그렇게 먼저 말씀해주시는데 내가 더 배짱부릴 수 있니? 그저 예, 허락하겠습니다, 했지."

"그랬구나……."

"그쪽도 바깥사돈 되시는 분이 일찍 돌아가셔서 여태 혼자 키우셨다는데, 얼마나 애지중지하는 아드님이시겠어. 말 안 해도 내가 그 마음 알지, 알고말고."

엄마는 유림에게 간곡하게 당부했다.

"결혼해서도 시어머님 자주 찾아뵙도록 해. 얼마나 아들이 보고 싶으시겠어. 엄마 말 알아듣겠지?"

"응, 엄마. 그런데 있잖아, 사실은……."

유림은 조금 망설이다 말했다.

"승현 씨, 자기 어머니랑 그렇게 사이가 좋은 편이 아니야. 자주 만나지도 않고."

"뭐? 대체 왜?"

"어릴 때부터 그랬대. 좀 많이 차갑게 대하셨나 봐. 승현 씨 표현이지만, 엄마한테서 사랑받는다는 느낌을 거의 못 받고 컸다던데."

dangerous associate

309

"애가 지금 무슨 소릴 하는 거야?"

엄마는 유림에게 면박을 주듯 말했다.

"그 귀티 줄줄 흐르는 사모님께서 여기까지 일부러 찾아와서 머리 숙이고 가셨어. 어디 자존심이 없어서 그러셨겠니? 아들이 좋다니까 어떻게든 결혼시켜주시고 싶어 그러신 거지. 그게 자식 사랑하는 부모 마음이 아니면 뭐겠어?"

"그러게. 사실 내 생각도 그런데……."

유림은 말끝을 흐렸다. 자신이 본 전 여사도 그랬다. 한없이 차가워 보였지만, 의외로 아들인 승현을 깊이 아끼고 사랑하는 것같이 느껴졌다.

"근데 대체 왜 정작 승현 씨는 전혀 못 느끼고 자랐던 걸까? 지금도 마찬가지고."

"성격상 표현을 잘 못 하시는 거 아니니? 좀 차가운 인상이시긴 하더라."

엄마는 대수롭지 않게 말했지만 그렇게 단순한 문제가 아니라는 걸 유림은 알고 있었다.

'아무래도 뭔가 이유가 있는 것 같아.'

그 이유가 뭔지, 알아야 할 것 같은 느낌이 들었다.

수영 수업이 끝나고 유림은 차 회장과 수영장에 남아 얘기를 나

누었다.

"그래, 수업은 언제까지 할 셈이냐? 위험하지 않겠니?"

아무래도 아기들이 걱정되는지 차 회장은 그것부터 물었다.

"다음 주까지만 하고 다른 선생님께 맡길 생각입니다. 지연이라고, 저 팔 다쳤을 때 대신 수업해줬던 친구가 대신 해주기로 했습니다."

의사는 쌍둥이라도 아직 임신 초기라 격렬한 운동만 아니면 괜찮다고 했지만, 어르신들이 걱정하실 거라는 생각에 유림은 그렇게 결정했다.

"아주 잘 생각했다. 그저 조심 또 조심해야 하느니라."

차 회장은 그제야 마음이 놓이는지 고개를 몇 번이나 끄덕였다.

"그나저나 어머님께서는 언제 시간이 되신다고 하더냐?"

"그게, 다행히 엄마가 마음을 푸셨습니다."

낮에 이미 회사에서 승현에게도 얘기한 후였다. 허락을 받았다는 말을 듣고 승현은 뛸 듯이 기뻐하며 당장 결혼 준비 시작하자고, 세상에서 가장 예쁜 5월의 신부로 만들어주겠다고 말했다.

역시나 차 회장도 크게 기뻐했다.

"그거 잘됐구나! 그럼 말씀대로 얼른 상견례 날짜를 잡도록 하자꾸나. 한시가 급하니 이번 주말은 어떠시냐고 좀 여쭤보거라."

"네, 괜찮을 겁니다. 그렇게 전하겠습니다."

그렇게 대답하고 나서 유림은 머뭇거리며 말을 꺼냈다.

"저어, 할아버님. 사실은 제가 여쭤보고 싶은 게 있습니다."

dangerous associate

311

"뭐냐? 말해보거라."

"어머님 말입니다. 승현 씨한테 굉장히 차갑게 대하시는 것 같지만, 사실 마음속은 전혀 그렇지 않으신 것 같은데…… 제 생각이 틀렸습니까?"

차 회장이 고개를 저었다.

"아니다. 네가 제대로 봤느니라."

역시나. 유림은 용기를 내서 더 물었다.

"그런데 왜 승현 씨한테는 전혀 표현하거나 드러내지 않으시는 걸까요?"

하지만 차 회장은 별로 깊게까지 얘기하고 싶어 하지 않는 것 같았다.

"저도 그러고 싶어 그러는 게 아니란다."

씁쓸한 표정으로 그저 이렇게만 대답할 뿐이었다.

더 캐물으면 곤란한 문제인가, 하는 생각이 들었다. 하지만 유림은 여기서 물러나고 싶지 않았다. 승현을 위해서라도.

승현은 어머니가 자신을 사랑하지 않는다는 생각에 괴로운 어린 시절을 보냈다. 그게 사실이 아니라면, 지금이라도 사실을 알게 해주고 싶었다. 이미 지나간 과거는 어쩔 수 없지만, 낳아준 어머니에게서조차 사랑받지 못했다고 계속 오해한 채 사는 것은 너무 슬프지 않은가.

그런 자신의 생각을, 유림은 솔직하게 차 회장에게 이야기했다.

"그러니까 저한테도 어떻게 된 사정인지 얘기해주세요, 할아버

위험한 신입사원]

312

님. 부탁드립니다."

차 회장은 유림의 마음을 이해한 것 같았다. 하지만 그러면서도 얘기하기는 꺼려했다.

"글쎄다. 네게는 말을 한다 해도, 승현이한테까지 말하는 건……."

"승현 씨가 알면 안 되는 일입니까?"

"승현이한테 알리지 않으려고 승현 에미가 여태 애를 써온 게다."

그렇게 말하고 차 회장은 한참 침묵을 지켰다. 뭔가 골똘히 생각하는 것 같았다. 유림은 차 회장의 생각이 끝날 때까지 참을성 있게 기다렸다. 그리고 결국, 차 회장은 깊은 한숨과 함께 입을 열었다.

"……하지만 내 생각은 승현 에미랑은 좀 다르구나. 이제는 승현이도 좀 알고, 제 어미에 대해서 오해를 풀어야 하지 않을까 싶다."

차 회장은 잠시 말을 멈추고 눈을 들어 고요한 수면을 바라보았다.

유림이 옷을 갈아입고 체육센터 밖으로 나오자 평소처럼 승현이 데리러 와 있었다.

"왜 이렇게 늦었어요?"

"응, 할아버님이랑 얘기 좀 하느라고."

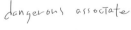

그렇게 대꾸하고 유림은 조심스럽게 말을 꺼냈다.

"사실은 내가 낮에 말 안 한 게 있어, 승현 씨."

"뭘요?"

"엄마가 우리 결혼 허락하셨다고 했잖아. 사실은 승현 씨 어머님이 우리 집에 찾아와서 허락해달라고 부탁하셨대."

"어머니가요?"

생각대로 승현도 놀라는 기색이 역력했다.

"우리 어머니가 그러실 분이 아닌데…… 확실한 거예요?"

"당연하지. 엄마한테서 직접 들었는걸."

그래도 승현은 영 석연치 않은 표정을 했다. 우리 어머니가 그럴 리가 없는데, 하는 생각이 좀처럼 가시지 않는 모양이었다.

"있잖아, 승현 씨. 부탁이니까 지금부터 내가 하는 얘기, 끝까지 들어줘."

유림의 말투가 심상치 않다는 것을 승현도 느낀 모양이었다. 그는 진지하게 고개를 끄덕였다.

"뭔지 모르지만 들을게요."

유림은 심호흡을 하고 얘기를 꺼냈다.

"승현 씨가 외아들이 아니었대."

"네?"

"원래는 승현 씨 위로 형이 있었대. 이름은 정현이었고, 두 살 위였대."

유림이 생각했던 대로 승현은 황당해 했다.

"누가 그런 소리를 해요?"

"정말이야. 할아버님한테서 들은 얘기야."

할아버지가 허튼소리를 할 리 없다고 생각한 것일까. 승현의 얼굴이 심각해졌다.

"그런데 왜 나는 여태, 평생을 몰랐던 거죠? 형이 있다는 걸."

"어머님께서 승현 씨한테는 숨기고 싶어 하셨대. 그래서 할아버지도 여태 아무 말씀 안 하신 거고."

승현의 잘생긴 얼굴에 점점 더 충격이 짙어져갔다. 그는 떨리는 목소리로 물었다.

"그럼, 그 형은 지금 어디서 뭐 하고 살고 있대요?"

말하기가 너무나 괴로웠으나 유림은 조용히 대답했다.

"네 살 때 사고로 돌아가셨대. ……승현 씨 아버지랑 같이."

"……!"

유림은 충격을 받은 표정이 된 승현의 손을 꼭 잡았다. 그리고 아까 할아버지에게서 들은 이야기를 최대한 그대로 전달했다.

「교통사고였단다. 차가 물에 빠지고 말았는데, 아이는 둘이었던 거야. 점점 가라앉는 차 안에서 한 아이라도 구할 수밖에 없었다고 하더구나. 그때 에미가 안고 헤엄쳐서 나온 게 승현이란다.」

차 회장은 너무나 괴로운 표정으로 말했었다.

「승현이를 구한 후에 다시 들어가려고 했을 땐 이미 늦어 있었다더구나. 결국 정현이는 그때 제 아비와 같이 하늘나라로 갔다.」

하는 사람도, 듣는 사람도 너무나 괴로운 이야기였다. 유림도

dangerous associate

315

이토록 괴로운데 하물며 승현은 어떨까.

"말도 안 돼. 어떻게 그런 일이⋯⋯."

그는 멍하니 중얼거렸다. 그런 승현의 손을 꼭 잡고, 유림은 말을 이었다.

"어머님은 이걸 알면 승현 씨가 죄책감으로 괴로워할까 봐 걱정하셨대. 그래서 그냥 혼자 지고 가시려고, 승현 씨한테는 형님이 계셨다는 사실 자체를 지워버리신 거야. 형님 사진도 다 없애셨고."

"어머니가⋯⋯?"

"그래. 어릴 때부터 승현 씨한테 차갑게 구신 건, 형님에 대한 죄책감 때문이라고 할아버지께서 그러셨어."

차 회장은 말했다.

「승현이가 너댓 살쯤 됐을 때였다. 한번은 에미가 술을 먹고는 울면서 내게 털어놓더구나. 승현이가 너무 예쁘고 귀하다고. 그런데 죽은 정현이가 자꾸만 눈에 밟혀서, 살려주지 못한 정현이한테 너무 미안해서 차마 승현이를 안아줄 수가 없다고. 그래서 저도 모르게 자꾸만 승현이한테 냉정하게 굴게 된다고.」

그 말을 할 때 차 회장의 목소리는 떨리고 있었다. 주름진 눈에는 눈물이 가득했다. 그리고 지금, 그 이야기를 그대로 전하고 있는 유림의 눈에도 눈물이 차오르고 있었다.

"어머님께서 승현 씨를 사랑하지 않으시는 게 아니야. 사실은 진심으로 사랑하셔."

유림은 승현의 손을 꼭 잡은 채 간곡하게 말했다.

"부디 그걸 승현 씨도 알아줬으면 좋겠어."

승현은 한참 동안 복잡한 얼굴을 하고 있었다. 그의 얼굴에 서서히 어리는 슬픔을 보고, 유림은 속으로 희망을 품었다. 아, 이젠 승현 씨도 어머님을 이해하고 용서할 수 있지 않을까.

하지만 한참 후, 승현의 입에서 나온 것은 싸늘한 말이었다.

"……그래서 나한테 뭘 바라는 건지 모르겠네요."

유림은 가슴이 철렁했다.

"승현 씨……?"

"숨기려고 했으면 평생 숨기든가요. 할아버지는 이제 와서 왜 선배한테 그런 얘기를 하신 건지 이해할 수가 없네요. 선배가 그 말을 나한테 전하는 이유도요."

유림은 뭔가 잘못됐다는 것을 느꼈다. 가끔씩은 연하라는 걸 잊어버릴 정도로, 늘 무조건적으로 유림을 포용하고 아껴주는 승현이었다. 그런 그가 도리어 자신을 원망할 줄은 미처 몰랐다.

"할아버님은 이제 승현 씨도 어머님에 대한 오해를 풀 때가 됐다고 생각하신 거야. 나 역시 그랬으면 좋겠고."

유림은 그를 달래듯 부드럽게 말했다.

"오해라고요?"

하지만 승현은 조금도 누그러지지 않았다.

"말했잖아요, 어머니는 내가 어릴 때부터 한 번도 날 안아준 적이 없었다고. 심지어 내가 아플 때조차 곁에 있어주지 않았다고

요. 넘어져도 한 번도 손을 뻗어 일으켜주지 않은 사람이 우리 어머니예요. 이제 와서 그럴 만한 사정이 있었다고 말한들 그 사실은 조금도 바뀌지 않아요."

"승현 씨."

"솔직히 선배한테도 실망했어요."

유림은 숨 쉬는 것도 멈추고 승현을 바라보았다.

"내가 평생 어머니하고 어떻게 지내왔는지 선배는 다 알잖아요. 알면서도 나한테 이렇게 쉽게, 심지어 내가 오해한 거니까 풀라는 식으로 말하면 안 되는 거였어요."

승현의 목소리는 조용했다. 하지만 그래서 더욱 그가 느끼고 있는 실망감과 배신감이 진하게 전해져와서, 유림은 어쩔 줄을 몰랐다.

"선배만은 내 아픔을 이해해준다고 생각했어요."

"미안해, 승현 씨. 내 생각이 짧았어."

유림은 진심으로 사과했다.

그의 말이 옳았다. 자신은 승현에게서 얘기로 들었을 뿐이지만, 승현은 자라는 내내 어머니의 냉대를 온몸으로 견뎌왔을 텐데. 화해를 바라는 마음에 그만 그걸 너무 쉽게 생각해버리고 말았다.

"내가 정말 잘못했어, 응?"

유림이 어쩔 줄 몰라 하며 그저 사과만 반복하자 승현이 짧게 한숨을 쉬었다.

"괜찮으니까 이제 그만해요. 나도 미안해요, 선배 홑몸도 아닌데 괜히 예민하게 굴어서."

그는 유림을 안심시키듯 조금 미소를 지어 보이고는 차에 시동을 걸었다.

"수업하느라 피곤할 텐데 오늘은 일찍 들어가서 쉬어요. 내일은 또 드레스 입어보러 가야 하잖아요."

말투는 어느새 다정한 평소의 승현으로 돌아가 있었다. 하지만 본의 아니게 그의 마음을 상하게 했다는 생각에 유림은 가슴이 아팠다. 그러려던 게 아닌데.

"정말 미안해. 다시는 말 꺼내지 않을게."

시무룩하게 말하자 승현이 대답했다.

"그래요. 어머니하고는 내가 알아서 잘 지낼 테니까 선배는 걱정하지 않아도 돼요."

말은 부드러웠으나 결국은 그냥 지금처럼 지낼 테니 더는 간여하지 말라는 뜻이 분명했다.

'어디서부터 어떻게 풀어야 하나……'

아니, 푸는 게 맞기는 할까. 어쩌면 처음부터 내가 끼어들 일이 아니었던 건 아닐까.

하지만 이대로 모른 체하자니 시어머니인 전 여사가 겪은 일이 너무나 마음이 아파서, 유림의 마음은 복잡하기만 했다.

엄마의 허락을 받고 나자 결혼 준비는 일사천리로 진행되었다.

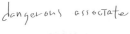

「선배는 몸만 오면 돼요. 준비는 이쪽에서 다 알아서 할 거니까.」

승현이 그렇게 말했던 것은 반은 맞고 반은 틀렸다.

대부분의 준비는 차 회장의 비서들이 알아서 착착 해주었지만, 역시 최종 결정은 유림과 승현이 직접 해야 했다. 게다가 직접 할 수밖에 없는 일도 있었다. 드레스 가봉이나 스튜디오 촬영 같은 걸 남이 대신 해줄 수는 없는 노릇이 아닌가.

마침 드림카페 1호점 개업 준비 중인데, 거기에 결혼 준비까지 겹치는 바람에 두 사람은 그야말로 눈코 뜰 새 없이 바쁜 나날을 보내고 있었다. 어느 쪽도 소홀히 할 수 없는 일이었으니까. 그나마 결혼 후에는 지금 승현이 살고 있는 아파트에 그대로 들어가서 살기로 했기 때문에 신혼집까지는 신경 쓰지 않아도 돼서 다행이었다.

주중에는 열심히 일하고 주말에는 결혼 준비를 하고. 그렇게 정신없이 보내던 어느 날, 두 사람은 모처럼 함께 지방에 내려갔다. 유림의 동생 유민이 낳은 쌍둥이 아기의 돌잔치에 참석하기 위해서였다.

「결혼해서도 우리 언니 속 썩일 건 아니죠? 그랬다간 정말 가만히 안 있을 거예요.」

유림이 마음고생을 했던 걸 뻔히 아는 유민이다. 처음에는 그렇게 말하며 흘겨보더니만, 승현이 준비해 간 산더미 같은 아기 선물들을 보고는 금세 배시시 웃으며 태도를 180도 바꿨다.

「역시 처제 사랑은 형부라니까. 우리 앞으로 잘 지내요, 형부!」

덕분에 화기애애한 분위기에서 돌잔치를 잘 끝냈다. 유림의 엄마는 며칠 더 쌍둥이와 함께 지내겠다며 남고, 승현과 유림 둘만 도로 서울로 향했다.

"깜짝 놀랐어요, 진짜 둘이 너무 똑같이 생겨서."

서울로 돌아오는 길에, 운전대를 잡은 승현이 즐거운 듯이 말했다.

"응, 정말 귀엽지?"

조카들을 떠올린 유림의 얼굴에도 미소가 어렸다.

"우리 아기들은 딸일까요, 아들일까요?"

"글쎄. 이란성이니까 둘 다일 수도 있지 않을까?"

아직 성별도 알 수 없었지만, 아기들 얘기만 나오면 저절로 즐거워지는 두 사람이었다.

"참, 이따 이 비서님이 가구 카탈로그 몇 개 가져오겠다고 했어요. 선배가 그중에서 보고 골라주면 신혼여행 가 있는 동안 싹 바꿔놓겠대요."

문득 승현이 생각난 듯이 말했다. 유림은 놀라서 손을 내저었다.

"지금 있는 것들도 다 새건데 뭐하러 바꿔? 괜찮으니까 지금 있는 거 계속 쓰자."

"이젠 선배 집인데 선배 취향에 맞는 걸로 바꿔야죠. 아, 가전제품도요."

"괜찮다니까. 그거 다 낭비야."

dangerous associate

321

하지만 승현은 고집을 부렸다.

"그래도 신혼집이잖아요. 신혼 분위기 내고 싶지 않아요?"

유림은 한숨을 짓고 말했다.

"좋아, 다 바꾸자. 대신 혼수는 여자가 하는 거니까, 내가 해 올게. 그럼 됐지?"

결국 유림이 이겼다. 승현은 못 말리겠다는 듯이 두 손을 들었다.

"알았어요. 그럼 그냥 지금 있는 거 그대로 써요. 대신, 침대는 바꾸는 걸로 하고요."

그 말에는 유림도 동의했다. 아무래도 지금 있는 침대는 좀 작기도 했고, 역시 유림도 새 신부답게 침실만은 새로 꾸미고 싶었다.

"응. 하지만 침대는 내가 해 올 테니까 그것만은 제발 말리지 말아줘."

그렇지 않아도 엄마가 매일같이 성화를 하고 있었다. 아무리 그쪽에서 몸만 오라고 했다고 해도 그렇지, 진짜로 몸만 갈 셈이냐며.

"좋아요. 그럼 진짜 좋은 걸로 해 와야 돼요?"

승현이 갑자기 목소리를 낮춰 귓가에 속삭이듯 말했다.

"……결혼하면 당분간은 그 위에서 지내게 될 테니까요."

이런 짐승! 유림은 정확히 알아듣고 얼굴이 새빨개졌다.

"어차피 나 안 건드리면서 괜히 그래."

유림은 승현을 향해 눈을 흘겼다. 엄마에게 쫓겨나서 며칠 함께

지낼 때도, 승현은 유림에게 손대려 하지 않았으니까.

"그때야 선배 쫓겨나서 가뜩이나 마음도 안 좋은데 건드리기 미안해서 그랬죠."

"아기들 놀라면 안 된다면서?"

"그것도 있었는데, 따로 알아보니까 임신 중에도 꼭 도를 닦으라는 법은 없다던데요."

승현은 무슨 생각을 했는지 의미심장하게 웃었다.

"어쨌든 그 부분은 나한테 맡겨요. 내가 다 알아서 할 테니까."

대체 뭘 어떻게 알아서 한다는 거야, 라는 물음이 목구멍까지 올라왔으나 유림은 꿀꺽 삼켜버리고 말았다. 왠지 긁어 부스럼만 만들 것 같아서.

다음 날은 월요일이었다. 두 사람은 점심시간을 이용해서 산부인과에 매주 있는 정기 검진을 받으러 갔다. 그런데 오늘따라 의사가 심각한 표정을 하더니 초음파 화면을 이리저리 한참 들여다보는 것이 아닌가.

"뭔가 이상이라도 있습니까, 선생님?"

조바심이 난 승현이 묻자 의사는 고개를 저었다.

"아닙니다. 심장 소리도 정상이고, 다 좋습니다만…….."

"그런데요?"

"아무래도 한 아이가 더 있는 것 같습니다."

승현뿐만 아니라 누워 있던 유림도 소스라치게 놀라서 하마터면 몸을 일으킬 뻔했다.

"여기를 자세히 보십시오. 아기집이 여기 하나, 또 이쪽에 하나. 그런데 한쪽 아기집에는 머리가 두 개 보이지 않습니까?"

얘기를 듣고 자세히 들여다보니 정말 그랬다. 머리가 총 세 개가 아닌가!

"지난 번에는 너무 초기라 잘 안 보였는데, 이제 보니 한쪽 아기집에 아이가 둘인 것 같습니다. 즉 일란성 쌍둥이가 하나 더 있다는 말씀입니다. 그러니까 합이 세 명이지요."

"세상에!"

유림과 승현은 한참 동안 벌린 입을 다물 줄을 몰랐다.

"어쨌든 하나가 더 있으니까, 기뻐하면 되는 거 아닙니까?"

잠시 후 먼저 입을 연 것은 승현이었다. 그러나 의사는 복잡한 표정을 했다.

"물론 기쁜 일이기는 합니다만 사실 세쌍둥이라는 게 상당히 위험한 임신에 속합니다. 임신 유지도 힘들뿐더러 조산을 피하기가 어렵습니다. 게다가 엄마 심장에도 무리가 많이 가고요. 자칫 최악의 경우에는 산모나 아기 둘 다 위험해질 수가 있습니다."

"그래서요?"

유림이 떨리는 목소리로 물었다.

"여러 가지 상황을 고려해야 합니다만, 보통은 세쌍둥이 이상일

경우 선택유산으로 두 아이만 남기는 것이 안전합니다."

두 사람은 눈앞이 캄캄해지는 것을 느꼈다.

돌아오는 길에 승현은 계속 생각에 잠겨 있었다. 유림 역시 머릿
속이 너무 복잡해서 아무 말도 할 수가 없었다.

회사에 돌아와서 사무실로 내려가는 엘리베이터에 탔을 때에야
승현은 겨우 힘들게 입을 열었다.

"의사 선생님 말씀대로 해요, 우리."

유림은 가슴이 철렁해서 승현을 올려다보았다.

"승현 씨?"

"자칫하면 엄마랑 아기 둘 다 위험할 수도 있다고 하잖아요. 그
러니까……."

"싫어."

승현의 말이 끝나기도 전에 유림이 잘라 말했다.

"승현 씨 마음도 알아. 그 생각이 틀린 것도 아니야. 하지만 난
차마 그렇게 못 할 것 같아."

"선배."

"어제 승현 씨도 봤잖아, 우리 조카들. 그런 아이들 중 하나를
포기하는 거라고. 견딜 수 있겠어?"

마치 승현의 마음을 들여다본 듯한 말이었다.

말마따나 어제 본 쌍둥이가 눈앞에 아른거렸다. 비록 자신과는
피 한 방울 안 섞인 아이들이지만, 어찌나 귀여운지 눈에 넣어도

아프지 않을 것 같았다. 그런 아이 하나를 포기해야 한다니, 괴롭기는 승현도 마찬가지였다.

하지만 승현에게는 무엇보다 유림이 소중했다. 자칫 셋 다 지키려다 셋 모두 잃을까 봐 걱정이 되기도 했지만, 유림이 잘못된다면 그거야말로 정말 견딜 수 없을 것 같았다.

승현은 그런 마음을 솔직하게 입에 담았다.

"아까 선생님이 그랬잖아요. 선택유산을 권했는데도 세쌍둥이다 지키려다가 결국은 셋 다 잃고, 산모까지 잘못된 경우도 있었다고요. 나는 만에 하나라도 그걸 감당할 자신이 없어요."

"그거야 그 사람 경우지!"

유림은 즉각 반대했다.

"승현 씨는 TV도 안 봐? 세쌍둥이, 아니, 네쌍둥이 낳은 사람도 멀쩡하게 잘만 나오잖아!"

"그것도 그 사람들 경우잖아요."

"승현 씨!"

왠지 싸우는 것처럼 되어버렸다. 타고 있던 엘리베이터는 이미 사무실이 있는 층에 도착한 지가 한참이었다. 이윽고 승현이 얼굴이 상기되어 있는 유림을 달래듯 말했다.

"우리 잠깐 올라가서 바람 좀 쐬고 와요."

승현이 다시 옥상으로 향하는 버튼을 눌렀다.

옥상에 나가서 바람을 맞자 그나마 좀 흥분이 가라앉는 것 같았다. 하지만 마음은 여전히 답답하기만 했다.

그래, 승현의 말이 틀리지 않다는 걸 유림도 알고 있었다. 자칫 욕심을 부리다가는 세 아이 다 잃을 수도 있다는 것도 안다. 보통 이런 경우 선택유산을 하는 사람이 많다는데, 그 사람들은 자기 아이가 소중하지 않아서 그런 선택을 할까. 모두들 마음은 아프지만 최선의 방법을 선택한 거겠지.

하지만 자칫 셋 다 잃을 수도 있다는 걸 알면서도 도저히 그중 하나를 골라서 어찌할 수가 없었다. 그게 현재 유림의 심정이었다.

괴로운 나머지 유림은 불쑥 말했다.

"내 마음이 이런데 어머님은 어떠셨을까?"

승현이 눈을 들어 유림을 바라보았다. 유림의 눈에 눈물이 가득했다.

"나는 아직 얼굴도 못 본 아기들인데도 이렇게나 괴로워. 그런데 하물며 어머님은 낳아서 몇 년 동안이나 키우던 내 아이잖아. 어쩔 수 없이 눈앞에서 둘 중 하나를 선택한 꼴이 돼버렸는데, 평생 얼마나 괴로우셨을까."

"……!"

그 순간, 승현은 심장이 멈추는 것만 같았다. 마치 벼락에 맞은 기분이었다.

'아, 어머니도 이런 마음이었던 건가.'

아니, 이것보다 몇 백 배, 몇 천 배 더한 괴로움을 어머니는 견디며 살아왔겠지.

그러면서도 어머니는 끝내 자신에게는 그 일을 알리지 않으려고 애썼다. 같은 아픔을 자신에게는 안겨주지 않기 위해서.

'어머니……'

이토록 괴로운 순간이 되어서야 처음으로 어머니 전 여사의 마음을 헤아려보게 된 승현이었다.

결국 그날 당장 결론을 낼 수는 없었다. 승현도, 유림도 마찬가지로 사무실에 돌아와 일에만 몰두했다. 괴로움을 잊기 위해서.

그날 밤, 승현은 밤늦게까지 잠을 이루지 못했다. 유림이 가진 세 아이의 생각, 어머니에 대한 생각, 그리고 죽은 형에 대한 생각들이 그의 머릿속을 한없이 복잡하게 했다.

그리고 다음 날 아침, 그를 깨운 것은 할아버지 차 회장의 전화였다.

"아침부터 웬일이세요, 할아버지."

- 웬일이냐니, 이 녀석아. 오늘 네 아버지 기일인 거, 잊지는 않았겠지?

승현은 가슴이 철렁해서 달력을 보았다. 아, 벌써 날짜가 그렇게 되었었나. 사실은 요즘 일에다 결혼 준비까지 신경 쓰느라 바빠서 깜빡 잊고 있었지만 승현은 태연하게 대답했다.

"물론 알고 있습니다. 이따 퇴근하고 본가로 제사 지내러 가겠습니다."

- 그거야 당연한 일이고.

차 회장이 말했다.

- 오늘은 일찍 퇴근해서 네 아버지 모신 납골당에나 좀 가보거라.

"예? 거기는 왜……."

- 네 어머니가 매년 기일이 되면 제사 지내기 전에 꼭 거기 들렀다 본가로 오느니라. 너도 가서 오랜만에 아버지한테 인사 좀 드리고 오라는 말이다.

그 순간 승현은 퍼뜩 깨달았다. 아버지의 기일이라는 건, 곧 형의 기일이기도 하다는 사실을.

혹시, 거기 아버지만 계신 게 아닌 건 아닐까.

"알겠습니다, 할아버지."

대답하는 승현의 목소리가 미세하게 떨리고 있었다.

화창한 봄날 오후, 교외에 있는 작은 납골당. 수수한 검은 옷차림의 귀부인 하나가 조용히 들어와 하얀 국화 꽃다발을 놓았다.

"여보."

유골이 든 항아리가 모셔져 있는 유리 안을 들여다보며 전 여사는 정답게 말을 걸었다.

"우리 승현이가 벌써 다 커서 결혼을 하게 되었어요. 세월이 참 빠르지요."

대답은 없었지만 전 여사는 미소 지었다.

"얼마나 예쁘고 착한 아가씬지 몰라요. 당신도 보시면 마음에
꼭 드실 텐데요."

…….

"내가 승현이한테 못 준 사랑, 그 아가씨가 준답니다."

목소리가 떨렸다.

"벌써 배 속에 아기도 둘이나 있다니까 이제 우리 승현이, 더는
못난 어미 때문에 외롭지 않겠지요. 그렇죠? 여보."

그리고 나서 전 여사는 커다란 항아리 옆에 있는 작은 항아리로
시선을 돌렸다. 아무것도 쓰여 있지 않은 작고 하얀 항아리. 바로
그 안에 어릴 때 죽은 아들의 유골이 들어 있었다.

"우리 정현이, 잘 지냈니?"

전 여사는 큰아들을 다정하게 부르며 차가운 유리를 가만가만
쓰다듬었다.

"자주 오지 못해서 미안해. 그래도 엄마가 널 한순간도 잊지 않
고 있단다."

혹시 승현이 알까 두려워서 이름조차 붙여주지 못한 작은 항아
리. 그 항아리를 들여다보고 있자 서서히 눈앞이 뿌옇게 흐려져왔
다.

"아빠랑 거기서 조금만 더 재미있게 지내고 있거라. 이젠 승현
이도 혼자가 아니니까, 엄마가 머지않아 꼭 가서 정현이 곁에 있
어줄게."

전 여사가 목이 메는 것을 꾹 참고 속삭이듯 말한 순간이었다.

"……어머니."

갑자기 등 뒤에서 들려온 목소리에, 전 여사는 소스라치게 놀라 돌아보았다.

"……!"

언제 온 것일까. 승현이 눈앞에 서 있었다. 눈물이 가득한 눈으로 전 여사를 바라보면서.

깜짝 놀라 굳은 전 여사를, 승현이 젖은 눈동자로 바라보았다.

"승현아……?"

전 여사는 떨리는 목소리로 중얼거렸다.

이윽고 승현의 시선이 전 여사의 얼굴을 지나쳐 그 뒤에 있는 작은 항아리로 향했다.

"아버지 옆에 있는 저 항아리는 뭔지 늘 궁금했는데…… 형이었어요?"

항아리를 보며 나지막이 묻는 승현의 목소리에 전 여사는 하마터면 심장이 멎을 뻔했다.

"승현아, 저건……!"

전 여사는 어쩔 줄을 몰랐다. 오로지 승현이 알지 못하게 하기 위해서 큰아들이 존재했었다는 사실조차 지우고 30년 가까이 가슴에 묻은 채로 살아왔는데!

"형."

승현이 어린 정현의 유골이 든 항아리를 향해 고개를 숙였다.

"나 때문에, 정말 미안해. 여태껏 형에 대해서 까맣게 모르고 살

dangerous associate

331

아서 더 미안해."

말하는 입술이 떨리고 있었다. 이미 아들이 모든 사실을 알아버렸다는 것을 전 여사는 깨달았다.

"이제라도 알았으니 절대 잊지 않을게. 그러니까 형, 아무 걱정 말고 편히……."

승현은 끝내 말을 맺지 못했다.

"절대 오해하면 안 된다, 승현아."

그 옆에서 전 여사는 어쩔 줄 몰라 하며 발을 동동 굴렀다.

"형이 그렇게 된 건 다 엄마 잘못이야. 너는 그때 겨우 두 살이었어. 넌 아무 잘못도 없어!"

승현이 천천히 고개를 들었다. 젖은 눈동자는 여태껏 전 여사가 한 번도 본 적 없는 빛을 담고 있었다.

연민의 눈빛이었다.

"죄송해요, 어머니."

승현이 중얼거리듯 말했다.

"늘 원망만 했어요. 어머니한테 그런 아픔이 있을 줄은 생각조차 하지 못했어요."

"대체 네가 그 일을 어떻게……?"

당혹스러워하는 어머니를 바라보며, 승현은 담담하게 말했다.

"할아버지께서 유림 선배를 통해서 다 말씀해주셨어요."

전 여사는 놀랐다.

승현을 위해 정현의 존재를 비밀로 하고 싶다는 자신의 부탁을

받아들여, 30년 가까이 굳게 비밀을 지켜온 시아버지였다. 자칫 승현에게 허튼소리를 하는 사람은 무조건 유언장에서 빼버리겠다고 엄포를 놓아서 친척들의 입단속을 시킨 것도 시아버지였다. 그 덕분에 여태껏 승현이 제게 형이 있었다는 사실을 까맣게 모르고 살아올 수 있었던 것인데.

그런 시아버지가 이제 와서 왜?

답은 승현의 입에서 나왔다.

"할아버지는 이제라도 제가 어머니에 대한 오해를 풀고 잘 지내기를 바라셨던 것 같아요."

"아……."

전 여사의 심장이 불안감으로 쿵쿵 뛰었다. 숨겨진 진실을 듣고 나서 승현은 어떻게 생각했을까. 이 어미의 마음을 이해해주었을까, 아니면…….

"유림 선배한테서 얘기를 전해 듣고 나서 많이 생각했어요."

승현이 천천히 입을 열었다.

"……그런데 아무리 생각해도 저는 할아버지가 원하시는 대로, 하루아침에 아무 일도 없었던 것처럼 사이좋은 모자 사이가 될 수는 없을 것 같아요. 어머니 입장에서는 그럴 수밖에 없었을 거라고 이해는 가는데, 그게 가슴으로 잘 받아들여지지가 않아요."

하얗게 질린 전 여사를 향해 승현은 고개를 숙였다.

"정말 죄송해요, 어머니."

전 여사는 목이 콱 메어오는 것을 억지로 참고 고개를 저었다.

dangerous associate

333

"아니다. 여태 네게 모질게 굴었던 건 이 어미인데 미안하다니,
네가 왜."

마음이 아팠지만 서운하지는 않았다. 어차피 승현에게서 용서
받을 수 있으리라고는 기대조차 하지 않았으니까. 전 여사는 그저
사실을 알게 된 승현이 앞으로 마음의 짐을 진 채로 살아가게 될까
봐 오로지 그것만이 걱정이었다.

"난 아무렇지 않으니까 신경 쓸 것 없다. 그러니 할아버지 말씀
은 잊어버리고……."

하지만 승현의 말은 아직 끝난 것이 아니었다.

"그러니까 어머니, 제게 시간을 주세요."

승현이 가만히 말했다.

"노력하겠습니다, 어머니께 좋은 아들이 되도록."

"승현아……."

전 여사는 놀라서 아들을 올려다보았다.

"그러니까 어머니도 저를 조금만 더 따뜻하게 대해주세요. 어머
니가 밀어내지만 않으시면, 제가 조금씩 다가가겠습니다."

승현의 갈색 눈동자가 따스한 빛을 담고 전 여사를 바라보고 있
었다.

대체 얼마 만에 이렇게 가까이에서 마주 보는 것일까. 몰랐던 사
이에 놀랄 만큼 자라 있는 아들의 얼굴에서, 전 여사는 그와 꼭 닮
은 누군가를 떠올렸다. 바로 세상을 떠난 사랑하는 남편의 얼굴이
었다.

죽은 자식을 향한 슬픔을 숨기느라, 살아남은 자식에 대한 애틋한 사랑을 숨기느라 평생을 냉정한 가면을 쓴 채로 살아온 전 여사. 어느새 남편을 꼭 닮아버린 아들 앞에서, 전 여사는 비로소 그 가면을 내려놓을 수 있었다.

"그래, 승현아. 그래……!"

고개를 푹 숙이고 눈물을 쏟는 어머니를, 승현은 위로하듯 조용히 내려다보았다.

"어머니는 이제 제사 준비를 하러 본가로 가시겠지요?"

납골당에서 나오며 승현이 물었다.

"그래. 너도 같이 가련?"

전 여사가 물었으나 승현은 고개를 저었다.

"아뇨, 저는 밤에 제사 지낼 때쯤 갈게요. 그전에 좀 가야 할 곳이 있어서요."

"왜, 어디 볼일이라도 있니?"

승현은 잠시 망설이다가 말했다.

"사실은 유림 선배가 세쌍둥이를 가졌어요."

생각대로 전 여사는 깜짝 놀란 얼굴을 했다.

"아니, 갑자기 그게 무슨 말이냐? 쌍둥이라더니?"

"미처 몰랐는데 나중에 알고 보니 하나가 더 있었어요."

승현은 짧게 설명했다.

"셋 다 낳기는 너무 위험하다고, 의사는 셋 중에 한 아이를 선택 유산하자고 권하고 있어요. 대부분은 그렇게들 한다고요. 그런데 유림 선배는 도저히 그렇게는 못 하겠다고 해요. 어떻게 하나를 고를 수가 있느냐고……."

"그래, 그렇겠지. 다 같은 자식인데 어떻게 그게 쉽겠니."

고개를 끄덕이는 전 여사의 얼굴에 순간적으로 고통스러운 빛이 어렸다. 어머니가 무엇을 떠올렸는지 짐작하자 승현은 마음이 아팠다.

"그렇게나 위험한 거냐? 어떻게, 셋 다 무사히 낳을 방법은 없는 거라니?"

"그래서 지금부터 방법을 찾아보려고 하는 거예요."

승현은 어머니를 안심시켰다.

"그러니 어머니는 너무 걱정 마시고 먼저 가서 제사 준비하고 계세요. 할아버님 아시면 괜히 걱정하실 테니 아직은 말씀하지 말아 주시고요. 저는 볼일 마치고 이따 유림 선배하고 같이 갈게요."

"와준다면야 고맙지만, 아직 결혼하기도 전인데. 제사에까지 오라고 하면 너무 부담스러워하지 않을까 모르겠구나."

걱정하는 어머니에게, 승현은 조금 웃어 보였다.

"유림 선배가 먼저 오겠다고 말해준 거예요. 결혼하기 전에 미리 아버지한테 인사드리고 싶대요."

"유림이가……?"

전 여사는 그 이상 말하지 않았지만 내심 감동한 눈치였다.

"그럼 어머니, 이따 밤에 본가에서 봬요."

그렇게 말하고 헤어지기 직전에, 어머니는 등을 돌리는 승현을 불러 세웠다.

"잠깐만, 승현아."

"네?"

전 여사는 머뭇거리며 말했다.

"어떻게든 유림이 마음에 상처가 남지 않는 쪽으로 결정을 했으면 좋겠구나. 물론 어련히 너희가 알아서 잘하겠지만 말이다."

그렇게 말하는 어머니의 마음을 승현은 이해했다. 그래서 힘주어 고개를 끄덕였다.

"네, 어머니. 그렇게 하겠습니다."

승현이 일찍 퇴근해버린 뒤 유림은 하루 종일 일이 손에 잡히지 않았다.

「제사 지내기 전에, 어머니한테 좀 가보려고요.」

승현은 서둘러 사무실을 나가며 그렇게만 말했다. 가서 화해하겠다든가 하는 말은 일언반구도 없었기 때문에 유림은 불안했다. 혹시나 자신에게 화냈던 것처럼, 이제 와서 나더러 뭘 어쩌라는 거냐고 어머니에게 따지러 간 것은 아니겠지.

'어쨌든 이따 밤에 제사 지내러 가면 알 수 있겠지.'

그렇게 생각하며 유림은 애써 불안한 마음을 달랬다. 그러나 의

dangerous associate

337

외로 승현은 퇴근할 때쯤 다시 회사로 돌아왔다.

"이따 밤에 할아버님 댁에서 만나기로 한 거 아니었어?"

놀라서 묻는 유림에게, 승현은 대답 대신에 겉옷을 직접 어깨에 걸쳐주었다.

"가면서 얘기할게요. 길게 말할 시간 없으니까 일단 가방부터 챙겨요."

영문을 몰랐지만 유림은 일단 그의 말에 따랐다.

승현의 차는 아예 주차장도 아닌 회사 바로 앞에 세워져 있었다. 승현은 서둘러 유림을 차에 태우고, 자신도 운전석에 타자마자 차를 출발시켰다.

"대체 어딜 가는 건데?"

"한국대병원이요."

유림이 묻자 그제야 승현은 대답했다.

"한국대병원 산부인과에 김종혁 교수님이라고 계세요. 우리나라에서 고위험 산모, 특히 다태아 쪽으로는 제일 권위자인 분이에요."

"승현 씨?"

유림은 놀라서 승현을 쳐다보았다.

"특진 예약이 석 달 후까지 밀려 있는 분인데, 한국대병원 소아암센터 건립에 기부하는 조건으로 부탁드렸더니 진료 다 끝난 시간에 특별히 선배 봐주시기로 했어요. 오늘 낮에 연락 받은 거예요."

승현이 핸들에서 한 손을 떼고 유림의 손을 꼭 잡았다.

"선배 말이 맞아요. 우리, 포기하지 말고 할 수 있는 데까지는
해봐요."

미리 승현과 유림을 기다리고 있던 교수님은 잔뜩 긴장한 유림
을 자상하게 안심시켜주셨다.

"저한테 오시길 아주 잘하셨습니다."

둘에게서 이야기를 듣고 나서 초음파까지 본 후, 교수님의 입에
서 나온 첫 마디였다.

"세쌍둥이라고 꼭 한 아이를 포기하는 게 능사는 아닙니다. 시
술을 하다가 자칫 다른 아이들까지 잘못될 수도 있어요. 셋 다 충
분히 건강하게 낳을 수 있습니다."

대한민국에서 제일 권위자라는 분이다. 이분마저 안 된다고, 포
기하라고 하면 어떻게 하나. 속으로 계속 마음을 졸이고 있던 유
림은 말을 듣자마자 왈칵 눈물부터 나왔다.

"정말입니까? 교수님, 정말 셋 다 낳아도 괜찮겠습니까?"

승현이 다급하게 물었다.

"네. 세 아이가 다 주수에 맞게 잘 크고 있고 심장 소리도 좋습니
다. 누구 하나 특별히 작은 아이도 없고, 위치도 좋고요."

초음파 사진을 가리키며 교수님이 말했다.

"물론 쉽지 않은 임신입니다. 임신 유지 자체만으로도 엄마가
굉장히 힘들 거고요. 엄마, 버텨낼 수 있겠어요?"

dangerous associate

339

안경 너머 교수님의 따뜻한 눈빛이 유림을 향했다.

"예!"

유림은 눈물을 펑펑 흘리며 대답했다.

"제가 체력이 정말 좋습니다, 교수님! 국가 대표까지는 못 됐지만 전국체전에서 금메달도 땄던 수영 선수였고요, 지금도 꾸준히 운동하고 있습니다. 저만큼 심장 튼튼한 여자는 백에 하나도 드물 겁니다."

눈물과 함께 꾹꾹 눌러 참았던 말이 한꺼번에 터져 나왔다.

"기합 받는 데 이골이 나서 힘들고 아픈 것도 워낙 잘 참습니다. 아무리 힘들어도 다 견뎌낼 수 있습니다. 그러니까 제발, 아이들만 무사히 낳을 수 있게……!"

끝내 소리 내어 울음을 터뜨리는 유림을, 곁에 있던 승현이 가만히 끌어안았다.

"체력도 좋으시고, 나이도 요즘 산모치고는 많은 편이 아니시고. 무엇보다 엄마 결심이 이렇게 확고하시니 다 잘될 겁니다. 걱정 마세요."

교수님의 자상한 격려에 눈물은 한층 더 쏟아졌다. 펑펑 우는 유림을, 승현이 다정하게 달래며 등을 토닥였다.

"선배는 해낼 수 있을 거예요. 우리 아기들도요. 내가 곁에서 힘껏 도울게요."

"응, 난 꼭 해낼 거야. 반드시 해낼 수 있어."

유림은 울면서도 몇 번이나 고개를 크게 끄덕였다. 그런 두 사람

을 바라보는 교수님의 눈매가 가늘어졌다.

"자, 그럼 엄마, 아빠. 지금부터 34주를 목표로 함께 힘내봅시다!"

그날 저녁, 본가의 제사상에는 처음으로 어린이용 작은 밥그릇과 국그릇, 그리고 수저가 하나씩 더 놓였다. 전 여사가 갖다놓은 것이었다.

그 주인공이 누구인지 유림은 어렵지 않게 짐작할 수 있었다. 그래서 승현이 제사상에 대고 절을 하는 동안 뒤에 서서 눈을 감고 속으로 빌었다.

'아버님, 그리고 아주버님. 그곳에서 부디 평안하세요.'

제사에 참석한 것은 차 회장과 손 여사, 그리고 전 여사와 승현, 유림까지 다섯뿐이었다. 다른 가족이나 친척들은 원래 승현의 아버지 제사에는 으레 참석하지 않는다고 했다.

"그래도 올해는 연희 씨하고 막내 아기, 네가 있어줘서 조금은 덜 쓸쓸하구나."

제사 후의 저녁식사 자리에서 차 회장은 그렇게 유림에게 감사를 표했다.

"어머니, 혹시 산적 더 있나요?"

식사 중에 불쑥 승현이 어색하게 말하는 바람에 유림은 내심 깜

짝 놀랐다. 지금껏 승현이 자기 어머니에게 이런 식으로 뭘 부탁하는 걸 본 적이 없었기 때문이었다.

전 여사의 반응은 더욱더 놀라웠다.

"잠깐 기다리거라."

언제나 그랬듯이 크게 살가운 말투는 아니었지만, 어쨌든 가정부 아주머니를 부르지 않고 손수 일어나서 주방으로 향하는 것이 아닌가.

전 여사가 주방으로 가고 나자 유림은 눈이 둥그레져서 승현을 쳐다보았다. 차 회장 역시 똑같이 놀란 얼굴로 손자를 바라보았다. 손 여사도 마찬가지였다.

자신에게 집중되는 놀란 시선들을 느꼈는지, 승현이 어깨를 으쓱했다.

"맛있어서요."

딱 그 말뿐이었지만 유림은 눈치 챘다. 승현이 자기 어머니에게 마음을 열려고 노력하고 있다는 사실을.

기쁜 나머지 눈물이 핑 돌았다.

"허허허, 내가 오늘 아무래도 한잔해야겠구나!"

무릎을 치며 소리 내어 껄껄 웃는 차 회장의 눈시울 역시 은은하게 붉어져 있었다.

저녁식사 후 유림은 설거지를 하겠다고 팔을 걷어붙였지만 손 여사와 전 여사가 나란히 뜯어말렸다. 홑몸도 아니거니와, 아직 차 씨 집안 사람도 아닌데 일까지 시킬 수는 없다는 것이었다.

결국 유림은 승현과 함께 먼저 밖으로 나왔다.

"아직 식을 올리기도 전인데 제사에까지 오게 만들어 안됐구나."

대문 앞까지 배웅을 나온 전 여사는 그렇게 말했다. 여전히 은은한 냉기가 느껴지는 말투였지만, 유림은 알 수 있었다. 이 정도가 전 여사로서는 최대한 고마움을 표현한 것이라는 사실을.

그래서 유림은 활짝 웃으며 대답할 수 있었다.

"예, 어머님. 내년에는 제가 음식 준비도 열심히 돕겠습니다!"

11. 사랑하기 딱 좋은 날

　세 아이, 모두 지키자. 그렇게 결심한 것까지는 좋았지만 세쌍둥이의 임신을 유지한다는 것은 생각보다 훨씬 어렵고도 위험한 일이었다.

　세쌍둥이의 경우 34주를 만삭으로 치는데, 실제로는 그만큼 버티는 산모가 많지 않다고 했다. 무엇보다 조산이 가장 위험해서 회사 일도 오래는 할 수가 없을 것 같았다.

　그래서 유림은 5월 셋째 주로 예정된 드림카페 1호점 개점의 마지막 준비에 한층 더 심혈을 기울였다. 개점하는 것까지는 보고 나서 홀가분하게 휴직을 할 생각이었다.

　승현 역시 그런 유림의 마음을 알기에 굳이 말리지는 않았다. 약혼자로서, 또한 팀장으로서 묵묵히 이끌어줄 뿐이었다.

　혜인은 유림이 세쌍둥이를 가졌다는 말에 자기 일처럼 기뻐해 주었다. 그리고 유림이 무리하지 않게 세심하게 배려해주었다.

　모두가 그렇게 도와가며 열심히 한 보람이 있어서 준비는 착착 진행되었다. 그러는 사이에 어느새 드림카페 1호점, 대망의 개점

위험한 신입사원]

344

당일이 다가왔다.

그리고 개점 바로 전날 밤, 승현에게 뜻밖의 사람이 찾아왔다.

드림카페 1호점 개점 바로 전날, 승현은 늦게까지 사무실에 혼자 남아서 홍보팀에 넘길 보도 자료의 최종 검토를 모두 마치고 나서야 자리에서 일어났다.

퇴근을 위해 밖으로 나온 승현은 순간적으로 흠칫 놀랐다. 사무실 문 앞, 복도에 누군가가 우두커니 서 있었기 때문이었다.

상대는 승현이 잘 아는 사람이었다.

"어, 미영 씨?"

잠시 놀랐던 승현은 반가운 마음에 금세 활짝 웃어 보였다.

"오랜만입니다, 그동안 잘 지냈어요?"

도쿄 지사에 있을 때 비서로 일해줬던 김미영이었다. 2년간 거의 매일 함께 있다시피 하다 보니 가족처럼 정도 들었고, 미영도 지사장인 자신을 잘 따라주었었다. 승현이 한국 본사로 돌아올 때, 미영도 돌아오고 싶다고 부탁해서 승현이 힘을 써주기도 했다.

"네, 지사장…… 아니, 팀장님."

얼른 호칭을 바꿔 부르는 미영을 보고 승현은 쿡쿡 웃었다.

"그냥 입에서 나오는 대로 편하게 불러요. 나도 그냥 미영 씨라고 부르잖습니까, 이젠 김 대리님인데."

"네, 지사장님."

그러나 대답하는 미영의 표정은 승현과는 달리 어두웠다. 아무

dangerous associate

345

래도 뭔가가 있는 것 같다고 생각한 승현은 미소를 거두고 물었다.

"그런데 미영 씨가 여긴 웬일로 왔습니까? 나 찾아온 거 맞죠?"

"네."

"혹시 무슨 일이라도 있어요?"

승현이 묻자 미영이 가만히 중얼거리듯 말했다.

"……결혼하신다고 들었어요. 같은 팀에 계신 정 대리님하고요."

"맞아요. 이번 주 일요일입니다."

승현은 고개를 끄덕였다.

"미영 씨한테도 내가 직접 청첩장 주면서 얘기할 생각이었는데, 드림카페 오픈 건 때문에 정신이 없어서 여태 못 하고 있었습니다. 섭섭했다면 미안해요."

"아니에요."

미영이 고개를 저었다.

"정 대리님이 아기 가지셨다는 얘기도 들었어요. 정말 축하드려요."

"고마워요."

시종일관 어두운 미영의 표정이 마음에 걸렸다. 승현은 조심스럽게 물었다.

"축하한다고 말해주러 이 시간에 일부러 찾아온 건 아닌 것 같은데, 그렇죠?"

그때까지 계속 바닥만을 내려다보고 있던 미영이 고개를 들어 승현의 눈을 보았다. 겁먹은 듯, 그러면서도 어딘가 결심한 것 같은 눈빛을 마주한 순간 퍼뜩 깨달음이 왔다.

아, 내가 여태 왜 몰랐을까.

"지사장님."

"듣고 있어요."

이미 뒤에 이어질 말을 예상한 승현은 부드럽게 대꾸했다.

"절대 지사장님께 뭘 바라는 건 아니에요. 어떻게 해주십사 하는 것도 아니고요. 하지만 이 말씀만은 꼭 드리고 싶었어요."

미영이 떨리는 목소리로 말했다.

"사실은 일본에 있을 때부터 지사장님을…… 계속 좋아했어요."

어떻게 해야 할까, 승현은 잠시 속으로 고민했다. 옛날 같았으면 그냥 피식 웃고 무시했을 거였다. 오히려 기분 나빠 했을지도 모른다. '네가? 나를?' 하면서.

하지만 지금의 승현은 달랐다. 누군가를 좋아하는 마음이라는 것이 얼마나 귀하고 또 아름다운 것인지 안다. 유림을 만난 후로, 알게 되었다.

떨고 있는 미영에게, 승현은 고마움을 느꼈다. 비록 받아줄 수는 없지만.

"고마워요, 미영 씨. 내가 별로 잘해준 것도 없는데, 사실 나 그렇게 좋은 사람도 아닌데. 그렇게 좋게 봐줘서 정말 고마워요."

승현은 진심으로 말했다.

dangerous associate

347

"미영 씨도 참 좋은 사람이라는 거 알아요. 그러니까 미영 씨도 사랑하는 사람을 만나서 행복해지기를 진심으로 바랄게요."

"지사장님……!"

갑자기 미영이 눈물을 왈칵 쏟는 바람에 승현은 난처해졌다.

"울지 마요, 미영 씨. 그러면 내가 너무 미안해지잖아요."

"그런 게 아니에요. 죄송한 건 저예요!"

달래려 했지만 미영은 울면서 고개를 저었다.

"사실은 제가 일본에 있는 내내 지사장님을 속였어요. 아니, 아예 처음부터 지사장님을 감시하기 위해서 일본에 가게 된 거였어요."

승현은 뒤통수를 크게 얻어맞은 것 같은 충격에 빠졌다.

"미영 씨, 지금 뭐라고 했어요……?"

"정말 죄송해요, 지사장님!"

미영은 울면서 자초지종을 털어놓았다. 자신이 세라의 대학교 친구라는 것. 세라가 힘을 써준 덕분에 회사에 들어왔다는 것. 그 후 계속 승현에 대한 소식을 세라에게 전했고, 일본에까지 따라가게 되었다는 것. 심지어 세라가 일본에 와서 승현과 유림의 사이를 교묘하게 이간질했을 때, 자신이 도왔다는 것까지도.

그 사실만은 여태 모르고 있었던 승현은 놀라움과 함께 분노를 금치 못했다.

"그때만 해도 세라 말에만 무조건 따르느라 나쁜 줄도 모르고 그런 짓을 저질렀어요. 하지만 계속 곁에서 모시고 있다 보니 지사

장님이 정말 좋은 분이시라는 걸 알게 되고, 제게 잘해주실 때마다 죄책감 때문에 마음이 너무 괴로웠어요. 꼭 털어놓고 사죄를 드리고 싶었는데, 차마 말이 나오지가 않아서……."

미영은 기어이 울음을 터뜨리고 말았다.

펑펑 우는 미영을 바라보는 승현의 마음은 복잡했다.

듣고 보니 사정은 알겠다. 사장 딸인 데다, 입사할 때 힘을 써줬던 친구인 세라를 차마 거역할 수 없었던 입장도 이해하겠다. 하지만 믿었던 사람이 바로 곁에서 자신을 장장 2년 동안이나 감쪽같이 속이고 있었다니 배신감이 이만저만이 아니었다.

그뿐인가. 이제 보니 당시에 유림이 그토록 괴로워했던 이유가 따로 있었지 않았는가. 결국 그 때문에 자신은 유림과 2년 동안이나 헤어져 있어야 했다!

"……."

괜찮다, 다 지난 일이니 이제 잊어라. 건성으로라도 그렇게 말해주고 싶은데, 도저히 그 말이 나오지가 않아서 승현은 이를 악문 채로 가만히 있었다.

"정 대리님께도 너무 죄송해요. 제가 정말이지 큰 죄를 지었어요."

미영이 울먹이며 말하는 순간, 승현은 유림을 떠올렸다. 사랑하는 내 여자. 그 여린 몸에 내 아이를 셋이나 품어주고 있는, 보석 같은 사람.

유림을 생각하자 성난 파도 같던 마음이 거짓말처럼 조금씩 고

요해져갔다. 그래, 어쨌든 지금은 그녀가 내 곁에 있지 않은가. 그러면 됐다. 문득 지난 일을 가지고 더 누군가를 미워하는 게 부질없는 일 같은 생각이 들었다. 지금은 행복한 생각만 하기도 바쁜데.

승현은 마음을 가다듬었다.

"그만 울고 진정해요."

"지사장님……?"

미영이 젖은 눈으로 승현을 올려다보았다.

"솔직히 화가 나지 않았다고 하면 거짓말이지만, 지금이라도 용기 내서 말해줘서 고마워요."

주머니에서 손수건을 꺼내서 내밀며 승현은 말했다.

"어차피 다 지난 일이니까 이제 서로 깨끗하게 잊읍시다. 나도 못 들은 걸로 할 테니까 미영 씨도 더는 죄책감 갖지 마요. 그리고 다음에는 웃는 얼굴로 봅시다."

울먹이는 미영을 위로하고 나서 승현은 충고를 덧붙였다.

"앞으로는 세라와 얽히지 않는 게 미영 씨한테도 좋은 일일 겁니다. 말을 안 듣는다는 이유로 회사에서 자르려고 든다면 차라리 마음 편히 그만둬요. 옮길 회사 정도는 내가 알아봐줄 수 있습니다."

미영은 놀란 얼굴을 했다.

"지사장님, 제가 그런 짓까지 했는데 왜 그렇게까지……."

승현은 엷게 미소 지어 보였다.

"일본에 있을 때 미영 씨는 날 위해서 참 열심히 해주었어요. 날 속이고 있었던 건 유감이지만 열심히 일해줬던 것까지 거짓은 아니었다는 거 알고 있습니다. 그러니까 혹시라도 더는 세라한테 휘둘리지 않게 그쯤은 도와주고 싶어요."

"지사장님……!"

순간 미영의 얼굴이 다시 울음을 터뜨릴 것처럼 일그러졌다. 이윽고 미영은 결심한 듯이 입술을 깨물었다.

"저, 드릴 말씀이 한 가지 더 있어요."

"음?"

"사실은 이것 때문에 지사장님 뵈러 온 거예요. 도저히, 차마 두고 볼 수가 없어서…….'

좋아한다는 고백 끝에 세라의 끄나풀이었다는 폭탄선언까지. 그런데 아직도 또 뭐가 있단 말인가? 승현은 의아한 얼굴로 미영을 바라보았다.

"무슨 얘기죠?"

눈물을 손등으로 훔쳐낸 미영이 심호흡을 하고는 입을 열었다.

"지금 당장, 경찰에 연락하셔야 해요."

그날 밤. 다음 날 개업 예정인 드림카페 매장에 괴한이 침입했다. 그러나 미리 신고를 받고 잠복해 있던 경찰에 의해 현장에서

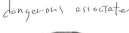

검거되었다.

경찰은 괴한이 가지고 있던 수상한 물건도 증거품으로 압수했다.

그것은 바로 죽은 쥐 몇 마리였다.

"뭐야? 쥐?"

설명을 들은 차 회장은 경악을 금치 못했다.

"몇 년 전에 제빵 프랜차이즈 쪽에서 쥐 식빵 사건이라고 있었죠. 경쟁사 점주가 꾸민 짓이라는 게 밝혀지기 전까지 해당 업체의 매출이 급하락했었는데, 아마 거기서 착안한 모양입니다."

승현이 침착하게 설명했다.

"매장 내에 죽은 쥐를 반입한 후 미리 매수한 기자들을 통해 크게 기사를 터뜨려서 드림카페의 이미지를 완전히 망치고, 식약처에도 제보할 준비를 했다고 합니다. 드림카페 이미지를 시작부터 엉망으로 만들어서 아예 사업 자체를 망하게 하려고 했던 거죠."

"증거는 있는 거겠지?"

심란해 하면서도 차 회장은 끝까지 신중했다. 이 일을 꾸민 장본인인 이 사장에 대한 믿음이 그만큼 컸던 것이다.

"물론입니다."

승현이 고개를 끄덕였다.

"처음에 이 일을 사주받았던 사람이 따로 있었습니다. 그 사람

이 제게 와서 제보해줘서 알게 된 일이고요. 녹취도 따로 넘겨받아서 경찰에 제출했고, 필요하다면 증언도 하겠다고 합니다."

"그래, 그게 누구냐?"

차 회장이 성급하게 물었다.

"드림제과 직원 중에 세라와 대학교 동창인 여직원이 있었습니다. 이 일을 사주받은 것도 세라를 통해서였다고 합니다. 그런데 양심상 도저히 그런 짓을 할 수가 없어서 거절한 후 제게 직접 와서 말해준 것입니다."

"또 그 계집애란 말이냐?"

차 회장이 질린 표정을 했다.

"진작 조치하지 못했던 내 불찰이다. 아무리 그래도, 평생 일해 온 회사에 이런 짓을 할 줄이야."

배신감을 감추지 못하는 차 회장이었다. 비록 딸인 세라가 몹쓸 짓을 저지르긴 했지만 이 사장이 지금껏 회사를 위해 일해온 공로만은 인정했기에 그대로 회사에 두었던 것이다.

"내 반드시 낱낱이 밝혀내서 죗값을 치르게 만들고 말겠다!"

차 회장이 단언했다.

위기를 면한 드림카페는 예정대로 무사히 개업했다. 첫날부터 반응이 심상치 않더니, 메뉴 중 하나인 치즈 갈릭 브레드가 예상

밖의 대박을 터뜨려 며칠 후부터는 매장 앞에 줄을 서는 진풍경까지 벌어졌다.

　[드림제과, 드림카페로 꿈의 대박 터뜨리다!]

　앞 다투어 기사가 나는 바람에 드림제과의 주가도 하루가 다르게 쑥쑥 올랐다.

　이 사장은 경찰에 검거되었다. 차 회장은 그룹 회장의 권한으로 직접 이사회를 소집했다. 이사회는 이 사장을 대표이사에서 해임했고, 그동안 승현에게 우호적이었던 김 전무가 임시로 대표이사 직무를 대행하기로 했다.

　또한 이사회는 이 사장을 이사직에서마저 해임하기 위해 주주총회 소집을 결의했다. 그 주주총회의 안건에는 승현을 새 등기이사로 취임시키는 건도 포함되어 있었다.

　이 사장의 완벽한 몰락.

　그리고 이제 바야흐로 승현의 시대가 시작되려 하고 있었다.

　결혼식 바로 전날인 토요일. 유림과 승현은 드레스의 마지막 가봉을 마치고 돌아오는 길에 모처럼 교외로 나가 데이트를 즐겼다. 온갖 들꽃이 다투어 피어나고 있는 들판이, 왜 5월이 계절의 여왕이라고 불리는지를 말해주고 있었다.

　시원한 바람을 즐기며 한참 드라이브를 한 후 한적한 노천카페에 들어가 앉았다. 햇살은 제법 뜨거웠지만 테이블에 달린 차양막 아래의 그늘은 딱 기분 좋게 선선해서, 차갑고 달콤한 주스를 한 입 머금자 입에서 절로 감탄사가 흘러나왔다.

"아, 정말 좋다!"

즐거워하는 유림을, 곁에 앉은 승현이 눈을 가늘게 뜨고 바라보았다. 물론 그도 마찬가지 마음이었다. 어떻게 좋지 않을 수가 있을까. 날씨는 좋고, 경치는 아름답고, 제 아이들을 품은 사랑하는 여자가 이렇게 곁에 있는데.

"벌써 배가 이렇게 부르는 게 참 신기하네요."

승현이 조심스레 유림의 배에 손을 얹었다.

이제 임신 9주를 지나 10주차에 들어서는데, 자세히 보면 눈에 띌 정도로 살짝 봉긋하게 배가 불러오고 있었다. 사실은 그래서 드레스 가봉을 바로 결혼식 전날에 한 거였다. 하루가 다르게 배가 불러오는 바람에.

"세쌍둥이는 원래 배가 일찍 부르는 거래."

유림이 흐뭇하게 자기 배를 내려다보았다. 여느 여자 같으면 드레스 입을 때 티가 날까 봐 속상해할 만도 한데, 유림은 전혀 그런 눈치가 없어서 승현은 신기하다고 생각했다.

"벌써부터 이런데 한 20주만 돼도 대단하겠어요."

"응, 그때쯤이면 벌써 남들 만삭 정도 될 거라던데?"

이미 각오한 유림은 아무렇지도 않게 대답했지만 승현은 너무나 마음이 아파 유림의 손을 끌어다 꼭 잡았다. 20주에 벌써 그 정

dangerous associate

355

도면, 대체 30주 넘게 버티려면 얼마나 힘들까.

"미안해요, 이것만은 내가 어떻게 대신 해줄 수가 없어서."

"이렇게 곁에 있어주잖아. 난 그거면 돼."

유림은 생긋 웃으며 살짝 그의 뺨에 입 맞추는 것으로 감사를 표현했다. 옛날의 그녀 같으면 상상할 수조차 없었던 애교도 이제는 제법 자연스러웠다.

"있잖아. 김미영 대리 일, 이제 말해주면 안 돼?"

승현을 올려다보며, 유림이 살짝 조르듯이 물었다. 말은 안 했지만 실은 꽤나 궁금했던 것이다.

이 사장 건에 대해 제보해준 것이 미영이라는 거야 물론 유림도 알고 있었다. 그러나 왜 일부러 승현에게 찾아와 말해줬는지에 대해서는 몰랐다. 승현이 말해주지 않았으니까.

괜히 유림이 지난 일까지 알게 돼서 새삼 속상해 할까 봐 별로 얘기하고 싶지 않았던 승현이었다. 그러나 이렇게까지 궁금해 하는데 굳이 끝까지 숨길 필요는 없었다.

"미영 씨가 사실은 날 좋아했대요."

"뭐?"

눈이 커지는 유림에게, 승현은 그날 미영이 찾아와서 했던 말들을 차근차근 들려주었다. 당시에 미영이 세라를 도와 자신과 유림 사이를 이간질하기까지 했다는 말을 듣자, 역시 유림의 얼굴에도 분한 빛이 어렸다.

얘기를 다 듣고 난 후에 유림은 물었다.

"그래서, 승현 씨는 뭐라고 했어?"

"다 지난 일이니까 이제 됐다고, 잊자고 했어요. 다음에는 웃는 얼굴로 보자고."

혹시 유림이 화내지 않을까, 속으로 조금 걱정하며 승현은 대답했다.

"역시 승현 씨야!"

그러나 유림은 오히려 잘했다고 칭찬하는 것이 아닌가.

"화나지 않아요? 우리가 2년 동안이나 헤어져 있었던 거, 미영 씨도 일조한 셈인데."

"다 지난 일이잖아. 게다가 나도 미영 씨한테 미안한 일 했고."

"어, 선배가 미영 씨한테 뭐라고 했어요?"

놀라서 묻는 승현에게, 유림은 생긋 웃어 보였다.

"미영 씨가 좋아하는 차승현, 결국 나하고 결혼하잖아?"

둘은 서로를 바라보며 미소 지었다.

5월의 산들바람처럼 따뜻하고 행복한 마음이 가슴속에 흘러넘쳤다.

"아, 내일 날씨가 좋았으면 좋겠다!"

파랗게 맑은 하늘을 올려다보며 유림이 살짝 기지개를 켰다.

5월의 셋째 주 일요일. 휴일임에도 불구하고 드림제과 본사의

옥상에 꾸며진 정원에는 사람들이 구름 떼처럼 모여들어 있었다.

바로 이곳에서 유림과 승현의 결혼식이 거행되는 것이다.

하필이면 옥상에서 결혼식을 올리고 싶다고 한 것은 신부인 유림의 아이디어였다.

「우리, 옥상에 추억이 많잖아?」

그랬다.

「계속 찾아다녔잖아요. 옥상에 계신 줄도 모르고.」

처음에 승현이 막무가내로 대시할 때 유림이 으레 도망쳐 있던 곳이 옥상이었다.

「조금이라도, 정말 아주 조금이라도 날 좋아하긴 했어?」

마음에도 없는 헤어짐을 고하는 승현에게 유림이 그렇게 물었던 곳도,

「열심히 해서 최대한 빨리 돌아올게요, 선배 곁으로.」

승현이 일본으로 떠나기 전에 유림에게 기다려달라고 말했던 곳도 바로 옥상이었다.

두 사람의 달콤하고도 아슬아슬했던 비밀 연애를 모두 기억하고 있는 곳. 회사 옥상은 두 사람의 연애 시절 추억이 가장 많이 어려 있는 곳이었다.

물론 승현도 반대할 이유가 없었다. 단지 결혼식장으로 만들기에는 좀 초라하지 않을까, 하고 걱정했지만 막상 결혼식 당일이 되어 도착하니 옥상은 놀랍도록 아름답게 꾸며져 있었다.

여기저기에 생화로 아낌없이 장식이 되어 있고, 신랑신부가 서

는 단상에는 신부의 드레스처럼 희고 고운 천이 바람에 살랑거리며 나부꼈다. 옥상 가운데는 역시 새하얀 버진로드가 길게 깔려 있고 그 양쪽도 온통 꽃으로 화려하게 꾸며져 있었다. 손님들이 앉을 벤치 위에 설치된 아치에는, 마침 포도송이 같은 등나무 꽃이 주렁주렁 매달려 있어 자연스러운 아름다움을 더했다.

날씨도 더할 나위 없이 좋은 화창한 봄날이었다. 파랗게 맑은 하늘 아래, 브라스 밴드가 연주하는 잔잔하고도 흥겨운 음악이 산들바람에 실려 행복한 분위기를 멀리까지 꽃가루처럼 퍼뜨렸다.

아름다운 날, 아름다운 풍경. 그러나 그중에서도 가장 아름다운 것은 바로 오늘의 신부였다.

"세상에, 정유림 씨 좀 봐!"

"원래 예쁜 건 알았지만 오늘은 진짜 대박이다!"

옥상 한쪽에 새하얀 커튼을 쳐서 만들어낸 신부 대기실에 앉아 있는 유림을 보러 온 사람들은 모두가 입을 다물지 못했다.

완벽한 몸매를 뽐내듯 슬림한 라인의 심플한 웨딩드레스에, 자연스러운 화장만으로도 햇살같이 빛나는 화사한 얼굴. 오늘의 유림은 마치 여신과도 같았다.

"와주셔서 감사합니다, 선배님. 이따 식사 꼭 하고 가십쇼."

하객들을 맞이하는 군대식 말투만은 여전히 변함이 없었지만.

아름다운 유림의 모습을 보고, 유림의 엄마는 눈물을 글썽였다.

"우리 딸, 예쁘기도 하지……!"

손 여사 역시 유림을 보러 와서는 입을 다물지 못했다.

"세상에. 우리 막내 아기, 꼭 선녀 같군요!"

특히 새하얀 웨딩드레스에서 좀처럼 시선을 떼지 못하는 것이었다.

"정말 대박이다. 우리 언니가 이렇게 예뻐질 줄 누가 알았대?"

아기 천사처럼 차려입은 쌍둥이 딸을 데리고, 동생 유민이 신이 나서 종알거렸다.

오늘의 결혼식 사회를 맡아준 것은 바로 현우였다. 식이 시작되기 전에 현우도 대기실에 와서 신부와 함께 기념사진을 찍었다.

"내가 너 10년 넘게 본 중에 오늘이 제일 예쁘네. 축하한다, 유림아."

"고맙습니다, 선배."

현우 역시 올가을에 혜인과 결혼을 앞두고 있었다. 한때는 서로에게 좋은 감정도 있었지만, 이제는 진짜 우정만이 남아 있는 사이.

"행복하게 잘 살아라, 자식아."

현우가 내미는 손을, 유림이 활짝 웃으며 새하얀 레이스 장갑을 낀 손으로 마주 잡았다.

"선배도요!"

이윽고 신랑인 승현이 사진 촬영을 위해 신부 대기실로 들어왔다.

"어머나!"

대기실 안에 있던 사람들 사이에 또 한 번 감탄의 소리가 퍼졌

다. 원래도 완벽한 외모를 자랑하는 승현이었다. 하물며 오늘은 멋지게 턱시도까지 차려입고 특별히 신경을 썼으니 그 미모는 더 말할 나위가 없을 지경이었다.

"선배."

들어서면서부터 승현은 유림에게서 시선을 떼지 못했다. 뷰티 숍에서 신부 화장을 마치고 드레스를 갈아입었을 때 이미 봤지만, 다시 보아도 너무나 아름다운 모습이었다.

승현이 유림의 곁에 서자 한 폭의 아름다운 화보 같은 장면이 나왔다.

"신부님, 신랑님 목을 양팔로 살짝 끌어안으시고, 눈 마주 보시고. 네, 그렇게요!"

포토그래퍼가 이런저런 포즈를 지시했다.

그런데 자연스럽게 웃는 승현과 달리, 유림은 어딘가 뻣뻣했다. 마주 봐야 하는데 승현과 시선을 맞추지 못하는 것이 아닌가.

"어, 신부님. 왜 신랑님 눈을 못 쳐다보세요?"

포토그래퍼가 카메라를 내리고 이상하다는 듯이 물었다.

"왜 그래요?"

역시 이상하게 생각한 승현이 귓가에 속삭였다.

"그게……."

뺨이 발그레하게 물든 유림이 잠시 우물거렸다. 그러더니 툭, 하고 퉁명스레 중얼거렸다.

"승현 씨가 너무 차려입으니까 그렇잖아."

dangerous associate

361

아, 그건가. 승현은 하마터면 소리 내어 웃어버릴 뻔했다. 그러니까 지금, 내가 너무 멋있어서 눈도 못 마주치겠다는 거 아닌가. 나한테 너무 설레서.

이런 바보. 아름다운 것은 내가 아니라 바로 당신인데!

흘러넘치는 사랑스러운 마음을 참지 못하고, 승현은 그 자리에서 바로 제 마음을 표현했다. 바로 유림의 허리를 꼭 껴안고 깊이 입 맞춘 것이었다.

"꺅!"

"어머나!"

보고 있던 사람들이 저마다 탄성을 질렀다.

"아이고, 시키지도 않은 포즈 대단히 고맙습니다!"

직업 정신을 발휘한 포토그래퍼가 신이 나서 셔터를 눌러댔다.

사진 촬영이 끝나자 사회자인 현우가 서둘렀다.

"자, 그럼 이제 시간도 거의 다 됐으니 슬슬 결혼식을 시작해볼까?"

"잠깐만요, 선배님."

그런 현우를 눈짓으로 제지하고, 승현이 잠시 밖에 나갔다 돌아왔다.

돌아온 그의 손에는 작은 화분이 들려 있었다. 화분에 심어진 화초에는 방울 모양의 하얀 꽃들이 작은 종처럼 조롱조롱 매달려 있었다.

꽃을 좋아하는 유림은 곧 알아보았다.

"은방울꽃이네. 근데 이건 왜?"

"꽃 피는 거, 같이 보자고 했었잖아요?"

승현이 미소 지으며 말하는 순간 유림은 퍼뜩 깨달았다.

"아, 그럼 설마 이게 그때 그……?"

"맞아요. 일본까지 가져가서 살리느라 꽤나 애먹었어요."

언젠가 승현의 집에서 다 죽어가는 화분에 물을 준 적이 있었다. 그러고는 여태 잊고 있었는데.

"꽃 피면 선물로 주려고 계속 열심히 돌봤어요. 사실은 작년에도 피었었는데, 그땐……."

우리가 헤어져 있었지. 기쁘고도 한편으로 뭉클한 나머지 유림은 승현의 손을 꼭 잡았다.

"은방울꽃, 꽃말이 뭔지 알아요?"

"뭐야?"

"순수한 사랑, 기쁜 소식. 그리고……."

고개를 갸웃거리는 유림의 귓가에, 승현이 속삭였다.

"행복이 찾아옵니다!"

결혼식에 이 이상 더 잘 어울리는 선물이 있을까. 유림은 활짝 미소 지었다.

"고마워!"

"신랑 입장!"

현우의 우렁찬 목소리와 함께 드디어 결혼식이 시작되었다. 환

dangerous associate

한 미소를 띠고 성큼성큼 등장하는 승현을 보고 하객들은 찬사를 아끼지 않았다.

"세상에, 어쩌면 저렇게나 잘생겼을까!"

여기저기서 웅성거리는 하객들을, 현우가 웃으며 진정시켰다.

"여러분, 아직 놀라시기는 이릅니다. 그럼 드디어, 오늘의 주인 공인 신부 입장!"

현우의 말은 틀리지 않았다. 하객들은 뒤이어 입장하는 신부의 미모에 한층 더 놀랐다.

유림을 썩 탐탁하게 여기지 않아서 신부 대기실에조차 발걸음을 하지 않고 계속 앉아만 있었던 승현의 친척들조차도 이 순간만은 일제히 눈이 커져서 유림을 바라보았다.

"우리 선생님, 예쁘기도 하시지!"

유림에게서 수영을 배웠던 할아버지 할머니들은 감격한 나머지 손수건으로 눈물까지 찍어냈다.

"오늘의 결혼식에는 주례를 따로 모시지 않았습니다. 대신에 양가 어르신들께 축복의 말씀을 듣는 시간을 마련해보았습니다."

신랑에 이어 신부까지 입장을 마치자 현우가 마이크에 대고 말했다.

"제일 먼저, 신랑 차승현 군의 친할아버지이신 대한그룹 차대한 회장님께서 한 말씀 해주시겠습니다."

이윽고 멋지게 양복을 차려입은 차 회장이 단상 위에 올랐다.

"이렇게 많이들 와주셔서 고맙습니다. 오늘은 제가 차승현이 할

아비로서가 아니라, 신부 정유림 양이 가르치는 청춘수영반의 반장 자격으로 축하하기 위해 여기 섰습니다."

옥상 정원을 꽉 채운 하객들을 둘러보며 차 회장이 말했다.

"제가 우리 손자며느리를 선생님으로 모신 지 벌써 반년이 다 되어갑니다. 처음에는 손자 녀석이 그렇게 죽고 못 사는 여자가 대체 어떤 여잔가, 궁금해서 슬쩍 보러 갔다가 그만 붙들려서 수영을 배우게 되었지요."

청춘수영반 회원들을 제외한 다른 하객들에게는 처음 듣는 이야기였다. 모두들 차 회장의 말에 흥미롭게 귀를 기울였다.

"그리고 저도 얼마 안 가서 잘 알게 됐습니다. 왜 우리 손자 녀석이, 그토록 이 여자가 아니면 안 되겠다고 목을 매달았는지 말입니다."

유림은 얼굴이 빨개져서 고개를 푹 숙였고, 승현은 그런 유림의 손을 꼭 잡고 미소를 지었다.

"아마 여러분 중에는 속으로 의아해하는 분들도 계실 줄로 짐작합니다. 저렇게 평범한 집안의 아가씨가 어떻게 대한그룹 손자며느리가 되었을까, 하고 말입니다."

담담한 차 회장의 목소리에 하객들 몇 명이 멋쩍은 얼굴을 했다.

"그저 고운 눈으로 쭉 지켜봐주십시오. 그러면 우리 손자며느리가 어떤 아이인지, 얼마나 선량하고 성실하고 예쁜 아이인지 여러분도 금세 알게 되실 겁니다."

하객들에게 부탁하듯 그렇게 말하고 차 회장은 신부에게로 시

선을 돌렸다.

"정 선생, 부디 우리 손자 녀석을 잘 부탁하네."

"네, 할아버님."

신부가 꽃잎 같은 입술로 미소를 지었다.

"승현이 너는 막내 아기 말에 잘 따르고, 늘 아끼고 사랑하도록 해라."

"예, 할아버지!"

신랑이 힘차게 대답했다.

차 회장이 단상에서 내려간 다음은 유림의 엄마 차례였다. 한복을 곱게 차려입은 엄마는, 올라오자마자 그만 또 눈물을 글썽이고 말았다.

"아유, 죄송합니다."

엄마는 스스로도 당황해서 얼른 눈가를 닦으며 변명했다.

"제가 주책없이 우니까 괜히 오해하실 것 같은데, 절대 딸 여의는 게 서운해서라든가 그런 게 아닙니다. 그저 너무 기뻐서……!"

허둥거리는 엄마에게, 승현이 다정하게 말했다.

"유림 선배 예쁘게 키워주셔서 정말 감사합니다, 장모님."

물론 위로할 셈이었는데 그만 그 말 한마디에 엄마의 눈물샘이 터져버리고 말았다.

젊은 나이에 남편을 잃고, 여자 혼자 몸으로 자식을 키우느라 온갖 우여곡절을 다 겪었던 세월. 그 수많은 기억들이 한꺼번에 되살아나 엄마는 더 이상 말을 잇지 못했다.

"……!"

마이크 앞에서 고개를 푹 숙이고 소리 없이 흐느끼는 유림의 엄마. 장내가 숙연해졌다.

이윽고 다가와서 달래듯 가만히 엄마의 어깨를 감싸 안는 사람이 있었다.

바로 승현의 어머니 전 여사였다.

"죄, 죄송합니다, 사부인. 제가 그만 주책없이……."

"아닙니다. 왜 눈물이 나지 않겠어요?"

사과하는 유림의 엄마를 따뜻하게 위로하며 전 여사는 등을 토닥였다. 그리고 유림의 엄마 대신에 마이크에 대고 짧게 말했다.

"결혼 축하한다. 지금처럼 둘이 서로 사랑하면서 오래도록 행복하거라."

듣기에는 매우 담담하게 들렸다. 하지만 바로 가까이에 있는 승현과 유림에게는 보였다. 그렇게 말하는 전 여사의 눈에도 눈물이 글썽한 것이.

두 어머니의 눈물에 승현과 유림도 그만 눈시울이 뜨거워지고 말았다.

하마터면 식장이 눈물바다가 되어버릴 뻔한 위기의 순간,

"양가 어머님 말씀 잘 들었습니다. 자, 그럼 이제 축가를 들어볼까요?"

사회자인 현우의 유쾌한 목소리가 들렸다.

축가? 승현과 유림은 서로의 얼굴을 쳐다보았다.

사실 바로 며칠 전까지 드림카페 개점 준비에 눈코 뜰 새 없이 바쁜 나머지, 정작 결혼식에는 신경을 많이 쓰지 못했던 두 사람이었다.

그래서 축가에 대해서도 뒤늦게야 떠올리고 어쩌나, 생각했지만 이미 너무 늦어 있어서 그냥 생략하려고 했었는데.

"축가라니, 누굴까요?"

승현이 소곤거렸지만 유림 역시 모르기는 마찬가지였다.

"글쎄. 나도 모르겠는데."

신랑신부가 의아해하고 있는 가운데 현우가 다시 말했다.

"오늘을 위해 무려 한 달 전부터 선생님까지 모셔서 맹연습을 하셨다고 합니다. 박수로 소개하겠습니다, 청춘수영반 어르신 여러분이십니다! 곡목은……."

설마, 하고 유림은 생각했다. 그리고 늘 설마는 사람을 잡는 법이었다.

"내 나이가 어때서!"

말이 떨어지자마자 하객석에서 할아버지 할머니들이 제각기 일어나 앞으로 나왔다. 그리고 일사불란하게 합창대의 대열을 만들어 섰다.

그 안에는 손 여사도 끼어 있었다.

이윽고 피아노의 맑은 선율이 경쾌한 트로트 리듬을 만들어냈다.

'야, 야, 야, 내 나이가 어때서.'

할머니들이 소프라노처럼 고운 목소리를 뽐내자, 뒤이어 할아버지들이 바리톤의 목소리를 뽑아냈다.

처음에는 박장대소하던 하객들도 점점 진지하게 귀를 기울이기 시작했다.

원곡은 트로트곡이지만, 피아노 반주로 점잖게 편곡하자 적당히 흥겨우면서도 축가로도 썩 어울리는 곡이 된 것이었다.

"우리 몰래 저거 준비하느라 많이 고생하셨겠네요."

"그러게. 저렇게 노래들 잘하시는지 미처 몰랐는데?"

유림과 승현은 팔짱을 낀 채로 미소를 지으며 축가를 들었다.

"있잖아."

축가를 듣던 유림이 궁금하다는 듯이 속삭였다.

"내가 아줌마가 돼도…… 아니, 할머니가 돼도 계속 지금처럼 사랑해줄 거야?"

승현은 웃으며 키스로 대답을 대신했다.

가만히 입 맞추는 두 사람 위로, 원래 가사를 센스 있게 살짝 바꾼 청춘수영반 합창단의 노랫소리가 울려 퍼졌다.

'사랑하기 딱 좋은 날인데!'

사랑하기 딱 좋은 날.

살며시 눈을 감고 승현의 입술을 느끼며, 유림은 속으로 가만히 기도했다.

오늘도, 내일도, 매일매일 그런 나날들이 계속되기를.

그렇게 사랑하는 날들이 하루하루 모여 앞으로의 인생을 만들

어가기를.

　그리고 머나먼 언젠가, 눈 감는 그날에도 변함없이 사랑하고 있
기를.

"라라라……."

예쁜 앞치마를 두르고 주방에 선 유림이 입속으로 노래를 흥얼거렸다.

신혼여행에서 돌아온 지 한 달. 임신 14주에 들어선 유림의 배는 이제 누가 봐도 임신부라는 것을 알 수 있을 정도로 동그랗게 불러 있었다.

유림은 현재 휴직하고 쉬는 중이었다. 시간은 많았지만 극도로 몸조심을 해야 했기 때문에 외부 활동은 최대한 자제하고 있었다. 집안일 역시 대부분은 시어머니 전 여사가 보내준 도우미 아주머니가 해주었다.

- 웬만한 건 모두 아주머니한테 부탁하면 돼. 괜히 부지런 떤답시고 무리하면 못쓴다.

전 여사는 가끔씩 전화해서 그렇게 당부했다. 시어머니뿐 아니라 모두가 걱정하고 있는 것을 알기에 유림도 순순히 그 말에 따랐다.

dangerous associate

그런 유림이 그나마 스스로 하도록 허락받은 일이 바로 저녁 준비였다. 쉬고 있는 유림과는 반대로 얼마 전에 상무로 승진한 승현은 눈코 뜰 새 없이 바빴다. 그런 남편을 위해 맛있는 저녁식사를 준비하고 기다리는 것이, 유림은 즐거웠다.

오늘의 메뉴는 토마토를 넣은 닭볶음탕.

아직 오후 5시밖에 되지 않았다. 승현이 퇴근해서 두 시간은 더 있어야 했지만 유림은 미리 식사 준비를 시작했다. 양념장에 닭을 재워놓으려는 것이었다.

유림이 깨끗한 물에 닭을 씻고 있는데 문득 초인종이 울렸다. 혹시 승현이 일찍 퇴근했나 싶어 유림은 한달음에 달려갔다.

그러나 인터폰에 비친 얼굴은 바로 차 회장이었다.

"할아버님! 어서 들어오십쇼."

유림은 얼른 현관문을 열고, 안으로 들어서는 시할아버지를 반갑게 맞이했다.

"식사는 하셨습니까?"

"저녁은 아직 이르고, 마실 거나 한 잔 주려무나."

소파에 앉는 차 회장에게, 유림은 얼른 냉장고에서 주스를 가져다가 드렸다.

"그래, 몸은 좀 어떠냐? 특별히 불편한 곳은 없고?"

"예, 할아버님. 아기들도 누구 하나 작은 아이 없이 잘 크고 있답니다."

"그거 다행이구나. 그래도 늘 조심해야 한다."

유림을 바라보는 차 회장의 얼굴에 부드러운 미소가 어렸다.

"그런데 할아버님, 갑자기 웬일이십니까? 무슨 일이라도 있으십니까?"

"저어, 그게 말이다…….."

차 회장은 한참을 민망해 하다 겨우 입을 열었다.

"연희 씨하고 정식으로 결혼식을 올릴까 하는데, 네 생각은 어떠냐?"

"예?"

"솔직히 이 나이에 재혼이라는 게 남우세스럽지 않다고 하면 거짓말이란다. 그래서 원래는 그냥 일가친척들끼리 모여서 간단히 식사나 하는 걸로 결혼식을 대신하려고 했지. 연희 씨도 그렇게 하자고 흔쾌히 동의해주었고. 그런데 막내 아기 네 결혼식 때 보니까, 연희 씨가 네가 입은 웨딩드레스에서 눈을 떼지를 못하더구나."

차 회장이 가볍게 한숨을 쉬었다.

"생각해보니 내가 너무 내 생각만 했지 뭐냐. 연희 씨는 초혼인데."

"좋은 생각이신 것 같습니다."

유림은 진심으로 동의했다.

"저도 결혼식 때 느꼈지만 웨딩드레스라는 게 여자한테는 참 특별한 겁니다. 결혼식은 여자가 평생에 딱 한 번 진짜 공주님이 되는 날이니까요."

"그래, 나도 그렇게 생각했다."

차 회장이 고개를 끄덕였다.

"그래서 말인데, 막내 아가. 너 요즘 거동하기가 많이 힘드냐?"

"아뇨, 아직은 괜찮습니다."

유림이 대답하자 차 회장이 민망한 듯이 헛기침을 하고 말했다.

"그럼 저어, 이 할아비하고 같이 가서 드레스 좀 골라주지 않겠니?"

시장 안에 있는 손 여사의 작은 국밥집 안은 해장국이 끓는 구수한 냄새로 가득 차 있었다. 점심 장사를 끝내고 나서 잠시 문을 닫고, 다시 국을 끓여 저녁 장사를 준비하는 시간이었다.

커다란 무쇠 솥 안에서는 고기가 잔뜩 붙은 돼지 등뼈와 우거지가 듬뿍 든 해장국이 푹 끓고 있는 중이었다. 그 옆을 지켜 서서 위에 뜨는 거품을 국자로 살살 걷어내는 손 여사의 고운 이마에 땀이 촉촉하게 배어나왔다.

이 해장국 한 그릇씩에 푸짐히 담은 쌀밥 한 그릇, 그리고 새로 무친 겉절이와 꼬들꼬들한 깍두기를 함께 내놓는 가격이 겨우 2천 원. 그래서 손 여사의 가게를 찾는 손님들은 대부분 주머니 사정이 좋지 않은 일용직 노동자들이나 노인들이었다.

비록 남는 것은 거의 없다시피 했지만, 늘 맛있게 먹어주는 손님

들 때문에 손 여사는 즐겁게 이 일을 계속해나가고 있었다. 그리고 앞으로도 전혀 그만둘 생각이 없었다.

'앞으로는 힘들게 시장에서 일할 필요 없어요. 연희 씨 고생하는 거, 보기 싫습니다.'

자신의 진짜 신분을 밝히며 청혼해오던 날 차 회장은 그렇게 말했었다. 그리고 그런 차 회장에게 손 여사는 이렇게 대답했다.

「다른 건 됐고, 제 가게 사기 친 놈들이나 좀 잡게 도와주세요.」

「예? 무슨 말씀이신지…….」

「그 돈을 찾아야 국밥집을 열지요.」

그게 손 여사가 내세운 결혼 조건이었다.

자신을 찾아와서 협박한 깡패들이, 사실은 차 회장의 큰아들이 보낸 것이라는 얘기를 듣고 손 여사는 무척이나 마음이 복잡했다. 어차피 차 회장이 뭐 하는 사람인지도 몰랐었고, 안 후에도 재산 따위에는 관심이 없는데 괜히 자신이 부자 사이를 망쳐놓은 것 같은 기분이 들었다.

재산을 노리고 집안에 들어온 여자. 차 회장의 다른 자식들이나 며느리, 손자손녀들도 그런 눈으로 자신을 볼 것이 싫었다.

그래서 손 여사는 일찌감치 선언한 것이었다. 재산에는 전혀 관심이 없다고, 결혼 후에도 계속 국밥집을 운영하면서 살겠다고.

「언제까지 그렇게 고생할 셈입니까?」

차 회장은 마음 아파했지만 손 여사는 전혀 고생이라 생각하지 않았다. 이렇게 매일 시장에 나와서 뜨끈한 국을 끓이고, 사람들

dangerous associate

375

과 함께 나누는 것이 즐거웠다.

그런 손 여사의 마음을 결국 차 회장도 이해해주었다. 그리고 청혼한 지 단 사흘 만에, 손 여사의 가게 보증금을 사기 치고 도망간 놈들을 잡아다 눈앞에 데려다놓았다. 물론 사과와 함께 돈도 그대로 돌려받았다.

「아니, 어떻게 이렇게 빨리 잡으셨어요? 경찰도 잡기 힘들다고 했는데……!」

놀라서 묻는 손 여사에게, 차 회장은 너털웃음을 지으며 대답했었다.

「돈이란 놈이 꼭 연희 씨 생각처럼 나쁜 것만은 아닙니다, 허허. 편리할 때도 있지요.」

그래서 손 여사는 예정대로 무사히 이 국밥집을 열 수 있게 되었던 것이다.

「승현이 녀석부터 먼저 결혼을 시키고 나서 우리는 그 후에 하도록 합시다.」

차 회장의 말에 손 여사도 두말없이 동의했다. 아무래도 젊은이들의 결혼이 더 중요하다고 생각했기 때문이다. 게다가 유림은 홑몸도 아니지 않은가.

「일가친척들끼리 모여서 간단히 식사나 하는 걸로 식을 대신하면 어떻겠습니까?」

그런 말을 들었을 때도 손 여사는 전혀 서운함을 느끼지 못했다. 그게 당연한 거라고 생각했으니까. 이 나이에 정식으로 결혼식을

올린다면 오히려 그게 더 부끄러울 것 같았다.

그런 손 여사의 마음속에서 다른 감정이 생겨난 것은, 바로 승현과 유림의 결혼식 때였다. 순백의 웨딩드레스를 입은 신부의 모습을 보는 순간 왜 그렇게 눈물이 나던지.

'나는 평생 저런 드레스 한 번 입어보지 못하고 이렇게 늙고 말았구나.'

유림을 바라보다 갑자기 눈앞이 흐려지는 바람에 손 여사는 스스로도 크게 당황했었다. 이게 무슨 주책인가 싶어서.

하지만 그 뒤로도 가끔씩 웨딩드레스 생각이 났다. 결국 자신은 입어보지도 못할 웨딩드레스가.

「본가에 안방을 새로 꾸미라 일렀습니다. 이제 슬슬 연희 씨 맞이할 준비를 해야지요.」

며칠 전에 만난 차 회장은 그렇게 말했다. 결혼 준비를 한다는 뜻이었다.

그 후로 괜히 손 여사는 한숨이 늘었다. 국솥 곁을 지켜선 지금도, 자꾸만 웨딩드레스가 눈에 밟혀서 눈물이 핑 돌았다.

'나잇값도 못 하는 여편네 같으니라고. 나같이 시장바닥에서 잔뼈가 굵은 여자한테 어디 그런 드레스가 가당키나 해?'

그런 자신을 스스로 꾸짖으며 손 여사가 힘주어 해장국을 젓고 있을 때였다. 문득 가게 문이 열려서, 손 여사는 뒤돌아보며 말했다.

"죄송합니다. 아직 저녁 장사 준비 중이라……."

그러나 들어온 것은 손님이 아니라 차 회장이었다.

"어머나, 회장님!"

연인을 본 손 여사의 얼굴에, 금세 소녀와 같은 수줍은 미소가 피어났다.

차 회장은 두 손에 커다란 상자를 들고 들어왔다. 예쁜 리본으로 포장된 상자였다.

"그게 뭔가요?"

"이리 앉아보세요."

눈이 동그래져서 묻는 손 여사에게, 차 회장이 다정하게 손짓했다. 손 여사는 얼른 국솥의 불을 줄이고는 달려와서 차 회장의 곁에 앉았다.

"다음 주 토요일에 미래호텔에서 우리 결혼식을 올릴까 합니다. 우리 청춘수영반 회원들은 물론 모두 초대했고, 내 지인들도 부를 생각입니다. 그러니까 연희 씨도 친척들 외에 친한 사람들이 있으면 다 초대하세요. 시장 사람들이라든지 말입니다."

손 여사는 놀라서 차 회장의 얼굴을 쳐다보았다.

"결혼식이라니요. 일가친척들끼리 모여서 식사나 간단히 하는 것 아니었어요?"

"그럴까 했는데, 생각이 바뀌었습니다."

차 회장이 미소를 짓고는 테이블 위에 올려놓은 상자를 가리켰다.

"이건 그날 연희 씨께서 입으실 옷입니다."

"제 옷이요?"

한복일까, 아니면 양장? 손 여사는 두근거리며 상자의 리본을 풀었다. 그리고 그 안에서 나온 것을 보고, 한순간 숨을 멈추었다.

"······!"

나지막한 굽에 새하얀 공단 리본과 진주가 달린 웨딩 슈즈. 역시 새하얀 레이스로 만들어진 얇은 웨딩 베일과 장갑.

그리고······ 웨딩드레스.

"아무쪼록 연희 씨 마음에 들었으면 좋겠습니다마는."

영국 왕실을 연상시키는 우아하고 고상한 느낌의 긴 소매가 달린 순백의 웨딩드레스를, 손 여사는 눈도 깜빡이지 못한 채 멍하니 바라보았다.

"마음에 안 드십니까?"

한참 동안 말없이 웨딩드레스를 바라보고 있는 손 여사에게, 이윽고 차 회장이 불안한 듯이 물었다.

"깜짝 놀라게 해드리려고 했는데, 이거 괜한 짓을 했군요. 마음에 안 드시면 얼마든지 같이 가서 다른 걸로 골라도 괜찮습니다. 어차피 가봉도 하러 가야 한다고 하니까요."

그제야 손 여사는 힘들게 대답했다.

"아니에요. 마음에 안 들 리가······!"

기어이 손 여사는 웨딩드레스를 두 손으로 끌어안고 울음을 터뜨렸다.

혼자서 생각하기조차 부끄러웠던 여자로서의 욕심. 그 욕심을

유치하다 하지 않고 헤아려준 차 회장이 고맙고도 또 고마워서 눈물이 넘쳐흘렀다.

"울지 마요, 연희 씨."

그런 손 여사의 눈물이 멎을 때까지, 차 회장은 가만히 등을 토닥여주었다.

그다음 주에 차 회장과 손 여사는 미래호텔에서 결혼식을 올렸다. 일가친척들 외에도 수많은 사람들이 와서 축하해준, 어엿한 결혼식이었다.

이번에도 축가는 청춘수영반 합창단이 맡았다. 곡목은 더 말할 필요가 없으리라.

충분히 성스럽고 엄숙했지만, 또 한편으로는 어르신들답게 흥이 넘치는 결혼식이었다. 역시 흥의 민족이라더니, 어르신들 잔치에 음주가무가 빠질 수 없었다. 결혼식 뒤에 이어진 피로연에서는 차 회장마저도 흥겨운 나머지 덩실덩실 춤을 추었다.

덕분에 점심나절에 시작한 결혼식은 저녁때가 되어서야 겨우 끝났다. 결혼식이 끝나고 차 회장과 손 여사는 신혼여행을 떠났다. 신혼여행지는 손 여사가 평생 가보고 싶어 했다는 하와이였다.

승현과 유림은 두 사람이 탄 웨딩 카가 공항으로 떠나는 것까지

배웅하고 나서야 발걸음을 돌렸다.

"할머님 웨딩드레스, 선배가 골라드린 거라고요?"

"응. 너무 마음에 드신다고, 아까 나한테 몇 번이나 고맙다고 하셨어. 정말 예쁘셨지?"

으쓱해 하던 유림은 문득 승현이 도로 호텔 쪽으로 걷고 있는 것을 깨달았다.

"주차장 그쪽 아니잖아?"

"모처럼 호텔에 왔잖아요. 하룻밤 자고 가요."

승현이 씩 웃으며 주머니에서 카드 키를 꺼내 보였다.

"체크인은 언제 한 거야?"

"아까 할아버지 춤추실 때, 살짝 빠져나가서요."

"못살아!"

곱게 눈을 흘기는 유림의 손을 잡아 끌어당기며, 승현이 그녀의 귀에 유혹하듯 속삭였다.

"각오해요. 오늘 밤은 안 재울 테니까."

빨리 유림을 안고 싶어 안달이 나 있는 승현의 마음과는 달리, 욕실에 들어간 유림은 한참이나 걸린 후에야 밖으로 나왔다.

"기다리다 숨넘어가는 줄 알았잖아요."

커다란 타월을 두르고 욕실에서 나오는 유림을 껴안고, 승현은

성급하게 입을 맞췄다.

"그러게 나하고 같이 씻자니까 왜…….."

일단 욕심껏 부드러운 입술을 탐하고 나서 속삭이던 승현은 문득 말을 멈췄다. 유림의 눈동자가 슬픈 듯이 가라앉아 있었기 때문이었다.

"왜 그래요? 무슨 일 있어요?"

승현은 가슴이 철렁해서 물었다.

"아무것도 아니야."

"아무것도 아닌 게 아니잖아요. 왜 그래요, 응?"

처음에는 말하기를 꺼려하던 유림도, 승현이 계속 묻자 결국은 입을 열었다.

"나, 벌써 몸이 많이 변했어."

시무룩한 목소리였다.

"배도 점점 트고 있고, 가슴도 보기 싫게 변했고…….."

그제야 승현은 유림이 한사코 같이 욕실에 들어가지 않으려고 했던 이유를 깨달았다. 제 몸을 보이는 게 싫어서였다. 그러고 보니 요즘 유림은 침실에서도 늘 불을 꺼달라고 부탁했다. 부끄러워서 그런 줄 알았더니 이유는 따로 있었던 것이다.

"유민이가 말이야, 멋도 많이 부리던 앤데, 자기 몸을 보면서 징그럽다고 울었어. 쌍둥이 낳고 몸이 너무 많이 망가졌다고 말이야. 뱃가죽도 많이 늘어졌고, 살은 여기저기 온통 다 텄고."

유림이 한숨을 쉬었다.

위험한 신입사원]

382

"그런데 나는 셋이니까 더 심하겠지. 피부도 훨씬 더 늘어날 거고, 살도 더 많이 틀 거고, 아마 제왕절개를 해야 할 테니 칼자국까지 생길 거고 말이야."

"선배……."

"아기들 때문에 망가지는 거라면 기쁘게 생각해야지, 훈장 같은 거니까. 하지만 그렇게 생각하면서도 거울을 보면 역시 속상해. ……내가 나쁜 엄마인가 봐."

작게 한숨을 쉬는 유림을, 승현이 꼭 껴안았다.

"그렇지 않아요."

마음이 아팠다. 씩씩하게 잘 견디고 있다고 생각했는데, 역시 유림도 속으로는 속상해 하고 있었던 것이다.

"당연한 거잖아요. 엄마이기 이전에 여자인데."

그렇게 위로하고 나서, 승현은 유림의 얼굴을 가까이서 들여다보았다.

"걱정 마요. 선배 몸이 어떻게 변하든, 내 눈에는 변함없이 아름다울 테니까."

"정말이야……?"

유림이 불안한 듯이 물었다.

"물론 아기 낳고 나서 열심히 관리는 할 거지만, 생각보다 더 보기 안 좋을 수도 있어."

"상관없어요. 어떤 모습을 하고 있든, 정유림은 정유림이잖아요."

승현은 딱 잘라 말했다. 그리고 유림의 몸을 가볍게 안아 들어 침대로 향했다.

"저어, 승현 씨. 나 무리하면 안 된다고 의사 선생님이······!"

"쉿, 괜찮아요."

당황하는 유림을 조심스럽게 침대에 내려놓으며, 승현은 속삭였다.

"내 마음이 어떤지, 가만히 느껴봐요."

부끄러워 어쩔 줄 모르는 아내의 몸을, 승현은 사랑스러운 눈으로 들여다보았다.

둥그렇게 불러오는 배. 짙은 빛깔로 물들며 커지는 유륜. 여기저기 갈라지는 피부. 모든 임신부들이 겪을 수밖에 없는 몸의 변화가 유림에게는 훨씬 일찍 찾아오고 있었다.

유림이 그에게 보이고 싶지 않아 했던 그 모든 부분에, 승현은 일일이 사랑스럽게 입 맞추면서 끝없이 속삭여주었다.

너무 예뻐. 사랑해, 정유림.

조심스럽고도 달콤한 입술과 손길에 유림은 황홀하게 빠져들었다.

결혼한 지 이제 겨우 한 달하고도 일주일. 아직은 달콤하기 그지없는 신혼의 한가운데였다.

남들은 30주도 채우기 힘들다는 세쌍둥이 임신. 하지만 워낙 건

강하고 체력이 좋았던 유림은 무려 35주나 버텨내는 데 성공했다.

물론 그 과정이 쉽지는 않았다. 30주부터는 거의 침대에 누운 채로, 식사까지 누워서 하면서 버텼다. 하루라도 더 엄마 배 속에서 키워서 세상에 내보내고 싶은 일념 하나로.

하루 종일 누워 있는 것도 쉬운 일이 아니었다. 배와 허리가 너무 아파서, 누워도 앉아도 고통이었다. 숨쉬기조차 힘들어하는 유림을 보고 승현은 마음이 아파 어쩔 줄을 몰랐다.

"나 괜찮아. 숨 참는 거야 하루 이틀인가 뭐."

그런 승현을 오히려 위로하는 유림이었다.

그렇게 힘들게 태어난 아이들은 셋 모두 건강한 사내아이였다. 모두 몸무게가 2킬로그램대 초반으로, 보통 아이들보다는 작았지만 인큐베이터에는 들어가지 않을 수 있었다.

제왕절개 수술 후, 마취에서 깨어난 유림의 손을 잡고 승현은 하염없이 눈물을 흘렸다.

"고생 많았어요. 정말 고마워요!"

한꺼번에 증손자를 셋씩이나 본 차 회장의 기쁨은 하늘을 찔렀다. 손 여사와 전 여사도 마찬가지였다. 거기에 유림의 친정엄마까지, 네 어른이 신생아실 유리벽에 착 달라붙어 한동안 떠날 줄을 몰랐다.

"가만있자, 이 애가 첫째로구나?"

"아니에요, 아버님. 첫째랑 둘째는 똑같이 생겼고, 조금 다르게 생긴 아이가 셋째랍니다."

차 회장에게 그렇게 말하며 전 여사가 웃었다.

"모두 참 잘생겼지요?"

시어머니의 웃는 얼굴을 처음 본 유림은 내심 깜짝 놀랐다.

며칠 후 퇴원해서 산후조리원으로 옮기고 나자 이번에는 아기 이름이 문제였다. 아무리 생각해도 좋은 이름이 떠오르지 않았던 것이다.

유림과 승현은 머리를 맞대고 고민했다.

"대한, 민국, 만세는 어떨까?"

"표절이잖아요. 차라리 유비, 관우, 장비는 어때요?"

"애들 이름 가지고 장난친다고 할아버님한테 혼나고 싶어?"

"그건 그렇네요."

몇 날 며칠을 고민해도 도저히 답이 나오지 않았다. 결국은 할아버지인 차 회장에게 도움을 요청했고, 차 회장은 손수 옥편을 뒤져가며 장장 열흘간 고심한 끝에 이름을 지어 내놓았다.

재윤, 승윤, 하윤.

꽃같이, 별같이, 구슬같이 예쁜 세 아이의 이름은 그렇게 결정되었다.

낳는 게 힘들다 했더니 키우는 것은 그보다도 천 배는 더 힘들었다.

위험한 신입사원 |

386

세쌍둥이 육아란 상상을 초월하는 것이었다. 이미 유민의 쌍둥이를 돌본 경험이 있어서 아기 보는 데는 이골이 나 있는 엄마도, 며칠 돕더니 쌍둥이보다 세쌍둥이가 배는 힘들다며 혀를 내둘렀다.

처음에는 사람을 쓰지 않고 아이들을 오롯이 제 손으로 키울 생각이었던 유림도 며칠 가지 않아 이건 인간이 해낼 수 있는 범위의 일이 아니라는 것을 깨달았다. 그래서 육아 도우미를 구하려고 했을 때 나선 것이 바로 시어머니 전 여사였다.

「혹시 내가 도와주면 안 되겠니?」

처음에는 괜찮다, 어머님 힘드셔서 안 된다고 사양했다. 하지만 유림은 곧 시어머니가 진심으로 아이들을 돌보고 싶어 한다는 것을 깨달았다. 아기들과 함께 있으면 늘 무표정해 보였던 전 여사의 얼굴에도 부드러운 미소가 감돌았다. 몸은 힘들어도 마음은 더없이 행복해하는 것이었다.

어릴 때 아들을 잃은 시어머니의 아픔을, 엄마가 된 유림은 더더욱 뼈저리게 이해했다. 그래서 유림은 승현과 상의 끝에 당분간 전 여사와 함께 살기로 했다.

하지만 그래도 역부족이어서 나중에는 친정엄마까지 짐 싸들고 들어오게 되었다.

「아이고, 응아가 묻었네!」

「제가 안고 있을 테니 어서 손 씻고 오세요, 사부인.」

어렵기 짝이 없는 사돈 간이지만 육아 전쟁 앞에서는 서로 체면

차릴 겨를도 없었다. 서로 성격도, 환경도 전혀 다른 두 할머니지만 어느새 사돈이라기보다 단짝 친구처럼 되어갔다. 일종의 전우애 같은 거랄까.

승현이 쉬는 날이면 아기들은 아빠 엄마에게 맡기고, 두 분이서 정답게 영화도 보고 쇼핑도 하면서 노년을 서로 의지하며 보내는 두 어머니였다.

사이좋은 신혼부부인 차 회장과 손 여사 역시 틈나는 대로 아기들을 보러 왔다. 나날이 늘어나는 아기들의 재롱에, 온 집안에 웃음이 그칠 날이 없었다.

엄마와 아빠, 친할머니와 외할머니, 거기에 증조할아버지와 할머니까지. 아낌없이 쏟아지는 사랑을 듬뿍 받으며 세 아기는 하루가 다르게 무럭무럭 자라났다.

세월은 빠르게 흘러, 어느덧 재윤, 승윤, 하윤이가 나란히 어린이집에 다니게 되었다.

네 살부터 보내게 되었으니 남들보다는 늦게 보낸 편인데도, 승현과 유림은 기쁘면서도 내심 서운하기도 했다. 어느새 우리 아이들이 이렇게 컸을까.

승현은 작년에 드디어 정식으로 드림제과의 대표이사에 취임했다. 직접 기획한 드림카페가 대성공을 거둔 덕분이 컸다. 드림카

페에서 반응이 좋았던 메뉴들 중 몇 개는 대량 생산을 통해 제품화되어 드림제과의 히트상품으로 확고하게 자리 잡았다. 벌써 전국에 70개가 넘는 드림카페가 운영되고 있었고, 올해 안으로 100호점 개점을 목표로 하고 있었다.

승승장구하는 승현과는 달리 유림은 결국 회사로 돌아가지 못했다. 원래는 1년 정도 육아휴직을 한 후에 복직하려 했는데, 차마 셋씩이나 되는 아기들을 할머니들에게만 맡겨두고 일하러 나갈 수가 없었던 것이다.

유림이 얼마나 일을 사랑했는지 아는 승현은 늘 그녀에게 미안해하고 고마워했다.

「지금 내 자리, 반은 당신이 만들어준 거예요.」

사실 가끔은 서글프기도 했지만 유림은 절대 후회하지 않았다. 경력은 잃었지만, 대신에 이렇게 예쁘고 사랑스러운 아기들을 키워낼 수 있었으니까.

그래서 남편이 미안해할 때마다 그녀는 생긋 웃으며 이렇게 말했다.

「우리 애들 좀 더 커서 학교만 보내고 나면 나도 다시 일하러 나갈 거예요. 그땐 내 자리 만들어줄 거죠, 사장님?」

승현은 그렇게 해주겠다고 손가락 걸고 약속했다.

어쨌든 아이들을 어린이집에 보내고 나니 드디어 유림에게도 여가 시간이라는 것이 생겼다. 그 귀한 시간을, 유림은 그동안 벼르고 별러왔던 일에 쓰기로 했다.

dangerous associate

바로 수영이었다.

"어머, 올케?"

누군가가 부르는 바람에 수영복으로 갈아입고 나오던 유림은 발걸음을 멈추고 돌아보았다. 해수욕장에라도 온 것처럼 화려한 색상의 비키니를 입고 선글라스까지 쓴 30대 여자 두 명이 수영장 가의 벤치에 나란히 앉아 있었다.

그리고 그들 중 하나는 아는 얼굴이었다.

"안녕하세요, 형님."

유림은 상대를 향해 정중히 고개를 숙였다. 혜주는 승현의 사촌 누나들 중 하나로, 쉽게 말해 사촌 시누이에 해당했다.

사실 승현이 연하인 탓에 유림이 오히려 혜주보다 한 살 많았지만 혜주는 전혀 아랑곳하지 않고 처음부터 지금껏 쭉 유림에게 하대를 해오고 있었다.

"근데 대낮부터 올케가 여긴 웬일이야?"

유림의 몸을 훑는 눈길은 그다지 곱지 못했다.

"아 참, 수영 선수 출신이랬지. 깜빡했네."

혜주는 대답도 기다리지 않고 혼자 고개를 끄덕이더니 피식 웃었다.

결혼한 지 이제 5년 차가 되어가지만 아직도 유림은 승현의 집

안에서는 이방인 같은 존재였다. 큰어머니들이나 승현의 사촌들, 그 누구도 평범한 집안 출신인 유림과 가까워지려고 하지 않았다.

그나마 차 회장이 유림을 특별히 아끼는데다, 그들 중 여럿이 탐내는 백화점의 지분을 유림이 다량 보유하고 있었기에 드러내놓고 무시할 수는 없었지만 그냥 거기까지였다.

"그래, 가서 수영 해."

"예, 형님. 그럼 다음에 또 뵙겠습니다."

유림은 정중하게 고개를 숙여 인사하고 돌아섰다. 이런 냉대쯤이야 이골이 나 있었다.

"누구야?"

"우리 사촌 올케. 드림제과 사장 부인이야."

"어머, 그래? 몸매 죽이는데 배만 왜 저렇게 튀어나왔지?"

"피부가 늘어나서 그래. 세쌍둥이 낳았거든. 남편이 돈도 잘 버는데 웬만하면 수술 좀 하지."

등 뒤에서 떠드는 목소리가 그대로 들렸지만 유림은 별로 개의치 않았다.

출산 후 몸이 많이 변한 것은 사실이었다. 꾸준히 노력한 덕에 몸매는 돌아왔지만, 한번 늘어난 뱃가죽은 거의 그대로였다. 제왕절개 하느라 생긴 칼자국 역시. 하지만 승현은 그런 유림의 몸을 늘 아름답다고 칭찬해주었다. 그게 입에 발린 말이 아니라는 것은 밤마다 남편의 품에 안겨 확인하고 있는 터였다.

그런 형편이니 딱히 인위적으로 수술이나 뭔가를 할 생각은 들

dangerous associate

지 않았다. 남이야 뭐라고 떠들건 말건, 내 남편이 예쁘다는데 무
슨 상관?

그래서 유림은 아무렇지 않게 한 귀로 듣고 흘린 후 물에 뛰어들
수 있었다.

"저러니까 더 얄밉다니까."

분명히 내가 하는 말이 다 들렸을 텐데. 화를 내기는커녕 아무렇
지도 않다는 듯이 태연하게 수영하고 있는 유림을 보고 있자 혜주
는 속이 부글부글 끓었다. 평범한 집안 출신 주제에 늘 저렇게 당
당한 유림이 마음에 들지 않았다. 정중한 태도마저도 도도하게 보
였다.

"대체 뭐가 그렇게 잘났어?"

자신은 정략결혼으로 마음에도 없는 남자와 결혼해서 이렇게
대낮에 호텔 수영장에서 친구와 수다 떠는 게 낙이었다. 그런데
저 여자는 전생에 대체 무슨 덕을 쌓았기에 승현같이 멋지고 능력
있는 남자에게서 사랑받으며 살고, 거기에 백화점까지 꿰찼단 말
인가.

인어 같은 자태로 헤엄치고 있는 유림을 한참 흰 눈으로 흘겨보
던 혜주가 이윽고 자리를 박차고 일어났다.

"어머, 벌써 일어나게?"

친구가 칵테일 잔을 내려놓으며 놀라 물었다.

"갈래. 기분 잡쳤어."

위험한 신입사원]

혜주는 헤어밴드처럼 걸쳤던 선글라스를 내려 쓰며 대꾸했다.

그게 화근이었다. 짙은 선글라스 때문에 혜주는 발밑의 물기를 미처 발견하지 못했고, 몇 걸음 가지 못해 순간적으로 미끄러져 그만 수영장 안에 빠지고 말았다. 그것도 하필이면 제일 수심이 깊은 쪽에.

문제는 사실 혜주는 전혀 수영을 하지 못한다는 것이었다. 그저 예쁜 비키니 입고 친구와 수다 떠는 재미에 가끔 호텔 수영장을 찾을 뿐이었다.

설상가상으로 안전요원은 마침 어디론가 자리를 비우고 없었다.

"사람 살려주……!"

필사적으로 버둥거리며 외치던 혜주는 오래가지 못해 물속으로 가라앉았다.

"여기요! 사람이 빠졌어요! 사람 살려요! 누구 없어요?"

역시 맥주병인 친구가 수면 위에서 발을 동동 구르며 고래고래 소리만 지르는 것이 마지막으로 귓가에 아련하게 들려왔다.

결국 혜주를 건져낸 것은 가까이에 있던 유림이었다.

사고가 난 것을 알자마자 유림은 신속하게 혜주를 구해내서 물가로 건져 올렸다. 그리고 혜주의 친구에게 119를 부르라고 지시한 후 곧바로 응급조치를 시행했다. 흉부 압박과 인공호흡을 번갈아 실시하자 다행히 잠시 후 혜주가 눈을 떴다.

dangerous associate

393

"형님, 정신 드십니까?"

반가운 마음에 묻자 혜주가 멍하니 유림을 올려다보았다. 그리고 다음 순간, 정신이 돌아오자 갑자기 울음을 터뜨리며 몸을 일으켜 유림의 품에 와락 안겼다.

"나 너무 무서웠어, 엉엉!"

"괜찮습니다, 형님. 이제 괜찮으니까 마음 놓으십쇼."

정신없이 흐느껴 우는 혜주의 등을, 유림이 가만히 토닥여주었다.

그날부터 혜주의 유림에 대한 태도는 180도 변했다. 집안사람 누군가가 뒤에서 유림을 흉볼라치면 참지 못하고 제가 대신 대들어 싸웠다. 늘 앞장서서 유림의 편이 되어주고, 행사 때마다 유림이 소외되지 않도록 살뜰하게 챙겼다.

「올케가 너무 도도해 보이는 탓도 있어요. 먼저 손도 내밀어보고 하면 좋을 텐데.」

유림에게 그렇게 타일러주기도 했다.

생각해보니 틀린 말도 아니었다. 어차피 무시당하려니 하는 생각에 처음부터 이쪽에서도 딱 선을 긋고 대한 것도 사실이었다. 속으로 어차피 난 당신들과 다르니까, 하고 생각했었다.

그때부터 유림도 마음을 열고 집안사람들에게 다가가려 노력했

다. 혜주는 그런 유림을 곁에서 힘껏 도왔다.

　물론 하루아침에 되지는 않았다. 그러나 노력이 서서히 결실을 맺어, 어느새 유림도 자연스럽게 한 집안 사람으로 자리 잡아갔다.

　세쌍둥이들의 초등학교 입학식 날에는 집안사람의 무려 반 이상이 참석했다. 더는 승현도, 전 여사도 집안에서 소외받는 존재가 아니었다.

　"엄마가 몸살이래!"

　엄마 방에서 나온 첫째 재윤이가 심각한 표정으로 경보를 발령했다.

　"형아, 몸살이 뭐야?"

　재윤이와 꼭 닮은 둘째 승윤이가 고개를 갸웃거렸다. 둘은 일란성 쌍둥이라 처음 본 사람은 구분하기 힘들 정도로 닮아 있었다. 사람들은 두 아이가 아빠인 승현의 미니미 같다고 했다.

　"나 알아. 몸살은 온몸이 다 살살 아픈 거야. 전에 외할머니가 가르쳐줬어."

　셋째인 하윤이가 아는 척을 했다. 첫째, 둘째와는 달리 이란성인 하윤이는 엄마인 유림을 쏙 빼닮은 얼굴이었다.

　"그래? 온몸이 다 아프면 되게 아픈 거네?"

"내가 아빠한테 전화해서 엄마 병원 데려가달라고 할까?"

두 동생의 말에 재윤이가 고개를 저었다.

"아냐, 엄마가 아빠한테 전화하지 말라고 했어. 좀 쉬면 되니까 우리끼리 놀고 있으래."

하지만 엄마가 아픈데 놀고 있을 수는 없는 노릇이었다. 올해 여덟 살, 초등학교 1학년인 세쌍둥이에게는 세상에서 엄마가 제일 소중했다. 아빠에게는 살짝 미안하지만.

"어떻게 하면 엄마가 나을까?"

세쌍둥이는 머리를 맞대고 고민에 빠져들었다.

"으으, 죽겠다."

유림은 이불을 뒤집어쓰고 신음했다. 오한이 심하고 온몸에 기운이 하나도 없었다.

얼마 전 세쌍둥이가 초등학교에 입학하는 것과 동시에 유림은 그동안 꿈꿔왔던 대로 드디어 회사에 복직했다. 무려 8년 만의 출근이었다.

현우와 혜인 부부는 나란히 부장으로 승진해 있었다. 유림이 일했던 기획 3팀은 현재 혜인이 이끌고 있었다. 오랜만에 복귀한 유림을 혜인은 무척이나 배려해주었다. 처음부터 무리할 필요 없다며 기운을 북돋워주기도 했다.

하지만 욕심이 너무 앞섰던 것일까. 공백이 너무 길어서 마치 머릿속이 새하얀 백지가 되어버린 것 같은 느낌에 당황한 나머지,

그만 업무 파악한답시고 며칠 과로를 하고 말았다.

그리고 결과는 심한 감기몸살이었다.

일찍 퇴근해서 안방 침대에 쓰러지듯 누운 채 유림은 끙끙 앓았다. 한창 먹성 좋은 아들들이었다. 간식을 챙겨줘야 할 시간인데, 일어나야 하는데. 그렇게 생각하면서도 도저히 몸이 움직이지 않았다.

그렇게 비몽사몽간에 얼마나 앓고 있었을까. 문득 부드럽게 몸을 안아 일으키는 손길에 유림은 살며시 눈을 떴다.

"이런, 열이 펄펄 나네. 좀 쉬었어요?"

다정한 목소리와 함께 이마에 닿아오는 시원한 손. 승현이었다.

"……여보, 애들은 뭐 하고 있어요?"

유림은 가까스로 입술을 움직였다.

"오늘 학교 갔다 와서 간식도 못 챙겨줬어요. 배고플 텐데……."

승현이 빙그레 웃었다.

"애들 뭐 하냐고 물었어요?"

그러더니 갑자기 손가락을 딱 튕겼다.

"얘들아, 엄마 일어나셨다. 들어오렴!"

말이 떨어지기가 무섭게 문이 열렸다. 그리고 세 아이가 줄지어 안방으로 들어왔다. 첫째인 재윤이의 손에 들린 쟁반을 보고, 유림은 깜짝 놀랐다.

"그게 뭐니, 재윤아?"

"죽이요. 엄마 배고프실까 봐 끓였어요."

재윤이가 조심조심 엄마 무릎 위에 쟁반을 내려놓았다. 밥솥에 있던 밥에다 물만 넣고 끓인 흰죽이었지만 유림은 깜짝 놀랐다. 이런 걸 다 할 줄 알다니!

"형이 죽을 끓이는 동안 저는 약을 사 왔어요."

둘째 승윤이가 의젓하게 말하며 물 컵과 함께 약을 내밀었다.

"약사 선생님이 밥 먹고 두 알 먹으면 된대요."

뒤이어 셋째 하윤이가 나섰다.

"엄마 열 많이 나죠? 내가 이마 식혀줄게요."

하윤이의 손에 들린 것은 물에 적신 수건이었다. 짜는 힘이 모자랐는지, 아직도 물이 뚝뚝 떨어지는 수건을 하윤이는 유림의 이마에 척 하고 갖다댔다.

"엄마, 죽 드세요."

"약도요."

"물수건 더 가져올까요?"

걱정스러운 눈으로 바라보며 엄마를 둘러싸고 참새처럼 제각기 재잘거리는 세 아이들. 거기에 남편인 승현까지 가세했다.

"내가 어깨 주물러줄 테니 돌아앉아봐요. 몸살이면 여기저기 쑤실 텐데."

아득한 옛날, 한때는 자신이 여자라는 것조차도 잊고 살았던 때가 있었다.

그때는 미처 몰랐다. 언젠가 자신이 이렇게 넷이나 되는 남자에게 둘러싸여 사랑을 한 몸에 받으며 살게 된다는 사실을.

유림은 기쁜 나머지 몸이 아픈 것도 잊고 활짝 웃었다.

"아빠, 내가 할래요!"

"나도!"

"나도 할래!"

고사리 같은 손들로 엄마의 어깨를 다투어 주무르며, 세 아이는 입을 모아 합창을 했다.

"엄마, 빨리 나으세요!"

— fin.

작가 후기

안녕하세요, 박수정입니다.

이 책 '위험한 신입사원'은 저의 열세 번째 장편입니다. 네이버 웹소설에서 2014년 12월부터 시작해서 올해 9월까지, 장장 10개월 동안 연재된 작품이기도 합니다. 제 집필기간 역시 2014년 6월부터 써서 올해 6월 초에야 겨우 완성을 했으니 꼬박 1년 동안을 이 작품 하나만 썼네요. 아마 중간에 집필을 한참 중단했다가 다시 이어서 쓰기 시작한 작품들을 제외하면, 제 역사상 가장 오랫동안 붙들고 쓴 책인 것 같습니다.

웹소설이라는 특성상 가독성을 높이는 데 중심을 많이 두었기 때문에 쉽게 훅 읽힙니다만 쓰는 쪽은 정말 고생해가며 썼습니다. 연재 중간에는 물론이고, 완결을 내놓고도 꼬박 한 달간에 걸쳐 후반부를 고치고 또 고쳐가며 연재를 마쳤던 기억이 납니다.

다행히도 결과가 기대 이상으로 좋았습니다. 첫 웹소설 도전이어서 많이 긴장하고 걱정도 했었는데 분에 넘치게 많은 사랑을 받았고, 끝까지 잘 마무리하게 되어 기쁘면서도 섭섭하고, 홀가분하

면서도 또 서운한 마음입니다.

이 작품 덕분에 새로운 독자들과도 많이 만나게 되었습니다. 모두 사랑해주신 여러분 덕분입니다. 깊이 감사드립니다.

승현이는 저를 오랜만에 설레게 해준 캐릭터였습니다. 원래부터 '여우와 윤자 씨'의 승효라든가, '봉 사감과 러브레터'의 준수처럼 철없는 부잣집 도련님이 사랑을 통해 정신을 차리고 한 남자로 거듭나는 과정을 그리는 것을 좋아합니다만, 승현이 경우에는 처음부터 사심이 들어가 있었습니다.

유림이에게는 그저 고맙습니다. 유림이의 성실함과 진실함에 기대어 이야기를 끝까지 쓸 수 있었던 것 같습니다. 뒤늦게 밝히자면 제가 좋아하는 애프터스쿨의 유이나 김연아 선수 같은 시크하고 씩씩하며 아름다운 여성들을 생각하며 썼습니다.

현우에게는 그냥 뭐…… 작품마다 늘 미안합니다. 다음 작품에서도 또 잘 부탁한다.

원래도 그런 경향이 없는 것은 아니었으나 나이가 먹어가는 탓인지, 아니면 가정을 꾸리고 자식이 생긴 탓인지 몰라도 작품 속에서 젊은 남녀 간의 연애뿐만 아니라 다른 형태의 사랑들을 많이 다루고 싶은 경향이 커져갑니다.

이 이야기 속에도 역시 여러 가지 형태의 사랑을 담으려고 노력했는데 다행히 지루해하지 않으시고 인물들의 감정에 동조하며 같이 울어주신 분들이 많아서 기뻤습니다.

dangerous associate

하나씩 꼽아보자면 먼저 유림과 유림 어머니, 그리고 승현과 승현 어머니 사이의 사랑, 즉 부모자식 간의 사랑이 있겠네요. 특히 승현 어머니인 전 여사의 사연 부분은 웹소설이므로 너무 슬프게 묘사하지 않으려고 노력은 했지만 저도 역시 울면서 썼습니다. 내가 왜 이런 설정을 했을까! 하면서 말이지요.

단지 한 가지 조심스러운 것은, 이러한 갈등을 풀어가기 위한 장치로 세쌍둥이를 등장시켰는데 자칫 비슷한 경험이 있으신 분들에게 상처가 되지는 않았으면 하는 바람입니다. 누구든지 자신의 입장에서 최선의 선택을 한 것이지, 절대로 극중 주인공들의 선택이 최선이자 옳은 길이라는 것이 아니니까요.

다음으로는 차 회장과 손 여사의 황혼 로맨스가 있겠습니다. 역시 또 다른 형태의 사랑이야기를 써 보고 싶은 마음에 집어넣은 부분인데, 꽤 즐겁게 썼습니다.

유림 어머니와 승현 어머니의 환경을 초월한 동지애적 우정도 있네요. 또한 유림이와 현우 사이의 오랜 우정도, 또 유림이와 차 회장 사이의 나이를 초월한 우정도 있고요.

어쨌든 로맨스의 끝은 늘 해피엔딩이지요. 사랑스러운 사람들을 하나하나 행복하게 해줄 때마다 제가 작가, 그것도 로맨스 작가라서 참 행복하다고 생각합니다.

앞으로도 단순한 연애 외에도 여러 가지 사랑들을 그려나가고 싶은 마음입니다.

위험한 신입사원]

402

다음으로는 근황을 조금 전해드릴까 합니다.

먼저 네이버 웹소설 차기작은 아직 결정된 게 없습니다. 하고 싶은 마음은 있으나 웹소설에 어울리는 원고가 나온 게 없어서⋯⋯ 사실 손이 빠르지 못해서 그다지 많은 작품을 쓰지는 못 하는 편입니다. 혹시나 결정되면 곧 알려드리도록 하겠습니다.

또한 제 예전 작품인 로맨스판타지 '엘레오노르'를 주인공의 성격과 일부 에피소드 등을 고쳐 쓰는 등 개정을 거쳐서 '붉은 장미의 군주'라는 제목으로 다시 선보이게 되었습니다. 현재는 네이버 엔스토어(네이버북스)에서 보실 수 있고, 차차 다른 판매처들에도 서비스 될 예정입니다. 가장 아끼는 작품인 만큼 다시 여러분께 선보이게 되어서 기쁩니다.

역시 예전 작품인 '신사의 은밀한 취향'이 카카오페이지에서 기다리면 무료로 서비스 되고 있습니다. 원래 종이책과 이북에는 없었던 새 외전이 덧붙여져 있으니 아직 읽지 못하신 분들은 그쪽을 이용해주셔도 될 것 같습니다. (외전 부분만 읽으셔도 됩니다!)

그리고 역시 전작인 '프로젝트S'가 라디오드라마로 제작됩니다. KBS 라디오극장을 통해 2015년 10월 1일부터 31일까지 총 31부작으로 방송될 예정입니다. 팟캐스트로도 들으실 수 있으니 관심 있으신 여러분들 많이 들어주세요.

이외 제 작업사항들에 있어서는 책날개에 수록되어 있는 개인 블로그로 오시면 늘 신작 정보나 새 연재 정보 등을 업데이트 해두

고 있으니 참고해주세요.

감사드릴 분들이 많습니다.

먼저 이 작품의 집필 초반에 인터뷰에 응해주셨던 수영선수 최미혜 님께 감사드립니다. 덕분에 유림이 캐릭터를 잡는 데 큰 도움이 되었습니다.

또한 긴 연재를 함께하면서 늘 흠잡을 데 없이 아름다운 일러스트로 함께해주신 삽화가 Jiya님께도 깊은 감사를 드립니다. 너무 신경 쓸 여지가 없이 잘해주시는 바람에 가끔씩은 감사 인사를 전하는 것조차 잊어버릴 정도였습니다. 특히나 중간에 컨디션이 좋지 않으셨는데도 작품 끝까지 맡아주셔서 정말 감사합니다. 아마 Jiya님의 일러스트가 아니었으면 승현이는 지금보다도 더 철부지가 되었을 것 같습니다. 앞으로도 다시 함께 작업할 날이 온다면 매우 기쁘겠습니다.

늘 꼼꼼하게 원고를 체크해주신 네이버의 제 담당자님께도 감사드립니다. 출판사 없이 네이버와 직접 진행해서 처음에는 불안한 점도 많았는데, 자유롭게 쓰게 해주시는 가운데서도 필요할 때마다 좋은 말씀 해주셔서 덕분에 끝까지 잘 연재를 마칠 수 있었습니다. 다음에도 잘 부탁드립니다.

예쁜 종이책으로 묶어 이렇게 세상에 내놓게 해주신 도서출판 가하의 편집부 여러분께도 깊은 감사를 드립니다. 언젠가는 은혜 갚는 까치가 되어 박씨를 물어다드리고 싶은 마음…… 아, 박씨

위험한 신입사원]

404

물어온 게 제비고 까치는 박치기였던가요? 어쨌든 언젠가 꼭 뭔가 폐가 되지 않을 만한 것으로 물어다드리고 싶습니다.

힘들 때도, 즐거울 때도 늘 곁에 있어 주는 동료 작가들에게도 진심으로 고마운 마음입니다. 워낙 오래 걸려서 썼고, 많은 독자들에게 선보인 글이다 보니 이 글을 진행하면서 유난히 마음이 힘든 날이 많았는데 그때마다 곁에서 가장 큰 위로가 되어준 것이 동료들입니다. 사랑하는 동료들이 없었더라면 정말이지 끝까지 해내지 못했을 것 같습니다. 고맙습니다.

마지막으로 가족들. 유료 결제까지 해가며 작품을 끝까지 봐준 고객님……이 아니라 남편, 늘 고맙습니다. 늘 변함없이 (막) 대해주어서 그게 가장 고맙습니다.

또한 30개월이 되어 이제는 문장으로 말하는 아기 준수에게도 세상에서 가장 사랑한다고 말해주고 싶습니다. 슬프게도 준수는 엄마보다 공룡을 더 사랑하는 것 같습니다만…… 준수야, 엄마를 팔자에 없는 공룡박사가 되게 해줘서 고마워.

이 후기를 쓰고 있는 지금은 추석 직전입니다. 추석이 지나고 나면 벌써 10월이고, 올해도 이제 석 달밖에 남지 않게 되네요. 6월 초에 이 책의 원고를 털고 나서 이렇다 할 일 없이 계속 게으름을 피웠는데, 남은 기간에나마 열심히 해서 유종의 미를 거둬볼까 합니다. 종이책을 한 권 낸다든지…… 물론 희망사항입니다.

여러분도 부디 얼마 남지 않은 올해, 행복하고 알차게 보내시기

dangerous associate

바랍니다. 그럼 다음 작품에서 또 뵙겠습니다. (올해 내라면 참 좋겠습
니다!)

2015년 9월,
박수정(방울마마) 드림.

일러스트 ⓒ Jiya

일러스트 ⓒ Jiya